笛藤出版

您好!韓國語. 初級2/韓語教育推廣研究會著；張亞薇審譯.
-- 二版. -- 臺北市：笛藤, 2022.09-
冊；　公分
譯自：열린한국어. 초급2
ISBN 978-957-710-872-2(第2冊：平裝)
1.CST: 韓語 2.CST: 讀本
803.28　　111013847

您好！韓國語 初級2

2024年7月27日　二版第2刷　定價380元

著　　者　韓語教育推廣研究會
審　　譯　張亞薇
封　　面　果實文化設計工作室・王舒玗
內頁排版　果實文化設計工作室
總 編 輯　洪季楨
編輯企劃　笛藤出版
發 行 所　八方出版股份有限公司
發 行 人　林建仲
地　　址　台北市中山區長安東路二段171號3樓3室
電　　話　(02) 2777-3682
傳　　真　(02) 2777-3672
總 經 銷　聯合發行股份有限公司
地　　址　新北市新店區寶橋路235巷6弄6號2樓
電　　話　(02)2917-8022・(02)2917-8042
製 版 廠　造極彩色印刷製版股份有限公司
地　　址　新北市中和區中山路二段380巷7號1樓
電　　話　(02)2240-0333・(02)2248-3904

◆韓文發音MP3音檔連結
請掃描左方QR Code或輸入網址收聽：
https://bit.ly/HelloKorea2
※請注意英文字母大小寫

訂書郵撥帳戶　八方出版股份有限公司
訂書郵撥帳號　19809050

前　言

市面上雖然有許多為外國人所寫成的韓語教材書籍，內容卻多顯不足，也就是數量豐富，卻缺乏品質。即使目前有許多為了促成韓語教育而盡心盡力的人們，研究和思考之後，不斷推出好教材，但實際上，能夠真正因應當前需求，貼近生活而的實際而有效率的教材，仍然相當缺乏。大部分負責韓語教育的大學機構，雖然也出版專門教材和特殊目的所分門別類的教材，但整體來說，現有的韓語教育資料，對於海外的韓語教育課程或短期課程等，在使用上仍然多所不便，也不夠恰當，這對於站在教育崗位上的教師們來說，是共同的心聲。這次推出的**您好！韓國語系列**，是由非正規教育課程中，使用流傳數年的既有教材，以單純學習韓語的外國人為對象，親自從事韓語教育的教師們，花費許多時間，不斷修正和琢磨，最後所編排而成的心血結晶。

您好！韓國語系列是將隸屬於韓國國際教育財團（Korea Foundation）的國際交流資源義工網韓語教室（隸屬於韓國國際交流財團的國際交流財團文化中心，由韓語教育專家們組成義工團，自 2005 年起以外國人為對象，進行免費韓語教育課程，每年累積學生達兩千多名，約 80 多個國家的外國人在此學習韓語，目前從發音班到高級班，進行每週 1 次 2 小時的課程，每月約有 250 多名的外國人參加。）過去七年間所使用的教材，配合韓語教育的階段，嚴選出初級和中級最常使用的文法，並加強不同領域的語言功能，加以修正、編輯而成的書籍。將口語、寫作、聽力、閱讀的語言領域，自然加以貫穿，以配合課程進行的流程，並增加拓展表達、展翅高飛等單元，更加深語言能力的運用，同時提高流暢度。本系列也以教師們為對象，推出文法重點教師用書，方便教師深度講解文法結構。是能夠同時滿足學習者和教師的韓語教材，同時也和市面上的現有教材有極大的差異化，為了讓學習者們能夠倍感親切，更耗費心血安排了豐富而大量的插畫。為了讓這樣一套流暢而新穎的教材順利推出，不惜給予大力支援的夏雨出版社朴英浩代表，以及在編輯、設計、行銷等各個層面給予支持和幫助的人們，在此表達謝意。同時也感謝韓國國際交流財團的金炳國理事長、尹金鎮部長和所有相關人士，謝謝各位負責爭取場地和預算，在物質和精神上給予支援，以讓每年多達數千多名學習者的韓語教育課程得以延續下去，在此衷心獻上感謝。

2011 年 晚秋某日

韓語教育研究會 代表 千成玉

共同執筆 金尹珍、丁美珍、李淳晶、崔真玉、呂胤姬、朴聖惠、申雅朗、黃后永

介紹

本書和現有以專業學問為目的的大學教材，或滿足特殊目的的大多數韓語教材作出區隔化，更具實質性、效率性，是以真實生活為重心所編成的教材，整理出韓國人在日常生活中使用頻率最高的韓語文法和句型，能夠提升口語、聽力、閱讀、寫作能力。本書收錄初級和中級階段所有基本必備句型，以日常生活中時時可能接觸的各種狀況、功能性會話為練習重點，也收錄了真實生活中能即時加以運用的自然表達句型，而本書也將正規的韓語教育課程中，歷經多年驗證的內容加以編入，無論學習者目的為何，都能廣泛使用，是能夠隨著韓語教育設計而變化，經得起時間考驗的兼具邏輯性和實用性的韓語教材。

結構

준비하기 學習準備
進入單元之前，說明需事先思考的背景知識。

학습문법 文法重點
揭示該單元的學習文法。

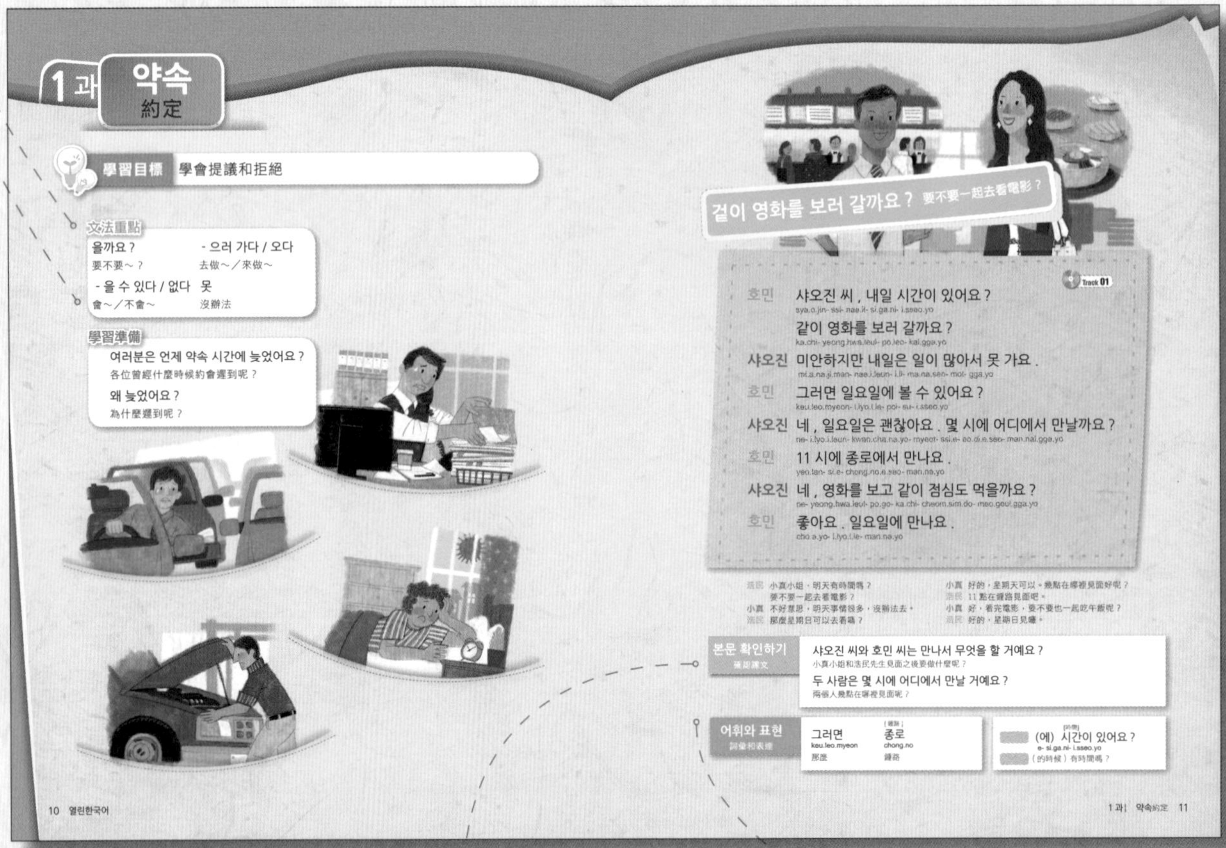

1과 약속 約定

學習目標 學會提議和拒絕

文法重點
-을까요？ 要不要～？
-으러 가다 / 오다 去做～／來做～
-을 수 있다 / 없다 會～／不會～
못 沒辦法

學習準備
여러분은 언제 약속 시간에 늦었어요？
各位曾經什麼時候約會遲到呢？
왜 늦었어요？
為什麼遲到呢？

같이 영화를 보러 갈까요？ 要不要一起去看電影？

호민 샤오진 씨, 내일 시간이 있어요?
같이 영화를 보러 갈까요?
샤오진 미안하지만 내일은 일이 많아서 못 가요.
호민 그러면 일요일에 볼 수 있어요?
샤오진 네, 일요일은 괜찮아요. 몇 시에 어디에서 만날까요?
호민 11 시에 종로에서 만나요.
샤오진 네, 영화를 보고 같이 점심도 먹을까요?
호민 좋아요. 일요일에 만나요.

본문 확인하기
샤오진 씨와 호민 씨는 만나서 무엇을 할 거예요?
두 사람은 몇 시에 어디에서 만날 거예요?

어휘와 표현
그러면 那麼
종로 鐘路
(에) 시간이 있어요?

10 열린한국어
1과 약속約定 11

본문 확인하기 確認課文
讀完課文，確認內容。

어휘와 표현 詞彙和表達
列出課文出現的新單字和表達。

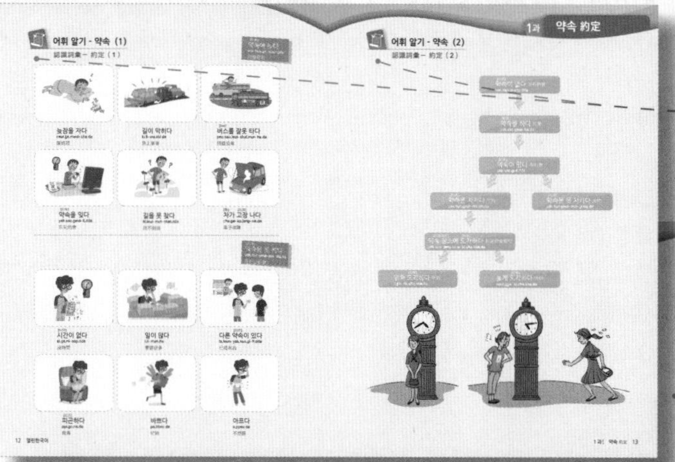

어휘알기 / 표현 알기 認識詞彙／認識表達
學習配合單元主題的新詞彙（初級）和表達（中級）。

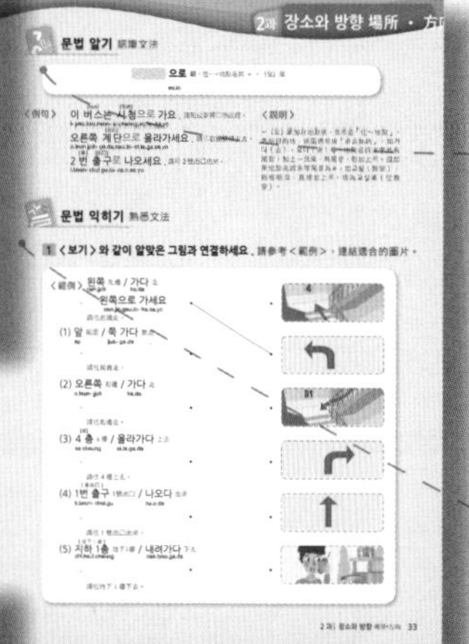

문법 알기 認識文法
根據單元的學習文法，列舉相關例句，學習如何運用和形態變化。

읽고 쓰기 閱讀寫作
根據主題或文法，練習閱讀和寫作，均衡運用語言功能。

문법 익히기 熟悉文法
根據單元的學習文法，列出練習問題，加強熟練度。

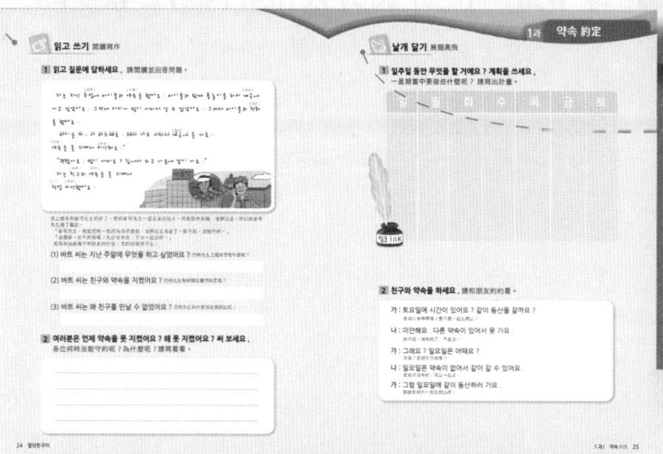

날개 달기 展翅高飛
根據單元主題，編排活動，讓學習過程更加活潑生動。

듣기 聽力
內容包括和單元主題相關的學習文法，練習解開問題。

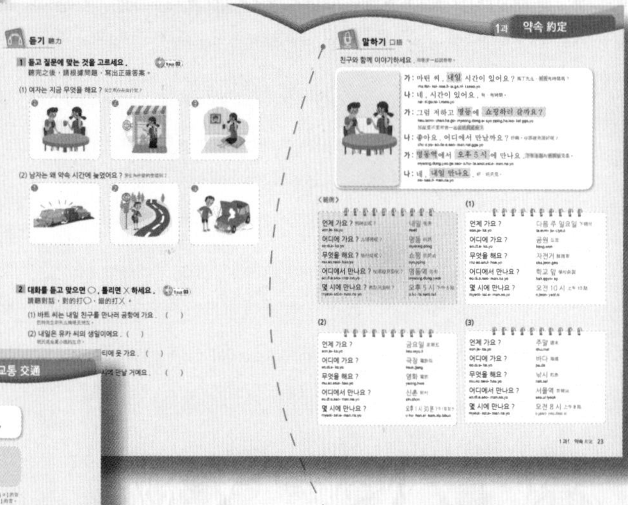

표현 넓히기 / 문화 알기 拓展表達／認識文化
提供多元資訊，以拓展和主題相關的表達，在認識文化（初級）單元中，也介紹韓國豐富文化。

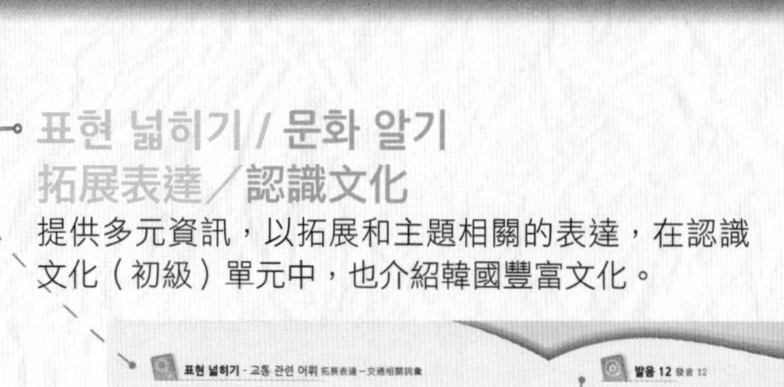

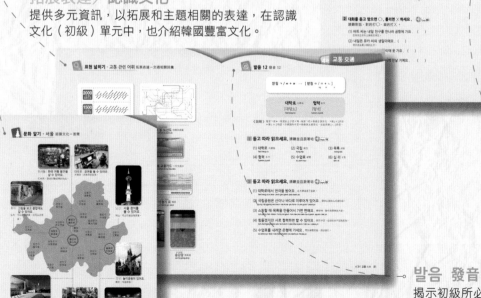

말하기 口語
練習和單元主題相關的內容，提升口語能力。

발음 發音
揭示初級所必備的發音訣竅，實際進行發音練習。

목 차 目錄

열린 한국어

您好！韓國語 初級 2

초급 등장인물 소개
初級 登場人物介紹
바트(24세/학생)
巴特(24歲/學生)
무뚝뚝해 보이지만 세심하고 친절함
外表木訥，但細心而親切。
마틴(36세/회사원)
馬丁(36歲/上班族)
밝고 낙천적임
開朗又樂觀。
지수(22세/학생)
智秀(22歲/學生)
발랄하고 외향적임
開朗又外向。

열린 한국어
초급
호 민(30세 / 기자)
浩民(30歲／記者)
신중하고
책임감이 강함
個性慎重，
責任感強。
제임스(32세 / 영어 강사)
詹姆士(32歲／英文老師)
호기심이 많고
장난기가 있음
極具好奇心，
個性調皮。
샤오 진(26세 / 배우)
小真(26歲／演員)
애교가 많고
사교적임
愛撒嬌，
交友廣闊。
에린(30세 / 회사원)
愛琳(30歲／上班族)
시원시원하고
솔직함
個性大方直爽。
유카(35세 / 주부)
由夏(35歲／主婦)
조용하고
꼼꼼함
個性文靜，
深思熟慮。

1과 약속
約定

學習目標 學會提議和拒絕

文法重點

을까요 ? 要不要～？	- 으러 가다 / 오다 去做～／來做～
- 을 수 있다 / 없다 會～／不會～	못 沒辦法

學習準備

여러분은 언제 약속 시간에 늦었어요 ?
各位曾經什麼時候約會遲到呢？

왜 늦었어요 ?
為什麼遲到呢？

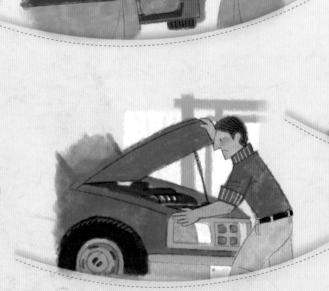

같이 영화를 보러 갈까요? 要不要一起去看電影?

Track 01

호민 샤오진 씨, 내일 시간이 있어요?
sya.o.jin- ssi- nae.il- si.ga.ni- i.sseo.yo
같이 영화를 보러 갈까요?
ka.chi- yeong.hwa.leul- po.leo- kal.gga.yo

샤오진 미안하지만 내일은 일이 많아서 못 가요.
mi.a.na.ji.man- nae.i.leun- i.li- ma.na.seo- mot- gga.yo

호민 그러면 일요일에 볼 수 있어요?
keu.leo.myeon- i.lyo.i.le- pol- su- i.sseo.yo

샤오진 네, 일요일은 괜찮아요. 몇 시에 어디에서 만날까요?
ne- i.lyo.i.leun- kwan.cha.na.yo- myeot- ssi.e- eo.di.e.seo- man.nal.gga.yo

호민 11 시에 종로에서 만나요.
yeo.lan- si.e- chong.no.e.seo- man.na.yo

샤오진 네, 영화를 보고 같이 점심도 먹을까요?
ne- yeong.hwa.leul- po.go- ka.chi- cheom.sim.do- meo.geul.gga.yo

호민 좋아요. 일요일에 만나요.
cho.a.yo- i.lyo.i.le- man.na.yo

浩民 小真小姐，明天有時間嗎？
要不要一起去看電影？
小真 不好意思，明天事情很多，沒辦法去。
浩民 那麼星期日可以去看嗎？
小真 好的，星期天可以。幾點在哪裡見面好呢？
浩民 11 點在鍾路見面吧。
小真 好，看完電影，要不要也一起吃午飯呢？
浩民 好的，星期日見囉。

본문 확인하기 確認課文

샤오진 씨와 호민 씨는 만나서 무엇을 할 거예요?
小真小姐和浩民先生見面之後要做什麼呢？

두 사람은 몇 시에 어디에서 만날 거예요?
兩個人幾點在哪裡見面呢？

어휘와 표현 詞彙和表達

그러면
keu.leo.myeon
那麼

[鍾路]
종로
chong.no
鍾路

[時間]
(에) 시간이 있어요?
e- si.ga.ni- i.sseo.yo
(的時候) 有時間嗎？

어휘 알기 - 약속 (1)

認識詞彙－ 約定（1）

[約束]
약속에 늦다
yak.sso.ge- neut.dda
約會遲到

늦잠을 자다
neut.jja.meul- cha.da
睡過頭

길이 막히다
ki.li- ma.kki.da
路上塞車

[bus]
버스를 잘못 타다
peo.seu.leul- chal.mot- tta.da
搭錯公車

[約束]
약속을 잊다
yak.sso.geul- it.dda
忘記約會

길을 못 찾다
ki.leul- mot- chat.dda
找不到路

[車] [故障]
차가 고장 나다
cha.ga- ko.jang- na.da
車子故障

[約束]
약속을 못 하다
yak.sso.geul- mo- tta.da
沒辦法約會

[時間]
시간이 없다
si.ga.ni- eop.dda
沒時間

일이 많다
i.li- man.tta
事情很多

[約束]
다른 약속이 있다
ta.leun- yak.sso.gi- it.dda
已經有約

[疲困]
피곤하다
ppi.go.na.da
疲倦

바쁘다
pa.bbeu.da
忙碌

아프다
a.ppeu.da
不舒服

어휘 알기 - 약속 (2)

認識詞彙－ 約定（2）

[約束]
약속을 지키다 守約
yak.sso.geul- chi.kki.da

[約束]
약속을 못 지키다 失約
yak.sso.geul- mot- jji.kki.da

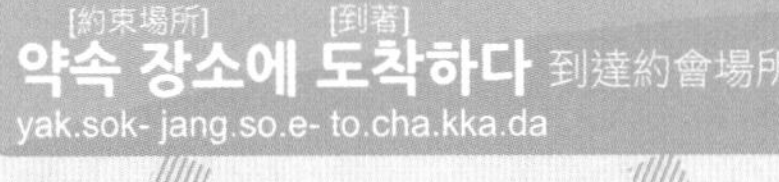

[到着]
일찍 도착하다 早到
il.jjik- do.cha.kka.da

[到着]
늦게 도착하다 晚到
neut.gge- to.cha.kka.da

문법 알기 認識文法

- 을까요 ? 要不要～？

eul.gga.yo

→ 動詞 ＋ - ㄹ／을까요？

動詞	尾音	句型
동사	받침 (O)	-을까요?
	받침 (X)	-ㄹ까요?

〈例句〉

가 : 오늘 오후[午後]에 같이 저녁을 먹을까요？今天下午要不要一起吃晚餐？
o.neul- o.hu.e- ka.chi- cheo.nyeo.geul- meo.geul.gga.yo

나 : 네，좋아요．같이 먹어요．好的，一起吃吧。
ne- cho.a.yo- ka.chi- meo.geo.yo

가 : 어디에서 옷을 살까요？ 要在哪裡買衣服呢？
eo.di.e.seo- o.seul- sal.gga.yo

나 : 백화점[百貨店]에서 사요．在百貨公司買吧。
pae.kkwa.jeo.me.se- sa.yo

가 : 교실[教室]이 좀 어두워요．教室有一點暗。
kyo.si.li- chom- eo.du.wo.yo

나 : 그럼 불을 켤까요？ 那麼要不要開燈呢？
keu.leom- pu.leul- kkyeol.gga.yo

〈說明〉

－을까요？是疑問句語尾，加在動詞後，表示「我們要不要（一起）做某件事？或「我做某件事好嗎？」，目的在詢問對方意見。主詞我們（우리）或我（저）通常省略。動詞去掉原型다後，末字若有尾音，接－을까요？若無尾音，則接－ㄹ까요？動詞原型若為ㄹ다結尾，如살다（居住），則省略을，直接加上－까요？成為살까요？（要不要住？）。（請參 P.38 文法）

문법 익히기 熟悉文法

1 〈보기〉와 같이 쓰세요．請仿照＜範例＞寫寫看。

〈範例〉

가 : 정말[正] 더워요． 真的好熱。
cheong.mal- teo.wo.yo

나 : 수영장[水泳場]에 갈까요？ 要不要去游泳池？
su.yeong.jang.e- kal.gga.yo

(1)

가 : 다음 주[週]에 시험[試驗]이 있어요．下週有考試。
ta.eum- ju.e- si.heo.mi- i.sseo.yo

나 : 같이 도서관[圖書館]에서 ＿＿＿＿＿＿
ka.chi- to.seo.gwa.ne.seo
要不要一起在圖書館唸書？

(2)

가 : 너무 졸려요．好睏。
neo.mu- chol.lyeo.yo

나 : 커피[coffee]를 ＿＿＿＿＿＿
kkeo.ppi.leul
要不要喝咖啡？

(3)

가 : 배고파요．肚子餓了。
pae.go.ppa.yo

나 : 식당[食堂]에서 밥을 ＿＿＿＿＿＿
sik.ddang.e.seo- pa.beul
要不要在餐廳吃飯？

2 <보기>와 같이 쓰세요. 請仿照<範例>寫寫看。

<範例>

[shopping]

가 : 이번 주말에 같이 **쇼핑할까요?** (쇼핑하다 購物)

i.beon- ju.ma.le- ka.chi- syo.pping.hal.gga.yo
這個週末要不要一起購物？

나 : 네, 같이 **쇼핑해요**.

ne- ka.chi- syo.pping.hae.yo
好，一起購物吧。

(1) 가 : 배가 고파요. 밥을 ______________ (먹다 吃)

pae.ga- ko.ppa.yo- pa.beul
肚子餓了。要不要一起吃飯？

나 : 네, ______________ 好， 一起吃飯吧。

ne

[來日] [山]

(2) 가 : 내일 산에 갈 거예요. 같이 ______________ (가다 去)

nae.il- sa.ne- kal- geo.ye.yo- ka.chi
明天要去爬山。要不要一起去？

나 : 네, ______________ 好，一起去吧。

ne

[音樂] [正]

(3) 가 : 이 음악이 정말 좋아요. 같이 ______________ (듣다 聽)

i- eu.ma.gi- cheong.mal- cho.a.yo- ka.chi
這音樂真好聽。要不要一起聽？

나 : 네, ______________ 好， 一起聽吧。

ne

3 다음에서 알맞은 것을 골라 <보기>와 같이 쓰세요. 請仿照<範例>寫寫看。

켜다	끄다	나가다	닫다
kkyeo.da	ggeu.da	na.ga.da	tat.dda
開（通電物品）	關（通電物品）	出去	關（無電物品）

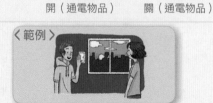

<範例>

방이 조금 어두워요. 房間有點暗。
pang.i- chom- eo.du.wo.yo

불을 **켤까요?** 要不要開燈？
pu.leul- kkyeol.gga.yo

(1)

밖이 시끄러워요. 外面很吵。
pa.ggi- si.ggeu.leo.wo.yo

창문을 ______ 要不要關窗戶？
chang.mu.neul

(2)

교실이 더워요. 教室很熱。
kyo.si.li- teo.wo.yo

밖에 ______ 要不要去外面？
pa.gge

(3)

교실이 너무 추워요. 教室太冷了。
kyo.si.li- neo.mu- chu.wo.yo

에어컨을 ______ 要不要關冷氣？
e.eo.kkeo.neul

문법 알기 認識文法

- 으러 가다 / 오다 去做～／來做～

eu.leo- ka.da / o.da

→ 動詞 + - (으) 러 가다 / 오다

動詞	尾音	句型
동사	받침 (O)	- 으러 가다 / 오다
	받침 (X)	- 러 가다 / 오다

〈例句〉

[食堂]
식당에 밥을 먹으러 가요 . 去餐廳吃飯。
sik.ddang.e- pa.beul- meo.geu.leo- ka.yo

[圖書館] [工夫]
도서관에 공부를 하러 왔어요 . 來圖書館唸書。
to.seo.gwa.ne- kong.bu.leul- ha.leo- wa.sseo.yo

[親舊] [coffee shop]
친구를 만나러 커피숍에 갈 거예요 . 要去咖啡廳見朋友。
chin.gu.leul- man.na.leo- kkeo.ppi.syo.be- kal- geo.ye.yo

〈說明〉

－으러 가다加在動詞後，表示「去做前面的動詞」。
－으러 오다表示「來做前面的動詞」，表達去或來的目的。
動詞原型去掉다後，末字若有尾音，接－으러가다 / 오다，無尾音則接－러가다 / 오다。動詞原型若為ㄹ다結尾，如：팔다（賣），則省略으，直接加上－러 가다 / 오다，成為팔러 가요 / 와요（去／來販賣）。（請參 P.38 文法）

문법 익히기 熟悉文法

1 〈보기〉와 같이 쓰세요 . 請仿照＜範例＞寫寫看。

〈範例〉

[書店]
가 : 서점에 왜 가요 ? (책 書 / 사다 買)
cheong.mal- teo.wo.yo
為什麼去書店？

[冊]
나 : 책을 사러 가요 . 去買書。
chae.geul- sa.leo- ka.yo

(1) 

[公園] [自轉駒]
가 : 공원에 왜 가요 ? (자전거 腳踏車 / 타다 騎)
kong.wo.ne- wae- ka.yo
為什麼去公園？

나 : ________ 去騎腳踏車。

(2) 

[明洞] [親舊]
가 : 어제 명동에 왜 갔어요 ? (친구 朋友 / 만나다 見面)
eo.je- myeong.dong.e- wae- ka.sseo.yo
昨天為什麼去明洞？

나 : ________ 去見朋友。

(3) 

[韓國]
가 : 한국에 왜 왔어요 ? (일하다 工作) 為什麼來韓國？
han.gu.ge- wae- wa.sseo.yo

나 : ________ 來工作。

(4) 

[韓國語教室] [韓國語]
가 : 한국어교실에 왜 와요 ? (한국어 韓語 / 배우다 學習)
han.gu.geo.gyo.si.le- wae- wa.yo
為什麼來韓語教室？

나 : ________ 來學韓語。

2 다음에서 알맞은 것을 골라 〈보기〉와 같이 쓰세요.

請從下列中選出適合的字，仿照＜範例＞寫寫看。

[劇場] 극장 keuk.jjang 電影院	[圖書館] 도서관 to.seo.gwan 圖書館	바다 pa.da 海	[音樂會] 음악회 eu.ma.kkhwoe 音樂會	[tennis 場] 테니스장 tte.ni.seu.jang 網球場	[食堂] 식당 sik.ddang 餐廳	[公園] 공원 kong.won 公園

[映畫] 영화를 보다 yeong.hwa.leul- po.da 看電影	[tennis] 테니스를 치다 tte.ni.seu.leul- chi.da 打網球	[音樂] 음악을 듣다 eu.ma.geul- teut.dda 聽音樂	
낚시하다 nak.ssi.ha.da 釣魚	[冊] 책을 읽다 chae.geul- ik.dda 讀書	[自轉駒] 자전거를 타다 cha.jeon.geo.leul- tta.da 騎腳踏車	저녁을 먹다 cheo.nyeo.geul- meok.dda 吃晚餐

〈範例〉 [劇場] 극장에 [映畫] 영화를 보러 가요. 去電影院看電影。
keuk.jjang.e- yeong.hwa.leul-po.leo- ka.yo

(1) .... 去公園騎腳踏車。

(2) .... 去網球場打網球。

(3) .... 去海邊釣魚。

(4) .... 去音樂會聽音樂。

(5) .... 去餐廳吃晚餐。

(6) .... 去圖書館讀書。

문법 알기 認識文法

- 을 수 있다 / 없다 會、可以～／不會、不可以～

eul- su- it.dda / eop.dda

→ 動詞 + - ㄹ / 을 수 있다 / 없다

〈例句〉

가 : [韓國新聞] 한국 신물을 읽을 수 있어요？ 你會讀韓國報紙嗎？

han.gung- sin.mu.neul- il.geul- su- i.sseo.yo

나 : 네 , [韓國新聞] 한국 신문을 읽을 수 있어요 . 是，我會讀韓國報紙。

ne- han.gung- sin.mu.neul- il.geul- su- i.sseo.yo

가 : [來日] 내일 7 [時] 시에 만날 수 있어요？ 明天 7 點可以見面嗎？

nae.il- il.gop.ssi.e- man.nal- su- i.sseo.yo

나 : 아니요 , [約束] 약속이 있어서 만날 수 없어요 .

a.ni.yo- yak.sso.gi- i.sseo.seo- man.nal- su- eop.sseo.yo

不，我有約，所以不能見面。

動詞	尾音	句型
동사	받침 (O)	- 을 수 있다 / 없다
	받침 (X)	- ㄹ 수 있다 / 없다

〈說明〉

－ㄹ / 을수있다加在動詞後，意思是「會做、可以做～」。

－ㄹ / 을수없다則表示「不會做、不可以做～」。

動詞原型去掉다後，若末字有尾音，加上－을 수 있다 / 없다，若無尾音則加上－ㄹ수있다 / 없다。

動詞原型若為ㄹ다結尾，如살다（居住），則省略을，直接加上－수 있다 / 없다，成為살 수 있어요 / 없어요（可以／無法居住）。（請参 P.38 文法）

문법 익히기 熟悉文法

1 〈보기〉와 같이 쓰세요 . 請仿照＜範例＞寫寫看。

〈範例〉

가 : [水泳] 수영을 할 수 있어요？ 會游泳嗎？

su.yeong.eul- hal- su- i.sseo.yo

나 : 네 , [水泳] 수영을 할 수 있어요 . / 아니요 , [水泳] 수영을 할 수 없어요 .

ne- su.yeong.eul- hal- su- i.sseo.yo 會，會游泳。

a.ni.yo- su.yeong.eul- hal- su- eop.sseo.yo 不會，不會游泳。

(1)

가 : [guitar] 기타를 칠 수 있어요？ 會彈吉他嗎？

ki.tta.leul- chil- su- i.sseo.yo

나 : ＿＿＿＿＿＿＿＿ 會，會彈吉他。

(2)

가 : [跆拳道] 태권도를 할 수 있어요？ 會打跆拳道嗎？

ttae.gwon.do.leul- hal- su- i.sseo.yo

나 : ＿＿＿＿＿＿＿＿ 不會，不會打跆拳道。

(3)

가 : [韓國飲食] 한국 음식을 만들 수 있어요？ 會做韓國菜嗎？

han.guk- eum.si.geul- man.deul- su- i.sseo.yo

나 : ＿＿＿＿＿＿＿＿ 會，會做韓國菜。

(4)

가 : 아기가 걸을 수 있어요？ 小孩會走路嗎？

a.gi.ga-keo.leul-su-i.sseo.yo

나 : ＿＿＿＿＿＿＿＿ 不，小孩不會走路。

2 표를 보고 <보기>와 같이 쓰세요. 請看右表，仿照＜範例＞寫寫看。

〈範例〉

가 : 오늘 저녁에 파티[party]에 갈 수 있어요? 今天晚上可以去派對嗎？
o.neul- cheo.nyeo.ge- ppa.tti.e- kal- su- i.sseo.yo

나 : 아니요, 파티[party]에 갈 수 없어요. 不，不能去派對。
a.ni.yo- ppa.tti.e- kal- su- eop.sseo.yo

회의가 있어요. 有會議。
hoe.i.ga- i.sseo.yo

(1) 가 : 내일[來日午後] 오후 6 시[時]에 만날 수 있어요?
nae.il- o.hu- yeo.seot.ssi.e- man.nal- su- i.sseo.yo
明天下午 6 點可以見面嗎？

나 :

不，不能見面。和朋友有約。

(2) 가 : 일요일[日曜日] 저녁에 영화[映畫]를 보러 갈 수 있어요?
i.lyo.il- cheo.nyeo.ge- yeong.hwa.leul- po.leo- kal- su- i.sseo.yo
星期日晚上可以去看電影？

나 :

可以，可以去看電影。

(3) 가 : 월요일[月曜日]에 일이 끝나고 같이 운동[運動]할 수 있어요?
wo.lyo.i.le- i.li- ggeun.na.go- ka.chi- un.dong.hal- su- i.sseo.yo
星期一工作做完，可以一起運動嗎？

나 :

不，不能一起運動。有韓文課。

(4) 가 : 화요일[火曜日]에 같이 점심[點心]을 먹을 수 있어요?
hwa.yo.i.le- ka.chi- cheom.si.meul- meo.geul- su- i.sseo.yo
星期二可以一起吃午餐嗎？

나 :

可以，可以吃午餐。

(5) 가 : 수요일[水曜日]에 쇼핑[shopping]하러 명동[明洞]에 갈 수 있어요?
su.yo.i.le- syo.pping.ha.leo- myeong.dong.e- kal- su- i.sseo.yo
星期三可以去明洞購物嗎？

나 :

可以，可以去明洞購物。

(6) 가 : 목요일[木曜日]에 우리 집에 저녁을 먹으러 올 수 있어요?
mo.gyo.i.le- u.li- chi.be- cheo.nyeo.geul- meo.geu.leo- ol- su- i.sseo.yo
星期四可以來我家吃晚餐嗎？

나 :

不，不能去吃晚餐。要和父母吃晚餐。

• 13 일 (금) 오늘	13 日（五）今天
오후 7시	下午 7 點
회의	會議
• 14 일 (토)	14 日（六）
오후 6시	下午 6 點
친구와 약속	和朋友約
• 15 일 (일)	15 日（日）
• 16 일 (월)	16 日（一）
오후 7시~9시	下午 7 點～ 9 點
한국어 수업	韓文課
• 17 일 (화)	17 日（二）
오후 2시 ~ 6시	下午 2 點～ 6 點
워크숍	研討會
• 18 일 (수)	18 日（三）
• 19 일 (목)	19 日（四）
오후 7시30분	下午 7 點 30 分
부모님과 저녁	和父母晚餐

문법 알기 認識文法

못 沒辦法、不會、不敢～
mot

⟶못 + 動詞

저는 스키[ski]를 못 타요. 我不會滑雪。
cheo.neun- seu.kki.leul- mot- tta.yo

내일[來日] 시간[時間]이 없어서 못 만나요. 明天沒時間，不能見面。
nae.il- si.ga.ni- eop.sseo.seo- mon- man.na.yo

아파서 학교[學校]에 못 갔어요. 我不舒服，沒辦法去學校。
a.ppa.seo- hak.ggyo.e- mot- gga.sseo.yo

〈說明〉

못加在動詞前表示沒有能力，或情況不允許、本身不敢嘗試的意思。若表示沒有能力或情況不允許，則和P.18文法「-ㄹ/을 수 없다」意思相同，可以互換。

문법 익히기 熟悉文法

1 〈보기〉와 같이 쓰세요. 請仿照〈範例〉寫寫看。

〈範例〉

가 : 피아노[piano]를 칠 수 있어요? 會彈鋼琴嗎？
ppi.a.no.leul- chil- su- i.sseo.yo

나 : 아니요, 피아노[piano]를 못 쳐요. 不，不會彈鋼琴。
a.ni.yo- ppi.a.no.leul- mot- chyeo.yo

(1)

가 : 자전거[自轉駒]를 탈 수 있어요? 會騎腳踏車嗎？
cha.jeon.geo.leul- ttal- su- i.sseo.yo

나 : 아니요, ______ 不，不會騎腳踏車。
a.ni.yo

(2)

가 : 김치를 먹을 수 있어요? 敢吃泡菜嗎？
kim.chi.leul- meo.geul- su- i.sseo.yo

나 : 아니요, ______ 不，不敢吃泡菜。
a.ni.yo

(3)

가 : 중국어[中國語]를 할 수 있어요? 會說中文嗎？
chung.gu.geo.leul- hal- su- i.sseo.yo

나 : 아니요, ______ 不，不會說中文。
a.ni.yo

(4)

가 : 운전[運轉]을 할 수 있어요? 會開車嗎？
un.jeo.neul- hal- su- i.sseo.yo

나 : 아니요, ______ 不，不會開車。
a.ni.yo

1 〈보기〉와 같이 쓰세요. 請仿照＜範例＞寫寫看。

아프다
a.ppeu.da
不舒服

〈範例〉

[學校]
가 : 어제 학교에 갔어요? 昨天去了學校嗎？
eo.je- hak.ggyo.e- ka.sseo.yo

나 : 아니요, 아파서 못 갔어요. 不，因為不舒服，沒辦法去。
a.ni.yo- a.ppa.seo- mot- gga.sseo.yo

(1)

[時間]
시간이 없다
si.ga.ni- eop.dda
沒時間

[來日] [shopping]
가 : 내일 쇼핑을 할 수 있어요? 明天可以購物嗎？
nae.il- syo.pping.hal- su- i.sseo.yo

나 : ________ 不，因為沒時間，不能購物。

(2)

일이 많다
i.li- man.tta
事情多

[週末]
가 : 이번 주말에 쉬어요? 這個週末休息嗎？
i.beon- chu.ma.le- swi.eo.yo

나 : ________

不，事情很多，不能休息。

(3)

[約束]
다른 약속이 있다
ta.leun- yak.sso.gi- it.dda
已經有約

[女子親舊]
가 : 오늘 여자 친구를 만나요? 今天見女朋友嗎？
o.neu- yeo.ja- chin.gu.leul- man.na.yo

나 : ________

不，已經有約了，沒辦法見女朋友。

(4)

비가 오다
pi.ga- o.da
下雨

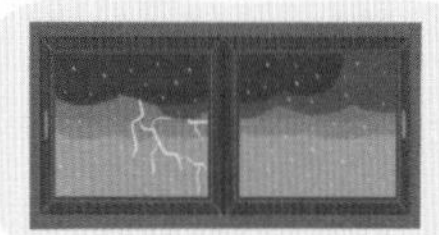

[週末] [公園]
가 : 지난 주말에 놀이공원에 갔어요? 上週末去了遊樂園嗎？
chi.nan- chu.ma.le- no.li.gong.wo.ne- ka.sseo.yo

나 : ________ 不，因為下雨，沒能去。

(5)

[票]
표가 없다
ppyo.ga- eop.dda
沒票

[演劇]
가 : 어제 연극을 봤어요? 昨天看了話劇嗎？
eo.je- yeon.geu.geul- pwa.sseo.yo

나 : ________ 不，因為沒票，不能看。

(6)

[疲困]
피곤하다
ppi.go.na.da
疲倦

[週] [運動]
가 : 지난주에 운동을 했어요? 上週有運動嗎？
chi.nan.ju.e- un.dong.eul- hae.sseo.yo

나 : ________ 不，因為很累，沒能運動。

듣기 聽力

1 듣고 질문에 맞는 것을 고르세요 .

聽完之後，請根據問題，寫出正確答案。

(1) 여자는 지금 무엇을 해요 ? 女生現在在做什麼？

① 

② 

③ 

(2) 남자는 왜 약속 시간에 늦었어요 ? 男生為什麼約會遲到？

① 

② 

③ 

2 대화를 듣고 맞으면 ◯ , 틀리면 ╳ 하세요 .

請聽對話，對的打◯，錯的打╳ 。

(1) 바트 씨는 내일 친구를 만나러 공항에 가요 . ( )
巴特先生明天去機場見朋友。

(2) 내일은 유카 씨의 생일이에요 . ( )
明天是由夏小姐的生日。

(3) 바트 씨는 내일 생일 파티에 못 가요 . ( )
巴特先生明天不能去生日派對。

(4) 유카 씨와 바트 씨는 6 시에 만날 거예요 . ( )
由夏小姐和巴特先生 6 點要見面。

말하기 口語

친구와 함께 이야기하세요. 和朋友一起說看看。

가: 마틴 씨, 내일 시간이 있어요? 馬丁先生，明天有時間嗎？
ma.ttin- ssi- nae.il- si.ga.ni- i.sseo.yo

나: 네, 시간이 있어요. 有，有時間。
ne- si.ga.ni- i.sseo.yo

가: 그럼 저하고 명동에 쇼핑하러 갈까요?
keu.leom- cheo.ha.go- myeong.dong.e- syo.pping.ha.leo- kal.gga.yo
那麼要不要和我一起去明洞逛街？

나: 좋아요. 어디에서 만날까요? 好啊。在哪裡見面好呢？
cho.a.yo- eo.de.e.seo- man.nal.gga.yo

가: 명동역에서 오후 5시에 만나요. 下午5點在明洞站見面。
myeong.dong.yeo.ge.seo- o.hu- ta.seot.ssi.e- man.na.yo

나: 네, 내일 만나요. 好，明天見。
ne- nae.il- man.na.yo

〈範例〉

언제 가요? 何時去呢？ eon.je- ka.yo	내일 明天 naeil
어디에 가요? 去哪裡呢？ eo.di.e- ka.yo	명동 明洞 myeong.dong
무엇을 해요? 做什麼呢？ mu.eo.seul- hae.yo	쇼핑 逛街 syo.pping
어디에서 만나요? 在哪裡見面呢？ eo.di.e.seo- man.na.yo	명동역 明洞站 myeong.dong.yeok
몇 시에 만나요? 幾點見面呢？ myeot- ssi.e- man.na.yo	오후 5시 下午5點 o.hu- ta.seot.ssi

(1)

언제 가요? eon.je- ka.yo	다음 주 일요일 下週日 ta.eum- ju- i.lyo.il
어디에 가요? eo.di.e- ka.yo	공원 公園 kong.won
무엇을 해요? mu.eo.seul- hae.yo	자전거 腳踏車 cha.jeon.geo
어디에서 만나요? eo.di.e.seo- man.na.yo	학교 앞 學校前面 hak.ggyo- ap
몇 시에 만나요? myeot- ssi.e- man.na.yo	오전 10시 上午10點 o.jeon- yeol.si

(2)

언제 가요? eon.je- ka.yo	금요일 星期五 keu.myo.il
어디에 가요? eo.di.e- ka.yo	극장 電影院 keuk.jjang
무엇을 해요? mu.eo.seul- hae.yo	영화 電影 yeong.hwa
어디에서 만나요? eo.di.e.seo- man.na.yo	신촌 新村 sin.chon
몇 시에 만나요? myeot- ssi.e- man.na.yo	오후 1시 30분 下午1點30分 o.hu- han.si- sam.sip.bbun

(3)

언제 가요? eon.je- ka.yo	주말 週末 chu.mal
어디에 가요? eo.di.e- ka.yo	바다 海邊 pa.da
무엇을 해요? mu.eo.seul- hae.yo	낚시 釣魚 nak.ssi
어디에서 만나요? eo.di.e.seo- man.na.yo	서울역 首爾站 seo.ul.lyeok
몇 시에 만나요? myeot- ssi.e- man.na.yo	오전 8시 上午8點 o.jeon- yeo.deol.si

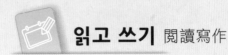

읽고 쓰기 閱讀寫作

1 읽고 질문에 답하세요. 請閱讀並回答問題。

저는 지난 주말[週末]에 마이클과 약속[約束]을 했어요. 마이클과 함께 물놀이를 하러 계곡[溪谷]에 가고 싶었어요. 그런데 머리가 많이 아파서 갈 수 없었어요. 그래서 마이클과 전화[電話]를 했어요.

"마이클 씨, 저 바트예요. 제가 너무 아파서 계곡[溪谷]에 못 가요. 약속[約束]을 못 지켜서 미안[未安]해요."

"괜찮아요. 많이 아파요? 집에서 쉬고 다음에 같이 가요."

저는 친구[親舊]와 약속[約束]을 못 지켜서 정[正]말 미안[未安]했어요.

我上週末和麥可先生約好了。想和麥可先生一起去溪谷玩水。
可是頭非常痛，沒辦法去。所以和麥可先生通了電話。
「麥可先生，我是巴特。我因為很不舒服，沒辦法去溪谷了。對不起，沒能守約。」
「沒關係。很不舒服嗎？先在家休息，下次一起去吧。」
我因為沒能遵守和朋友的約定，真的很過意不去。

(1) 바트 씨는 지난 주말에 무엇을 하고 싶었어요? 巴特先生上週末想做什麼呢？

(2) 바트 씨는 친구와 약속을 지켰어요? 巴特先生有和朋友遵守約定嗎？

(3) 바트 씨는 왜 친구를 만날 수 없었어요? 巴特先生為什麼沒能見朋友呢？

2 여러분은 언제 약속을 못 지켰어요? 왜 못 지켰어요? 써 보세요.

各位何時沒能守約呢？為什麼呢？請寫看看。

날개 달기 展翅高飛

1 일주일 동안 무엇을 할 거예요 ? 계획을 쓰세요 .
一星期當中要做些什麼呢？ 請寫出計畫。

일	월	화	수	목	금	토

2 친구와 약속을 하세요 . 請和朋友約約看。

가 : 토요일에 시간이 있어요 ? 같이 등산을 갈까요 ?
星期六有時間嗎？要不要一起去爬山？

나 : 미안해요 . 다른 약속이 있어서 못 가요 .
對不起。我有約了，不能去。

가 : 그래요 ? 일요일은 어때요 ?
是嗎？星期天怎麼樣？

나 : 일요일은 약속이 없어서 같이 갈 수 있어요 .
星期天沒有約，可以一起去。

가 : 그럼 일요일에 같이 등산하러 가요 .
那麼星期天一起去爬山吧。

문화 알기 - 서울 認識文化－首爾

인사동 : 한국 전통 물건을 살 수 있어요 .
仁寺洞：買得到韓國傳統物品。

대학로 : 공연을 볼 수 있어요 .
大學路：欣賞得到表演。

홍대 : 그림을 보고 클럽에도 갈 수 있어요 .
弘大：可以欣賞繪畫，也可以去夜店。

남산 : 서울 경치를 볼 수 있어요 .
南山：可以欣賞首爾風景。

도봉구 道峰區
강북구 江北區
노원구 蘆原區
은평구 恩平區
성북구 城北區
중랑구 中浪區
종로구 鍾路區
서대문구 西大門區
동대문구 東大門區
강서구 江西區
중구 中區
마포구 麻浦區
성동구 城東區
광진구 廣津區
강동구 江東區
용산구 龍山區
영등포구 永登浦區
양천구 陽川區
동작구 銅雀區
송파구 松坡區
강남구 江南區
구로구 九老區
서초구 瑞草區
관악구 冠岳區
금천구 衿川區

잠실 : 놀이공원이 있어요 .
蠶室：有遊樂園。

이촌 : 국립중앙박물관이 있어요 .
二村：有國立中央博物館。

이태원 : 여러 나라 음식을 먹을 수 있어요 .
梨泰院：吃得到各國食物。

잠실 : 야구를 볼 수 있어요 .
蠶室：可以看棒球。

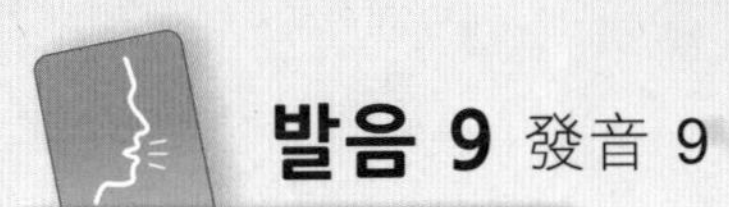

발음 9 發音 9

받침 ㅁ / ㅇ + ㄹ → [받침 ㅁ / ㅇ + ㄴ]
* ㄹ → [ㄴ]

종로 鐘路 음력 陰曆
[종노] [음녁]

尾音ㅁ或ㅇ，後面加上子音ㄹ時，ㄹ的發音會產生硬音化，也就是心理發 [ㄴ] 的音。

1 듣고 따라 읽으세요 . 請聽並且跟著唸。

Track 04

(1) 종로
chong.no
鐘路

(2) 충정로
chung.jeong.no
忠正路

(3) 버스 정류장
peo.seu- cheong.nyu.jang
公車站牌

(4) 승리
seung.ni
勝利

(5) 음력
eum.nyeok
陰曆

(6) 심리
sim.ni
心理

2 듣고 따라 읽으세요 . 請聽並且跟著唸。

Track 05

(1) 내일 종로에서 영화를 볼까요 ?
nae.il- chong.no.e.seo- yeong.hwa.leul- polgga.ya
明天要不要在鍾路看電影？

(2) 지하철을 타러 충청로역에 가요 .
chi.ha.cheo.leul- tta.leo- chung.jeong.no.yeo.ge- ka.yo
去忠正路站搭地鐵。

(3) 은행 앞 버스 정류장에서 만날까요 ?
eu.naeng- ap- beo.seu- cheong.nyu.jang.e.seo- man.nal.gga.yo
在銀行前公車站牌見面好嗎？

(4) 추석은 음력 8 월 15 일이에요 .
chu.seo.geun- eum.nyeok- ppa.lwol- si.bo.i.li.e.yo
中秋節是陰曆 8 月 15 日。

(5) 저는 심리학을 공부하러 왔어요 .
cheo.neun- sim.ni.ha.geul- kong.bu.ha.leo- wa.sseo.yo
我來唸心理學。

2과 장소와 방향
場所 · 方向

學習目標 學會問路和說明方向

文法重點

-으세요 請～	으로 往、朝	
-으면 ～的話	-으니까 因為	ㄹ 탈락 ㄹ 脫落

學習準備

여러분은 길을 모르면 어떻게 해요 ?
各位路不熟的話該怎麼辦呢 ?

다른 사람에게 길을 설명할 수 있어요 ?
可以為別人說明方向嗎 ?

사거리에서 왼쪽으로 가면 있어요
從十字路口往左邊走的話，就到了

Track 06

바 트 선생님 , 이 근처에 빵집이 있어요 ?
seon.saeng.nim- i- keun.cheo.e- bbang.ji.bi- i.sseo.yo
친구 생일이라서 케이크를 사고 싶어요 .
chin.gu-saeng.i.li.la.seo- kke.i.kkeu.leul- sa.go- si.ppeo.yo

선생님 근처에 빵집은 없지만 떡집은 있어요 . 떡 케이크는 어때요 ?
keun.cheo.e- bbang.ji.beun- eop.jji.man- ddeok.jji.beun- i.sseo.yo- ddeok-kke.i.kkeu.neun- eo.ddae.yo

바 트 떡 케이크도 맛있어요 ?
ddeok- kke.i.kkeu.do- ma.si.sseo.yo

선생님 네 , 그 집은 떡이 맛있어서 사람들이 많이 사러 가요
ne- keu- chi.beun- ddeo.gi ma.si.sseo.seo- sa.lam.deu.li- ma.ni- sa.leo- ka.yo

바 트 거기에 어떻게 가요 ?
keo.gi.e- eo.ddeo.kke- ka.yo

선생님 학교 앞 횡단보도를 건너세요 . 사거리에서 왼쪽으로 가면 있어요 .
hak.ggyo- ap- hoeng.dan.bo.do.leul- keon.neo.se.yo- sa.geo.li.e.seo- oen.jjo.geu.lo-ka.myeon- i.sseo.yo
케이크는 매일 조금만 만드니까 일찍 가세요 .
kke.i.kkeu.neun- mae.il- cho.geum.man- man.deu.ni.gga- il.jjik- ga.se.yo

바 트 정말 고맙습니다 .
cheong. mal- ko.map.sseum.ni.da

巴特 老師，這附近有麵包店嗎？
因為朋友生日，想買個蛋糕。
老師 附近沒有麵包店，但有年糕店。年糕蛋糕怎麼樣？
巴特 年糕蛋糕也好吃嗎？
老師 是啊，那家店因為年糕好吃，所以很多人去買。
巴特 那裡要怎麼去呢？
老師 請穿越學校前面的斑馬線。從十字路口往左邊走的話，就到了。
因為每天只製作一些，請提早去。
巴特 真的很謝謝您。

본문 확인하기 確認課文

바트 씨는 왜 케이크를 사요 ?
巴特先生為什麼買蛋糕？

떡집에 어떻게 가요 ?
年糕店怎麼去呢？

어휘와 표현 詞彙和表達

근처 [近處]	빵집	떡집	떡
keun.cheo 附近	bang.jip 麵包店	ddeok.jjip 年糕店	ddeok 年糕
거기	어떻게	횡단보도 [橫斷步道]	
keo.gi 那裡	eo.ddeo.kke 如何	hoeng.dan.bo.do 斑馬線	
건너다	사거리 [四]	왼쪽	조금만
keon.neo.da 穿越	sa.geo.li 十字路口	oen.jjok 左邊	cho.geum.man 只有一些

은 / 는 어때요 ?
eun/neun- eo.ddae.yo
～怎麼樣？

에 어떻게 가요 ?
e- eo.ddeo.kke- ka.yo
～怎麼去？

어휘 알기 - 길 認識詞彙－ 路

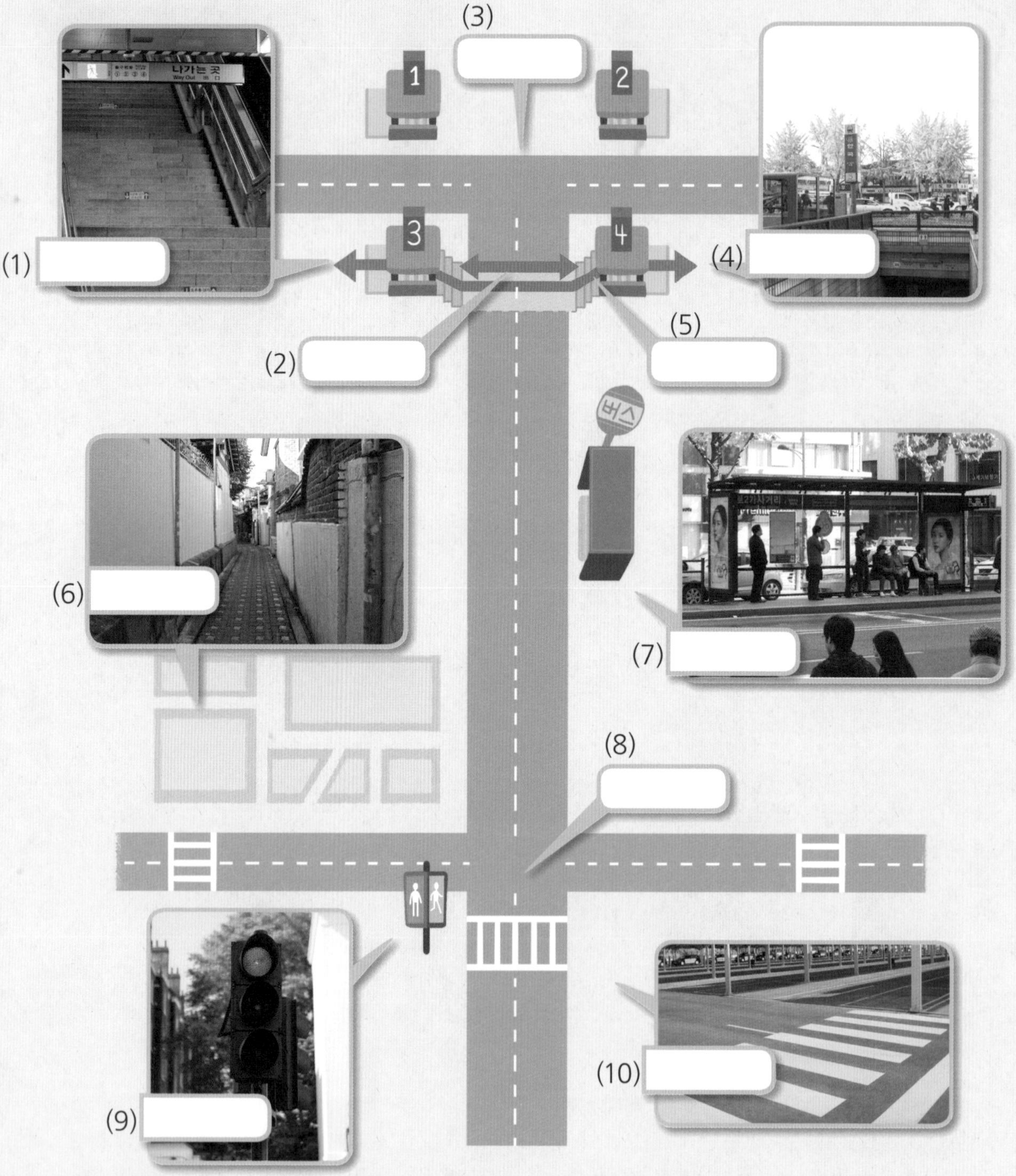

(1)

(2)

(3)

(4)

(5)

(6)

(7)

(8)

(9)

(10)

버스

그림에 맞는 단어를 골라 쓰세요 . 請選擇並寫下適合的單字。

[階段] 계단 ke.dan 樓梯	골목 kol.mok 巷子	[bus 停留場] 버스 정류장 peo.seu- cheong.nyu.jang 公車站牌	[4] 사거리 sa.geo.li 十字路口	[3] 삼거리 sam.geo.li 三叉路口
[信號燈] 신호등 si.no.deung 紅綠燈	[地下道] 지하도 chi.ha.do 地下道	[地下鐵驛] 지하철역 chi.ha.cheol.lyeok 地鐵站	[出口] 출구 chul.gu 出口	[橫斷步道] 횡단보도 hoeng.dan.bo.do 斑馬線

어휘 알기 - 방향 認識詞彙－ 方向

(으)로 가다 / 오다 往～去／來
eu.lo- ka.da / o.da

오른쪽 右邊
o.leun.jjok

왼쪽 左邊
oen.jjok

[便]
건너편 對面
keon.neo.ppyeon

이쪽 這邊
i.jjok

저쪽 那邊
cheo.jjok

그쪽 那邊
keu.jjok

을 / 를 건너다 穿越～
eul / leul- keon.neo.da

길 路
kil

[橫斷步道]
횡단보도 斑馬線
hoeng.dan.bo.do

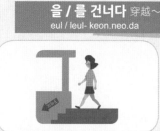

[地下道]
지하도 地下道
chi.ha.do

(으) 로 나가다 往～出去
eu.lo- na.ga.da

[出口] [門]
출구 / 문 出口／門
chul.gu mun

(으) 로 나오다 往～出來
eu.lo- na.o.da

[出口] [門]
출구 / 문 出口／門
chul.gu mun

(으) 로 올라가다 / 내려가다 往～上去／下去
eu.lo- ol.la.ga.da / nae.lyeo.ga.da

[層]
2 층 2 樓
i.cheung

위 上面
wi

아래 下面
a.lae

문법 알기 認識文法

- 으세요 請~
eu.se.yo
⟶ 動詞 + - (으) 세요

動詞	尾音	句型
동사	받침 (O)	- 으세요
	받침 (X)	- 세요

〈例句〉 [冊]
책을 읽으세요 . 請讀書。
chae.geul- il.geu.se.yo

[漆板]
칠판을 보세요 . 請看黑板。
chil.ppa.neul- po.se.yo

[juice] [瓶]
빵하고 주스 한 병 주세요 . 請給我麵包和一瓶果汁。
bbang.ha.go- chu.seu- han- byeong- chu.se.yo

〈說明〉

－(으) 세요加在動詞後，意思是「請做某件事」，表示禮貌的命令句型。動詞原型去掉다後，若有尾音，加上－으세요，無尾音，則加上－세요。此命令句型只能用於現在式肯定句，不能用於疑問句或加上其他時態。

문법 익히기 熟悉文法

1 〈보기〉와 같이 쓰세요 . 請仿照＜範例＞寫寫看。

〈範例〉

[試驗工夫]
시험공부 準備考試 / 하다 做
si.heom.gong.bu ha.da

(1) 5 쪽 / 읽다 讀
o.jjok ik.dda

________________請讀第 5 頁。

(2) CD / 듣다 聽
si.di teut.dda

________________請聽 CD。

(3) 병원 醫院 / 가다 去
pyeong.won ka.da

________________請去醫院。

(4) 여기 這裡 / 앉다 坐
yeo.gi an.da

________________請坐這裡。

문법 알기 認識文法

으로 朝、往⟶地點名詞 + - (으) 로
eu.lo

〈例句〉

[bus] [市廳]
이 버스는 시청으로 가요. 這班公車開往市政府。
i- peo.seu.neun- si.cheong.eu.lo- ka.yo

[階段]
오른쪽 계단으로 올라가세요. 請往右邊樓梯上去。
o.leun.jjok- ge.da.neu.lo- ol.la.ga.se.yo

[番] [出口]
2 번 출구로 나오세요. 請朝 2 號出口出來。
i.beon- chul.gu.lo- na.o.se.yo

〈說明〉

－(으) 로加在地點後，意思是「往～地點」，表示目的地，後面通常接「來去動詞」，如가다（去）、오다（來）等。地點名詞末字若有尾音，加上－으로，無尾音，則加上로。但如果地點名詞末字尾音為ㄹ，如교실（教室），則省略으，直接加上로，成為교실로（往教室）。

문법 익히기 熟悉文法

1 **〈보기〉와 같이 알맞은 그림과 연결하세요.** 請參考〈範例〉，連結適合的圖片。

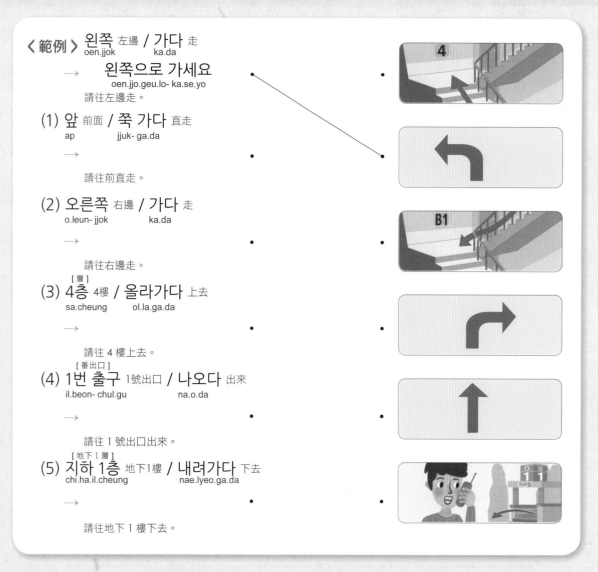

〈範例〉 왼쪽 左邊 / 가다 走
oen.jjok ka.da
→ 왼쪽으로 가세요
oen.jjo.geu.lo- ka.se.yo
請往左邊走。

(1) 앞 前面 / 쭉 가다 直走
ap jjuk- ga.da
→
請往前直走。

(2) 오른쪽 右邊 / 가다 走
o.leun- jjok ka.da
→
請往右邊走。

(3) [層] 4층 4樓 / 올라가다 上去
sa.cheung ol.la.ga.da
→
請往 4 樓上去。

(4) [番出口] 1번 출구 1號出口 / 나오다 出來
il.beon- chul.gu na.o.da
→
請往 1 號出口出來。

(5) [地下 1 層] 지하 1층 地下1樓 / 내려가다 下去
chi.ha.il.cheung nae.lyeo.ga.da
→
請往地下 1 樓下去。

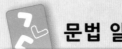

문법 알기 認識文法

- 으면 ~的話
eu.myeon
⟶ 動詞／形容詞 + - (으) 면

動詞	尾音	句型
동사 動詞	받침 (O)	- 으면
형용사 形容詞	받침 (X)	- 면

〈例句〉 [感氣藥] 감기약을 먹으면 잠이 와요 . 吃感冒藥的話，會想睡覺。
kam.gi.ya.geul- meo.geu.myeon- cha.mi- wa.yo

[故鄉] 고향에 가면 [家族] 가족들하고 [旅行] 여행할 거예요 . 回故鄉的話，要和家人們旅行。
ko.hyang.e- ka.myeon- ka.jok.ddeu.la.go- yeo.haeng.hal- geo.ye.yo

돈이 많으면 [車] 차를 사고 싶어요 . 錢很多的話，想買車。
to.ni- ma.neu.myeon- cha.leul- sa.go- si.ppeo.yo

[疲困] 피곤하면 쉬세요 . 累的話，請休息。
ppi.go.na.myeon- swi.se.yo

추우면 옷을 입으세요 . 冷的話，請穿衣服。
chu.u.myeon- o.seul- i.beu.se.yo

〈說明〉
－(으) 면加在動詞或形容詞後，意思是「如果～的話」，表示假設語氣的連接詞。動詞／形容詞原型去掉다，若末字有尾音，接－으면，無尾音，則接－면，但若原型為ㄹ다，如살다（居住），則省略으，直接加上－면，成為살면（居住的話）。（參考 P.38 文法）

문법 익히기 熟悉文法

1 〈보기〉와 같이 알맞은 것을 연결하고 쓰세요 .
請仿照＜範例＞，連結適合的部分並寫成句子。

〈範例〉 [放學] 방학을 하다 放假 • ── • [授業] 수업을 안 하다 不上課
pang.ha.geul- ha.da

(1) [音樂] 음악을 듣다 聽音樂 •
eu.ma.geul- teut.dda

(2) 밥을 안 먹다 不吃飯 •
pa.beul- an- meok.dda

(3) 머리가 아프다 頭痛 •
meo.li.ga- a.ppeu.da

(4) [sale] 세일을 하다 打折 •
se.i.leul- ha.da

(5) 오른쪽으로 가다 往右邊走 •
o.leun.jjo.geu.lo- ka.da

• [化妝室] 화장실이 있다 有廁所
hwa.jang.si.li- it.dda

• [病院] 병원에 가다 去醫院
pyeong.wo.ne- ka.da

• [氣分] 기분이 좋다 心情好
ki.bu.ni- cho.tta

• 배가 고프다 肚子餓
pae.ga- ko.ppeu.da

• [授業] 수업을 안 하다 不上課
su.eo.beul- an- ha.da

• [百貨店] 백화점에 사람이 많다 百貨公司人多
pae.kkwa.jeo.me- sa.la.mi-man.tta

〈範例〉 [放學] 방학을 하면 [授業] 수업을 안 해요 . 放假的話，不上課。
pang.ha.geul- ha.myeon- su.eo.beul- a- nae.yo

(1) ______ 聽音樂的話，心情好。

(2) ______ 不吃飯的話，會肚子餓。

(3) ______ 頭痛的話，去醫院。

(4) ______ 打折的話，百貨公司人很多。

(5) ______ 往右邊走的話，有廁所。

2 <보기>와 같이 쓰세요. 請仿照<範例>寫寫看。

<範例>

가 : [來日] 내일 날씨가 좋으면 뭐 할 거예요?
nae.il- nal.ssi.ga- cho.eu.myeon- mwo- hal- geo.ye.yo
明天天氣好的話，要做什麼？

나 : 날씨가 좋으면 놀이공원[公園]에 갈 거예요.
nal.ssi.ga- cho.eu.myeon- no.li.gong.wo.ne- kal- geo.ye.yo
天氣好的話，要去遊樂園。

(1) 가 : [卒業] 졸업하면 뭐 할 거예요? ([就職] 취직하다 找工作) 畢業的話，要做什麼？
cho.leo.ppa.myeon- mwo- hal- geo.ye.yo

나 : ________ (畢業的話，要找工作。)

(2) 가 : [授業] 수업이 끝나면 어디에 갈 거예요? (집에 가다 回家) 下課的話，要去哪裡？
su.eo.bi- ggeun.na.myeon- eo.di.e- kal- geo.ye.yo

나 : ________ 下課的話，要回家。

(3) 가 : 눈이 오면 뭐 하고 싶어요? (눈사람을 만들다 堆雪人) 下雪的話，想做什麼？
nu.ni- o.myeon- mwo- ha.go- si.ppeo.yo

나 : ________ 下雪的話，想堆雪人。

(4) 가 : [時間] 시간이 있으면 어디에 가고 싶어요? ([旅行] 여행가다 去旅行) 有時間的話，想去哪裡？
si.ga.ni- i.sseu.myeon- eo.di.e- ka.go- si.ppeo.yo

나 : ________ 有時間的話，想去旅行。

(5) 가 : 돈이 많으면 뭐 사고 싶어요? ([車] 차를 사다 買車) 錢很多的話，想買什麼？
to.ni- ma.neu.myeon- mwo- sa.go- si.ppeo.yo

나 : ________ 錢很多的話，想買車。

3 그림을 보고 <보기>와 같이 쓰세요. 請看圖片，仿照<範例>寫寫看。

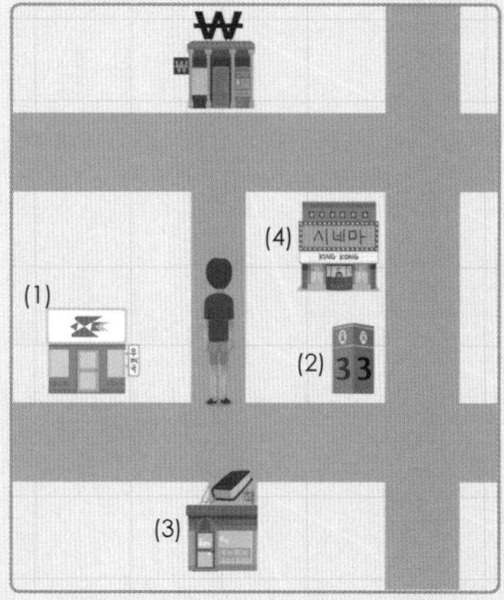

<說明> 앞으로 가면 [銀行] 은행이 있어요. 往前走的話，有銀行。
a.ppeu.lo- ka.myeon- eu.naeng.i- i.sseo.yo

(1) ________
往左邊走的話，有郵局。

(2) ________
往右邊走的話，有地鐵站。

(3) ________
往後走的話，有書店。

(4) [銀行] 은행 앞 [3] 삼거리에서
eu.naeng- ap- sam.ge.li.e.seo

____
從銀行前面三叉路口往右邊走的話，有電影院。

문법 알기 認識文法

- 으니까 因為
eu.ni.gga
⟶ 動詞／形容詞 + - (으) 니까

詞性	時態	尾音／母音	句型
동사 動詞 형용사 形容詞	현재 現在	받침 (O)	- 으니까
		받침 (X)	- 니까
	과거 過去	ㅏ, ㅗ (O)	- 았으니까
		ㅏ, ㅗ (X)	- 었으니까
		하다	했으니까
명사 名詞	현재 現在	받침 (O)	이니까
		받침 (X)	니까
	과거 過去	받침 (O)	이었으니까
		받침 (X)	였으니까

〈例句〉

[學生] [冊]
핵생들이 책을 읽으니까 조용히 하세요 . 因為學生們在讀書，請安靜。
haek.ssaeng.deu.l- chae.geul- il.geu.ni.gga- cho.yong.hi- ha.se.yo

[來日] [生日 party]
내일 생일 파티를 하니까 우리 집에 오세요 . 因為明天開慶生派對，請來我家。
nae.il- saeng.il- ppa.tti.leul- ha.ni.gga- u.li- chi.be- o.se.yo

[冊] [冊]
그 책을 읽었으니까 다른 책을 사요 . 那本書因為讀過了，請買別本書。
keu- chae.geul- il.geo.sseu.ni.gga- ta.leun- chae.geul- sa.yo

[試驗] [工夫]
시험이 어려우니까 공부하세요 . 因為考試很難，請唸書。
si.heo.mi- eo.lyeo.u.ni.gga- kong.bu.ha.se.yo

과일이 싸니까 많이 살까요 ? 因為水果便宜，要不要多買一些？
kwa.i.li- ssa.ni.gga- ma.ni- sal.gga.yo

[放學] [旅行]
방학이니까 같이 여행 가요 . 因為放假，一起去旅行吧。
pang.ha.gi.ni.gga- ka.chi- yeo.haeng- ka.yo

❶ －（으）니까加在動詞／形容詞／名詞後，意思是「因為～」，前面所加的動詞／形容詞／名詞表示原因。
❷ 表達現在式時，將動詞或形容詞去掉原型다後，若末字有尾音，加上－으니까，無尾音，則加上－니까。加在名詞後時，若末字有尾音，加上이니까，無尾音，則加上니까。
❸ 表達過去式時，將動詞或形容詞去掉다後，若末字母音為ㅏ或ㅗ，加上－았으나까，只要母音非ㅏ或ㅗ，則加上－었으니까，若屬於～하다原型，則去掉하다，加上했으니까。加在名詞後，若末字有尾音，加上이었으니까，無尾音，則加上였으니까。
❹ 例句的「시험이어려우니까공부하세요.」（因為考試很難，請唸書。）其中形容詞原型為어렵다（困難），去掉原型다後，由於렵為不規則ㅂ，加上－으니까時，ㅂ會脫落，加上우，成為어려우니까（因為困難）。

문법 익히기 熟悉文法

1 〈보기〉와 같이 쓰세요 . 請仿照〈範例〉寫寫看。

〈範例〉 비가 오니까 [雨傘] 우산을 가져가세요 . (비가 오다 下雨)
pi.ga- o.ni.gga- u.sa.neul- ka.jyeo.ga.se.yo
因為下雨，請帶傘去。

(1) ______ [juice] 주스를 주세요 . (저는 [coffee] 커피를 안 마시다) 因為我不喝咖啡，請給我果汁。
chu.seu.leul- chu.se.yo

(2) ______ 우리도 가요 . (모두 집에 갔다) 因為全都回家了，我們也去吧。
u.li.do- ka.yo

(3) ______ 다시 [電話] 전화하세요 . (에린 씨는 지금 바쁘다) 因為愛琳小姐很忙，下次再聯絡。
ta.si- cheo.nwa.ha.se.yo

(4) ______ 같이 먹어요 . ([飲食] 음식이 많다) 因為食物很多，一起吃。
ka.chi- meo.geo.yo

(5) ______ [窗門] 창문을 닫으세요 . (날씨가 춥다) 因為天氣很冷，請把窗戶關起來。
chang.mu.neul- ta.deu.se.yo

(6) ______ [登山] 등산을 갈까요 ? ([週末] 주말이다) 因為是週末，要登山嗎？
teung.sa.neul- kal.gga.yo

2 <보기>와 같이 쓰세요. 請仿照<範例>寫寫看。

<範例> **가:** 주말에 명동에 갈까요? 週末要不要一起去明洞?
chu.ma.le- myeong.dong.e- kal.gga.yo
[週末]
나: 주말에는 사람이 많으니까 다음에 가요. 週末人很多，下次再去。
chu.ma.le.neun- sa.la.mi- ma.neu.ni.gga- ta.eu.me- ka.yo

(1) **가:** [點心]점심을 먹고 [公園]공원에서 [散策]산책할까요? 吃完午餐，要不要在公園散步?
cheom.si.meul- meok.ggo- kong.wo.ne.seo- san.chae.kkal.gga.yo

나: 좋아요. 날씨가 ________ 같이 [散策]산책해요. 好。天氣很好，一起散步吧。
cho.a.yo- nal.ssi.ga ka.chi- san.chae.kkae.yo

(2) **가:** [失禮]실례합니다. 호민 씨 있어요? 不好意思。浩民先生在嗎?
sil.le.ham.ni.da- ho.min- ssi-i.sseo.yo

나: 지금 ________ 다음에 오세요. 現在不在，請下次再來。
chi.geum ta.eu.me- o.se.yo

(3) **가:** 무슨 옷을 사면 좋을까요? 買什麼衣服好呢?
mu.seun- o.seul- sa.myeon- cho.eul.gga.yo

나: 이 옷이 ________ 이 옷을 사세요. 這件衣服很好／很漂亮／很有型，買這件吧。
i- o.si i- o.seul- sa.se.yo

(4) **가:** 지금 눈이 와요? 現在下雪嗎?
chi.geum- nu.ni- wa.yo

나: 네, ________ [運轉操心]운전 조심하세요. 對，因為下雪，開車請小心。
ne un.jeon- cho.si.ma.se.yo

(5) **가:** [來日]내일 [親舊]친구들이 올 거예요. 明天朋友們要來。
nae.il- chin.gu.deu.li- ol- geo.ye.yo

나: 집이 ________ [淸掃]청소할까요? 家裡很髒，要不要打掃?
chi.bi cheong.so.hal.gga.yo

(6) **가:** 아기가 어디에 있어요? 孩子在哪裡?
a.gi.ga- eo.di.e- i.sseo.yo

나: 지금 [房]방에서 ________ 조용히 하세요. 現在在房間睡覺，請安靜。
chi.geum- pang.e.seo cho.yong.hi- ha.se.yo

(7) **가:** 밖에서 저녁을 먹을까요? 要不要去外面吃晚餐?
pa.gge.seo- cheo.nyeo.geul- meo.gel.gga.yo

나: [冷藏庫]냉장고에 ________ 집에서 먹어요. 冰箱裡有食物／食物很多，在家吃吧。
nae.jang.go.e chi.be.seo- meo.geo.yo

(8) **가:** [慶州]경주에 가고 싶어요. 我想去慶州。
kyeong.ju.e- ka.go- si.ppeo.yo

나: 다음 [週]주부터 ________ 같이 갈까요? 下週開始放假／休假／連休，要不要一起去?
ta.eum- ju.bu.tteo ka.chi- kal.gga.yo

(9) **가:** 이 [映畫]영화를 볼까요? 要不要看這部電影?
i- yeong.hwa.leul- pol.gga.yo

나: 그 [映畫]영화는 지난달에 ________ 저 [映畫]영화를 봐요. 那部電影上個月看過了，看那部吧。
keu- yeong.hwa.neun- chi.nan- da.le cheo- yeong.hwa.leul- pwa.yo

문법 알기 認識文法

ㄹ 탈락 ㄹ 脫落
li.eul- ttal.lak
⟶ 原型ㄹ다動詞 的不規則變化

[教室] 교실이 더우니까 [窗門] 창문을 여세요 . 因為教室很熱，請開窗戶。
kyo.si.li-teo.u.ni.gga- chang.mu.neul- yeo.se.yo

[釜山] 부산이 머니까 [飛行機] 비행기를 타요 . 因為釜山很遠，要搭飛機。
pu.sa.ni- meo.ni.gga- pi.haeng.gi.leul- tta.yo

[cake] 케이크를 만드니까 일찍 오세요 . 因為做蛋糕，請早一點來。
kke.i.kkeu.leul- man.deu.ni.gga- il.jjik- o.se.yo

〈說明〉

❶ 原型ㄹ다動詞，去掉다，後面會省略「으」和「을」，直接加上文法。因此만들다（製作）+을까요？（要不要？）時，省略을，成為만들까요？（要不要製作）。만들다（製作）+으면（的話）時，省略으，成為만들면（製作的話）。

❷ 原型ㄹ다動詞，去掉다，若後接ㄴ，ㅂ，ㅅ其中一個子音，則ㄹ產生脫落。만들다（製作）+으니까（因為），省略으，加니까，成為만들니까，因遇上子音ㄴ，ㄹ脫落，成為만드니까（因為製作）。만들다（製作）+으세요（請）時，省略으，加세요，成為만들세요，因遇上子音ㅅ，ㄹ脫落，成為만드세요（請製作）。

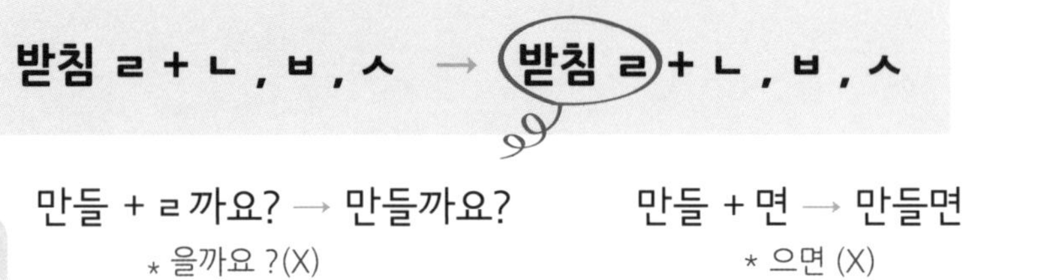

만들다
man.deul.da
製作

만들 + ㄹ까요? → 만들까요?
* 을까요 ?(X)

만들 + 면 → 만들면
* 으면 (X)

만들 + 니까 → 만드니까
* 으니까 (X)

만들 + 세요 → 만드세요
* 으세요 (X)

문법 익히기 熟悉文法

1 다음 표를 완성하세요 . 請完成下表。

	- 아요 / 어요 尊敬語尾	-(으) 니까 因為	-(으) 세요 請	-(으) ㄹ까요 ? 要不要？	-(으) 면 的話
만들다 製作	만들어요				
알다 知道				알까요 ?	
살다 居住		사니까			
팔다 賣					팔면
열다 打開	열어요		여세요		
멀다 遠			／	멀까요 ?	
힘들다 辛苦			／	힘들까요 ?	

2 〈보기〉와 같이 쓰세요. 請仿照＜範例＞寫寫看。

〈範例〉 [cake]
케이크를 만들 거예요. 要做蛋糕。
kke.i.kkeu.leul- man.deul- geo.ye.yo
(만들다 ／製作 + (으) ㄹ 거예요)
man.deul.da eul- geo.ye.yo

(1)

더우니까 [窗門] 창문을 ________
teo.u.ni.gga- chang.mu.neul
因為很熱，要不要開窗？
(열다 ／打開 + (으) ㄹ까요 ?)
yeol.da eul.gga.yo

(2)

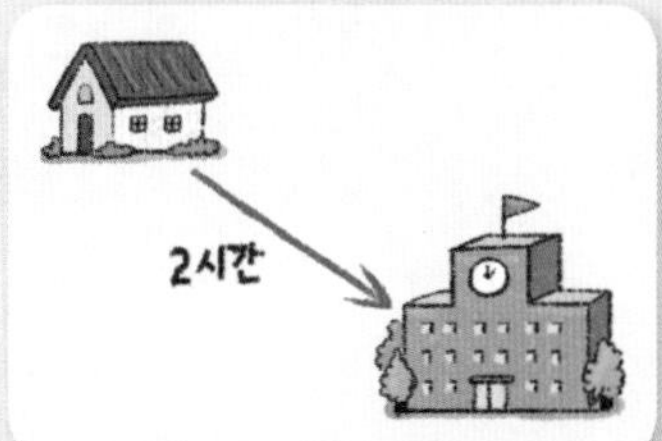

[學校] 학교가 ________ [地下鐵] 지하철을 타세요.
hak.ggyo.ga chi.ha.cheol.leul- tta.se.yo
學校很遠，請搭地鐵。
(멀다 ／遠 +(으) 니까)
meol.da eu.ni.gga

(3)

혼자 하면 ________ 같이 해요.
hon.ja- ha.myeon ka.chi- hae.yo
一個人做的話很辛苦，一起做吧。
(힘들다 ／辛苦 + (으) 니까)
him.deul.da eu.ni.gga

(4)

많이 ________
ma.ni
請多賣一點。（ * 即祝你生意興隆。）
(팔다 ／賣 + (으) 세요)
ppal.dda eu.se.yo

(5)

이 노래를 ________ 같이 해요.
i- no.lae.leul ka.chi- hae.yo
這首歌知道的話，一起唱吧。
(알다 ／知道 + (으) 면)
al.da eu.myeon

듣기 聽力

1 듣고 질문에 답하세요. 請聽完並回答問題。 Track 07

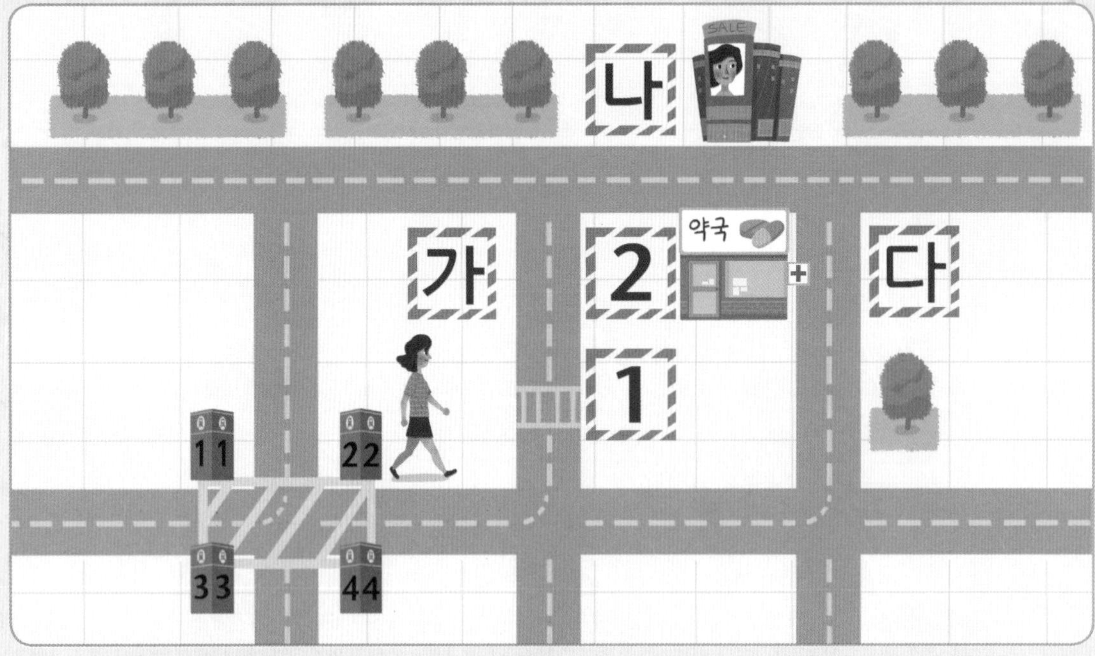

(1) 1과 2에 무엇이 있어요? 단어를 쓰세요. 1和2有什麼呢？請寫出單字。

1 ____________ 2 ____________

(2) 커피숍은 어디에 있어요? 咖啡廳在哪裡呢？

① 가 ② 나 ③ 다

2 대화를 듣고 맞으면 ○, 틀리면 X 하세요. Track 08
請聽對話，對的打○，錯的打X。

(1) 비행기는 1시 30분에 출발해요. ( )
飛機1點30分出發。

(2) 오른쪽으로 가면 문이 있어요. ( )
往右走的話有門。

(3) 남자는 여자하고 경주에 가고 싶어요. ( )
男生想和女生去慶州。

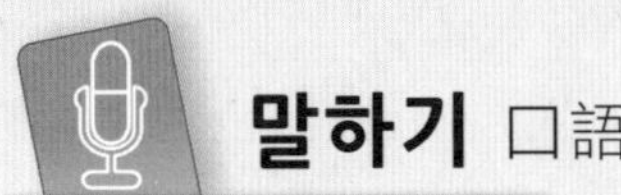

말하기 口語

지도를 보고 친구와 이야기하세요 . 請看地圖，和朋友說看看。

가 : 실례합니다 . 백화점에 어떻게 가요 ? 不好意思。請問百貨公司怎麼去呢？
sil.le.ham.ni.da- pae.kkwa.jeo.meun- eo.ddeo.kke- ka.yo

나 : 사거리에서 오른쪽으로 쭉 가세요 . 請從十字路口往右邊直走。
sa.geo.li.e.seo- o.leun.jjo.geu.lo- jjuk- ga.se.yo

횡단보도를 건너면 극장 옆에 있어요 . 越過斑馬線的話，就在電影院旁邊。
hoeng.dan.bo.do.leul- keon.neo.myeon- keuk.jjang- yeo.ppe- i.sseoyo

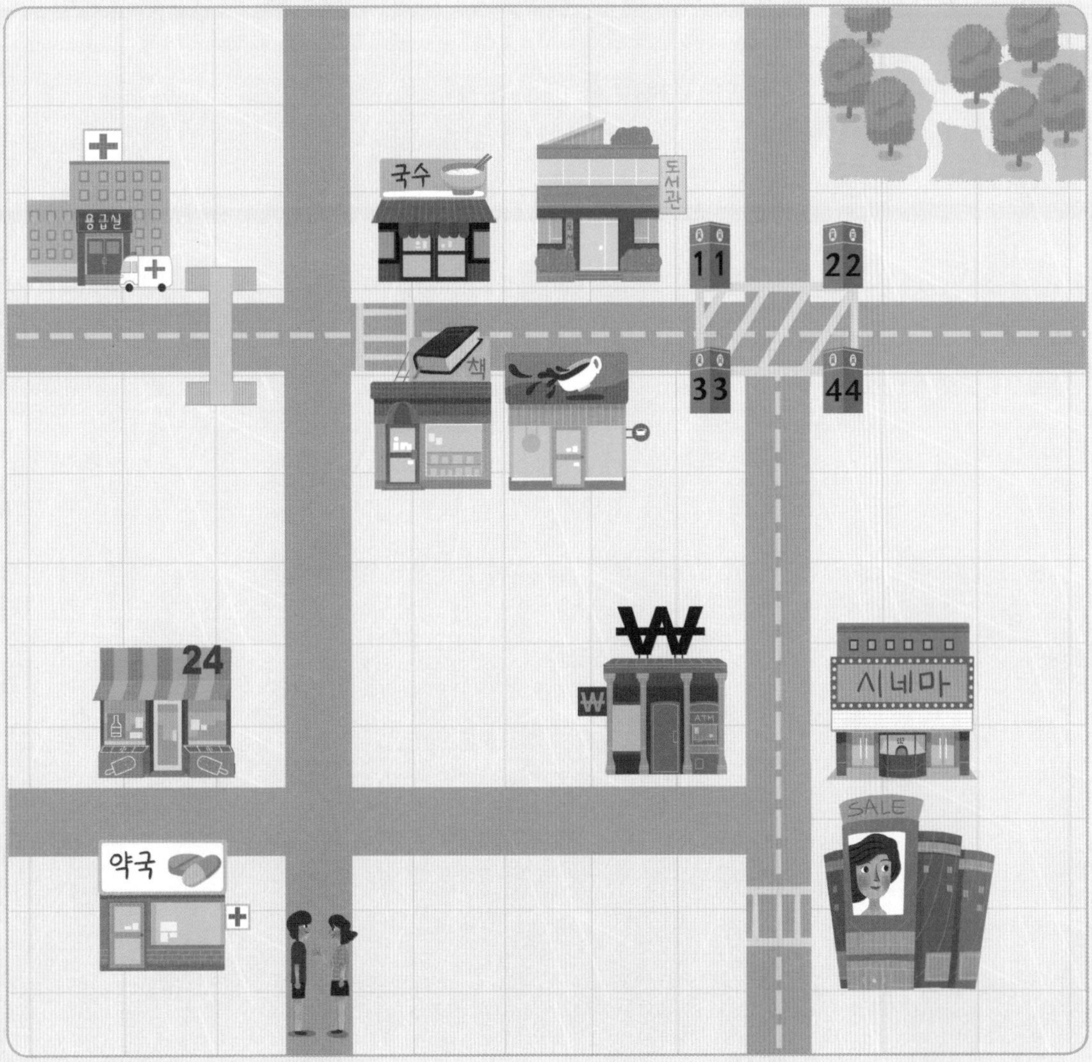

[百貨店] 백화점 pae.kkwa.jeom 百貨公司	[圖書館] 도서관 to.seo.gwan 圖書館	[公園] 공원 kong.won 公園	[病院] 병원 pyeong.won 醫院	[書店] 서점 seo.jeom 書局	[食堂] 식당 sik.ddang 餐廳
[藥局] 약국 yak.ggu 藥局	[coffee shop] 커피숍 kkeo.ppi.syop 咖啡廳	[便宜店] 편의점 ppyeo.ni.jeom 超商	[銀行] 은행 eu.naeng 銀行	[劇場] 극장 keuk.jjang 電影院	

읽고 쓰기 閱讀寫作

1 읽고 질문에 답하세요 .

보낸 사람 이지수
제목 지수예요

텍스트 돋움 10pt 가 가 가 가

바트 씨 , 잘 지냈어요 ?
다음 주[週] 토요일[土曜日]에 우리 집에서 파티[party]를 할 거예요 .
우리 집은 학교[學校]에서 가까워요 . 학교[學校] 앞 횡단보도[橫斷步道]를 건너서 앞으로 쭉 가면 사[4]거리가 있어요 .
사[4]거리에서 왼쪽으로 가면 은행[銀行]이 있어요 .
우리 집은 은행 근처에 있으니까 은행[銀行] 앞에서 전화[電話]하세요 .
다음 주[週]에 만나요 ! ^^

寄件人 李智秀
主旨 我是智秀

巴特先生，最近好嗎？
下週六我家要舉行派對。
我家離學校很近。越過學校前面的斑馬線之後，往前直走的話，會有十字路口。從十字路口往左邊走的話，會有銀行。我家離銀行很近，請在銀行前面打電話給我。
下週見喔！ ^^

(1) 지수 씨는 다음 주에 무엇을 할 거예요 ? 智秀小姐下週要做什麼？

(2) 지수 씨 집에 어떻게 가요 ? 빈칸에 알맞은 단어를 쓰세요 .
智秀小姐的家要怎麼去？請在空格處填入適合的單字。

______ → 횡단보도 → ______ → 은행 → 집
斑馬線 銀行 家

(3) 바트 씨는 어디에서 전화할 거예요 ? 巴特先生要在哪裡打電話？

2 회사 / 학교에서 여러분의 집에 어떻게 가요 ? 써 보세요 .

從公司／學校到各位的家要怎麼去呢？請寫看看。

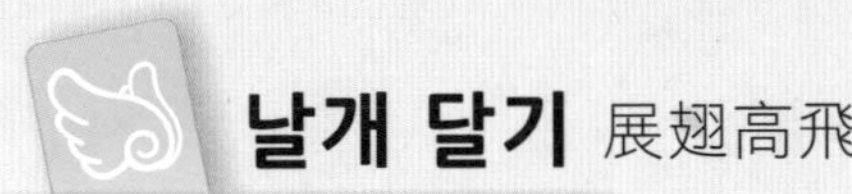

날개 달기 展翅高飛

1 친구와 이야기하세요 . 和朋友説看看。

질문 問題		나 我	친구 朋友
1	돈이 많으면 무엇을 할 거예요 ? 錢很多的話要做什麼 ?		
2	투명인간이 되면무엇을 할 거예요 ? 變成透明人的話，要做什麼 ?		
3	남자 / 여자가 되면 무엇을 하고 싶어요 ? 變成男生／女生的話，想做什麼 ?		
4			
5			

2 여러분 중에서 왕을 뽑으세요 . 왕은 친구에게 '-(으) 세요'로 말하세요 . 왕이 말하면 그대로 하세요 .

請各位推選一位當國王。國王對朋友用「請～」來説話，國王説的話請照做。

문화 알기 - 한국의 떡 認識文化－韓國的年糕

가래떡
ka.lae.ddeok
白年糕

송편
song.ppyeon
小蒸餃

절편
cheol.ppyeon
片糕

백설기
paek.sseol.gi
蒸糕

시루떡
si.lu.ddeok
紅豆糕

인절미
in.jeol.mi
豆蓉切糕

경단
kyeong.dan
糯米糰

발음 10 發音 10

받침 ㄹ + ㄴ → [받침 ㄹ + ㄹ]

받침 ㄴ + ㄹ → [받침 ㄹ + ㄹ]

* ㄴ → [ㄹ]

지하철역 받침 ㄹ + 이, 야, 여, 요, 유
↓
[지하철녁] 받침 ㄹ + [니, 냐, 녀, 뇨, 뉴]
ni,nya,nyeo,nyo,nyu
↓
[지하철력] ㄹ + ㄴ → [ㄹ + ㄹ]
chi.ha.cheol.lyeok

일 년	연락
[일련]	[열락]
il.lyeon	yeol.lak
一年	連絡

알약	서울역
[알략]	[서울력]
al.lyak	seo.ul.lyeok
藥丸	首爾站

註 1
尾音ㄹ，後面加上子音ㄴ，或反之，尾音ㄴ，後面加上子音ㄹ時，ㄴ的發音都會發 [ㄹ] 的音。
註 2
尾音ㄹ，後接 이，야，여，요，유 時，發音會變成 [니，냐，녀，뇨，뉴]，那麼지하철역會先發成 [지하철녁]，再根據註 1 音的變化，最後會發成 [지하철력]。

1 듣고 따라 읽으세요 . 請聽並且跟著唸。 Track 09

(1) 일 년
il- lyeon
一年

(2) 연락 連絡
yeol.lak
連絡

(3) 난로
nal.lo
暖爐

(4) 지하철역
chi.ha.cheol.lyeok
地鐵站

(5) 알약
al.lyak
藥丸

(6) 스물 여섯
seu.mul- lyeo.seot
26

2 듣고 따라 읽으세요 . 請聽並且跟著唸。 Track 10

(1) 일 년에 두 번 방학을 해요 .
il- lyeo.ne- tu- beon- pang.ha.geul- hae.yo
一年有兩次放假。

(2) 집에 가면 연락하세요 .
chi.be- ka.myeon- yeol.la.kka.se.yo
回家的話請和我連絡。

(3) 지하철역 앞에서 친구를 기다려요 .
chi.ha.cheol.lyeok- a.ppe.seo- chin.gu.leul- ki.da.lyeo.yo
在地鐵站前等朋友。

(4) 서울역 1 번 출구에서 만나요 .
seo.ul.lyeok- il.beon- chul.gu.e.seo- man.na.yo
在首爾站 1 號出口見面。

(5) 저는 알약을 못 먹어요 .
cheo.neun- al.lya.geul- mon- meo.geo.yo
我不敢吃藥丸。

(6) 제 동생은 스물 여섯 살이에요 .
che- tong.saeng.eun- seu.mul- lyeo.seot- ssa.li.e.yo
我弟弟 26 歲。

3과 여행
旅行

學習目標 學會說明旅行經驗和旅行計畫

文法重點

- 으려고 하다 想要～
- 어 보다 試過 ～
- 는데 情況是～
- 으면서 一邊～
- 을 때 ～的時候

學習準備

여러분은 한국에서 어디에 가 봤어요?
各位在韓國去過哪裡呢?

그곳에서 무엇을 했어요? 어땠어요?
在那裡做了什麼?怎麼樣?

휴가 때 갔는데 정말 좋았어요
休假的時候去過，真的很不錯

Track 11

유카 시간이 있을 때 여행하려고 해요 . 어디가 좋을까요 ?
si.ga.ni- i.sseul- ddae- yeo.haeng.ha.lyeo.go- hae.yo- eo.di.ga- cho.eul.gga.yo

호민 여수에 가 봤어요 ?
yeo.su.e- ka- bwa.sseo.yo

유카 아니요 , 안 가 봤어요 .
a.ni.yo- an- ka- bwa.sseo.yo

호민 저는 작년 휴가 때 갔는데 정말 좋았어요 .
cheo.neun- chang.nyeon- hyu.ga- ddae- kan.neun.de- cheong.mal- cho.a.sseo.yo
배를 타고 바다를 구경하면서 사진도 많이 찍었어요 .
pae.leul- tta.go- pa.da.leul- ku.gyeong.ha.myeon.seo- sa.jin.do- ma.ni- jji.geo.sseo.yo

유카 여수는 뭐가 유명해요 ?
yeo.su.neun- mwo.ga- yu.myeong.hae.yo

호민 바다가 깨끗하고 섬들이 아주 아름다워요 .
pa.da.ga- ggae.ggeu.tta.go- seom.deu.li- a.ju- a.leum.da.wo.yo

유카 음식은 어때요 ?
eum.si.geun- eo.ddae.yo

호민 해산물이 맛있어요 .
hae.san.mu.li- ma.si.sseo.yo

由夏　有時間的時候我想去旅行。哪裡好呢？
浩民　去過麗水了嗎？
由夏　沒有，沒去過。
浩民　我去年休假的時候去過，真的很不錯。
　　　搭著船一邊瀏覽海景，也拍了很多照片。
由夏　麗水出名的是什麼呢？
浩民　海很乾淨，島嶼也非常美麗。
由夏　食物怎麼樣呢？
浩民　海產很好吃。

본문 확인하기 確認課文

유카 씨는 시간이 있을 때 무엇을 하려고 해요 ?
由夏小姐有時間的時候想做什麼呢？

호민 씨는 작년 휴가 때 어디에 가 봤어요 ?
浩民先生去年休假的時候去過哪裡？

어휘와 표현 詞彙和表達

[麗水] 여수 yeo.su 麗水	구경하다 ku.gyeong.ha.da 欣賞、參觀
섬 seom 島	[海產物] 해산물 hae.san.mul 海產

은 / 는 뭐가 [有名] 유명해요 ?
eun / neun- mwo.ga- yu.myeong.hae.yo
～什麼有名呢？

때
ddae
的時候

어휘 알기 - 여행 (1) 認識詞彙－旅行（1）

[hotel]
호텔
ho.ttel
飯店

[國內旅行]
국내 여행
kung.nae- yeong.haeng
國內旅行

[condo]
콘도
kkon.do
度假公寓

[海外旅行]
해외여행
hae.oe- yeo.haeng
海外旅行

[民泊]
민박
min.bak
民宿

호텔
콘도
민박

국내 여행
해외여행

여행

배낭여행
단체 여행

기차 여행
크루즈 여행

[背囊旅行]
배낭여행
pae.nang.yeo.haeng
背包旅行

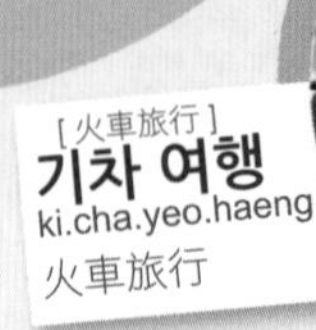

[火車旅行]
기차 여행
ki.cha.yeo.haeng
火車旅行

[團體旅行]
단체 여행
tan.che.yeo.haeng
跟團

[cruise 旅行]
크루즈 여행
kkeu.lu.jeu- yeo.haeng
郵輪旅行

어휘 알기 - 여행 (2) 認識詞彙－旅行（2）

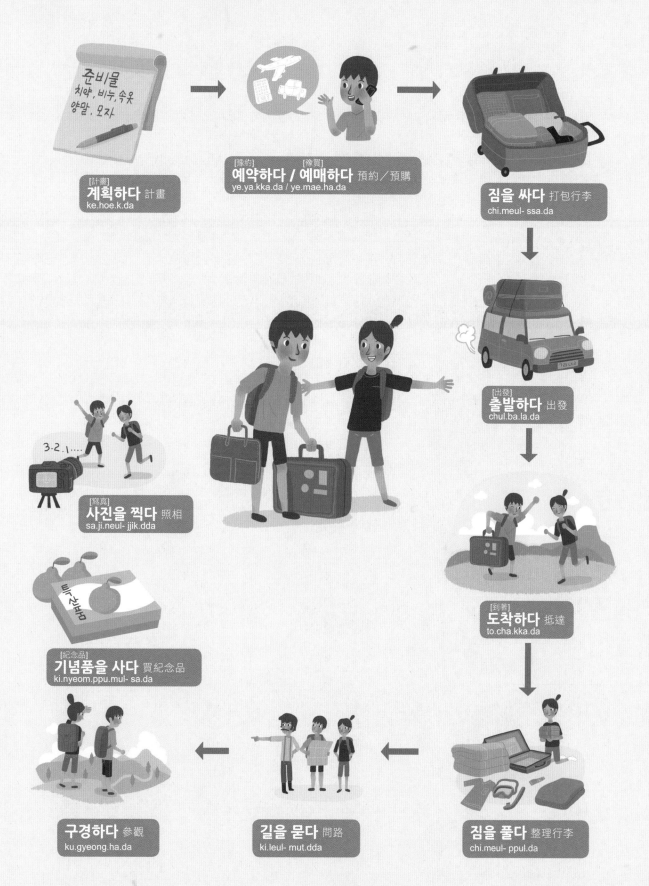

[計劃]
계획하다 計畫
ke.hoe.k.da

[豫約] [豫買]
예약하다 / 예매하다 預約／預購
ye.ya.kka.da / ye.mae.ha.da

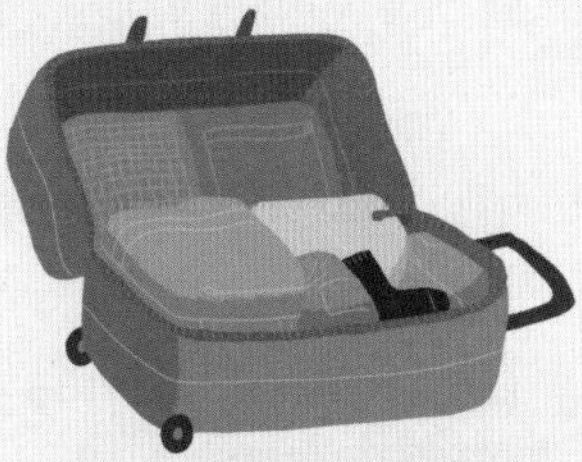

짐을 싸다 打包行李
chi.meul- ssa.da

[出發]
출발하다 出發
chul.ba.la.da

[到着]
도착하다 抵達
to.cha.kka.da

짐을 풀다 整理行李
chi.meul- ppul.da

길을 묻다 問路
ki.leul- mut.dda

구경하다 參觀
ku.gyeong.ha.da

[紀念品]
기념품을 사다 買紀念品
ki.nyeom.ppu.mul- sa.da

[寫眞]
사진을 찍다 照相
sa.ji.neul- jjik.dda

문법 알기 認識文法

- 으려고 하다 打算、想要～
eu.lyeo.go- ha.da
→ 動詞 + − (으) 려고 하다

動詞	尾音	句型
동사	받침 (O)	- 으려고 하다
	받침 (X)	- 려고 하다

〈說明〉

−（으）려고하다加在動詞後，意思是「打算、想做～」，表示有計畫性地打算做前面的動詞。動詞去掉原型다後，末字有尾音時，加上−으려고하다，若無尾音，則接−려고하다。若動詞原型為ㄹ다結尾，如살다（居住），則省略으，直接加上려고 하다，成為려고하다（想住）。（參考 P.38 文法）

[週末] [家族寫真]
주말에 가족사진을 찍으려고 해요. 週末打算照全家福照。
chu.ma.le- ka.jok.ssa.ji.neul- jji.geu.lyeo.go- hae.yo

[週]
저는 다음 주에 여행 하려고 해요. 我下週打算去旅行。
cheo.neun- ta.eum- ju.e- yeo.haeng.ha.lyeo.go- hae.yo

[放學]
방학에 바다에 가려고 해요. 放假時打算去海邊。
pang.ha.ge- pa.da.e- ka.lyeo.go- hae.yo

문법 익히기 熟悉文法

1 〈보기〉와 같이 쓰세요. 請仿照〈範例〉寫寫看。

〈範例〉

[出發]
출발하다 → 출발하려고 해요.
chul.ba.la.da　chul.ba.la.lyeo.go- hae.yo
出發　打算出發。

(1)

산에 가다 → ____________
sa.ne- ka.da
爬山　打算爬山。

(2)

기념품을 사다 → ____________
ki.nyeom.ppu.meul- sa.da
買紀念品　打算買紀念品。

(3)

사진을 찍다 → ____________
sa.ji.neul- jjik.dda
照相　打算照相。

(4)

길을 묻다 → ____________
ki.leul- mut.dda
問路　打算問路。

2 〈보기〉와 같이 대화를 완성하세요. 請仿照〈範例〉，完成對話。

언제 eon.je 何時	〈範例〉 6월 4일 ~ 6월 8일 yu.wol- sa.il / yu.wol- ppa.lil 6月4日～6月8日
어디에 eo.di.e 往哪裡	(1) 제주도 che.ju.do 濟州島
어떻게 eo.ddeo.kke 怎麼去	(2) 비행기 pi.haeng.gi 飛機
누구와 nu.gu.wa 和誰	(3) 친구들 chin.gu.deul 朋友們
무슨 음식을 mu.seun- eum.si.geul 什麼食物	(4) 생선구이, 전복죽 saeng.seon.gu.i / cheon.bok.jjuk 烤魚、鮑魚粥
무엇을 mu.eo.seul 做什麼	(5) 바다 낚시를 해요, 잠수함을 타요, pa.da- nak.ssi.leul- hae.yo / cham.su.ha.meul- tta.yo 海釣、坐潛水艇、 식물원에 가요, 한라산 등산을 해요 sing.mu.lwo.ne- ka.yo / hal.la.san- teung.sa.neul- hae.yo 去植物園、爬漢拏山
어디에서 eo.di.e.seo 在哪裡	(6) 콘도 kkon.do 度假公寓

〈範例〉

가: 언제 가려고 해요? 打算什麼時候去？
eon.je- ka.leo.go- hae.yo

나: 6월 4일에 가려고 해요. 打算6月4號去。
yu.wol- sa.i.le- ka.lyeo.go- hae.yo

(1) **가:** 어디에 가려고 해요? 打算去哪裡？
eo.di.e- ka.lyeo.go- hae.yo

나: ________ 打算去濟州島。

(2) **가:** 무엇을 타려고 해요 ? 打算搭什麼？
mu.eo.seul- tta.lyeo.go- hae.yo

나: ________ 打算搭飛機。

(3) **가:** 누구하고 가려고 해요? 想和誰去？
nu.gu.ha.go- ka.lyeo.go- hae.yo

나: ________ 想和朋友們去。

(4) **가:** 뭐 먹으려고 해요? 想吃什麼？
mwo- meo.geu.lyeo.go- hae.yo

나: ________ 想吃烤魚和鮑魚粥。

(5) **가:** 뭐 하려고 해요? 想做什麼？
mwo- ha.lyeo.go- hae.yo

나: ________ 想要海釣／想坐潛水艇／想去植物園／想爬漢拏山。

(6) **가:** 어디에서 자려고 해요? 打算睡在哪裡？
eo.di.e.seo- cha.lyeo.go- hae.yo

나: ________ 打算睡在度假公寓。

문법 알기 認識文法

-어 보다 試過～
eo- bo.da
→ 動詞 ＋ - 아 / 어 / 해 보다

動詞	母音	句型
동사	ㅏ , ㅗ (O)	- 아 보다
	ㅏ , ㅗ (X)	- 어 보다
	하다	해 보다

[溫泉]
저는 온천에 가 봤어요 . 我去過溫泉。
cheo.neun- on.cheo.ne- ka- bwa.sseo.yo

[週]
지난주에 한국 음식을 만들어 봤어요 . 上週做過韓國菜。
chi.nan.ju.e - han.guk- eum.si.geul- man.deu.leo- bwa.sseo.yo

[溪谷]
계곡에서 물놀이를 해 봤어요 . 曾經在溪谷玩水。
ke.go.ge.seo- mul.lo.li.leul- hae- bwa.sseo.yo

〈說明〉

－아 / 어 / 해보다加在動詞後，意思是「試過～」，表示曾嘗試過前面的動詞。動詞去掉原型다後，末字的母音若為ㅏ或ㅗ，加上－아보다，只要母音非ㅏ或ㅗ，加上－어보다，若屬於하다原型，則去掉하다，加上해보다。通常表示過去的經驗時，보다會加上過去式봤어요。

문법 익히기 熟悉文法

1 〈보기〉와 같이 쓰세요 . 請仿照＜範例＞寫寫看。

〈範例〉

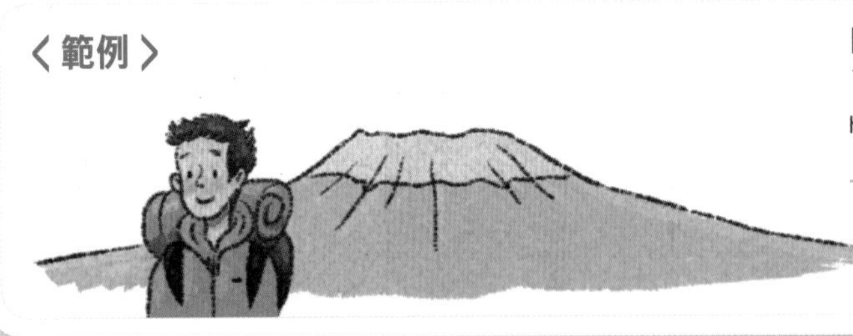

[漢拏山]
한라산에 가다 去漢拏山
hal.la.sa.ne- ka.da
→ 한라산에 가 봤어요.
hal.la.sa.ne- ka- bwa.sseo.yo
去過漢拏山。

(1)

[韓服]
한복을 입다 穿韓服
han.bo.geul- ip.dda
→ ________ 穿過韓服。

(2)

김치를 먹다 吃泡菜
kim.chi.leul- meok.dda
→ ________ 吃過泡菜。

(3)

[背囊旅行]
배낭여행을 하다 背包旅行
pae.nang.yeo.haeng.eul- ha.da
→ ________ 試過背包旅行。

(4)

[遊覽]
유람선을 타다 搭遊覽船
yu.lam.seo.neul- tta.da
→ ________ 搭過遊覽船。

2 <보기> 와 같이 쓰세요. 請仿照<範例>寫寫看。

〈範例〉 가: 비빔밥을 먹어 봤어요?
pi.bim.ba.beul- meo.geo- bwa.sseo.yo
吃過拌飯嗎？

나: 네, 비빔밥을 먹어 봤어요.
ne- pi.bim.ba.beul- meo.geo- bwa.sseo.yo
是，吃過拌飯。

아니요, 비빔밥을 못 먹어 봤어요.
a.ni.yo- pi.bim.ba.beul- mon- meo.geo- bwa.sseo.yo
不，沒吃過拌飯。

(1) 

가: 부산[釜山]에 가 봤어요? 去過釜山嗎？
pu.sa.ne- ka- bwa.sseo.yo

나: 네, ______ 是，去過釜山。

(2) 

가: 친구[親舊]와 여행[旅行]해 봤어요? 和朋友旅行過嗎？
chin.gu.wa- yeo.haeng.hae- bwa.sseo.yo

나: 네, ______ 是，和朋友旅行過。

(3) 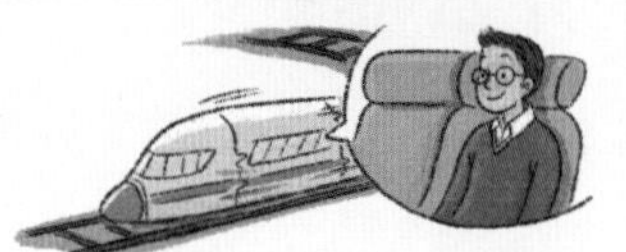

가: KTX를 ______ 搭過高鐵嗎？
k.t.x.leul

나: 아니요, ______ 不，（沒搭過高鐵。）
a.ni.yo

(4)

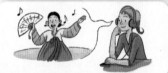

가: 한국음악[韓國音樂]을 ______ 聽過韓國音樂嗎？
han.guk- eu.ma.geul

나: 아니요, ______ 不，沒聽過韓國音樂。
a.ni.yo

3 <보기> 와 같이 쓰세요. 請仿照<範例>寫寫看。

〈範例〉

가: 한국[韓國]에서 어디에 가 봤어요? 在韓國去過哪裡？
han.gu.ge.seo- eo.di.e- ka- bwa.sseo.yo

나: 설악산[雪嶽山]에 가 봤어요. 去過雪嶽山。
seol.lak.ssa.ne- ka- bwa.sseo.yo

(1) 가: 한국[韓國]에서 무슨 음식[飲食]을 먹어 봤어요? 在韓國吃過什麼食物？（불고기 烤肉）
han.gu.ge.seo- mu.seun- eum.si.geul- meo.geo- bwa.sseo.yo

나: ______ 吃過烤肉。

(2) 가: 한국[韓國]에서 무슨 운동[運動]을 해 봤어요? 在韓國做過什麼運動？（조깅[jogging] 慢跑）
han.gu.ge.seo-mu.seun- un.dong.eul- hae- bwa.sseo.y

나: ______ 慢跑。

(3) 가: 한국[韓國]에서 무엇을 배워 봤어요? 在韓國學過什麼？（한국어 韓語）
han.gu.ge.seo- mu.eo.seul- pae.wo- bwa.sseo.yo

나: ______ 學過韓語。

문법 알기 認識文法

-는데 情況是～
neun.de
→動詞／形容詞／名詞 ＋ -는데 / ㄴ / 데 / 은데 / 인데

[宿題]
숙제를 하는데 어려워요 . 在寫作業，可是很難。
suk.jje.leul- ha.neun.de- eo.lyeo.wo.yo

김치찌개를 먹었는데 맛있었어요 . 吃了泡菜鍋，很好吃。
kim.chi.jji.gae.leul- meo.geon.neun.de- ma.si.sseo.sseo.yo

[週末]
주말에는 사람이 많은데 다음에 갈까요 ?
chu.ma.le.neu- sa.la.mi- ma.neun.de- ta.eu.me- kal.gga.yo
週末人很多，要不要下週再去？

떡볶이가 매운데 물 좀 주세요 . 炒年糕很辣，麻煩給我水。
ddeok.bbo.gi.ga- mae.un.de- mul- jom- chu.se.yo

[同生] [會社員]
이 사람은 제 동생인데 회사원이에요 .
i- sa.la.meun- che- tong.saeng.in.de- hoe.sa.wo.ni.e.yo
這個人是我弟弟，是上班族。

詞性	時態	句型
동사 動詞	현재 現在	-는데
	과거 過去	-았 / 었는데
형용사 形容詞	현재 現在	-(으) ㄴ데
	과거 過去	-았 / 었는데
명사 名詞	현재 現在	인데
	과거 過去	이었 / 였는데

〈說明〉

- 는데 / ㄴ / 데 / 은데 / 인데加在動詞／形容詞／名詞後面，當作連接詞，目的是先說明前面的情況和事件，再敘述後面與它相關的事情，根據不同時態和詞性，加法也不同。

❶ 表示現在式時，若加在動詞後面，無論有無尾音，皆加上－는데。若加在形容詞後，將原型的다去掉，末字若有尾音，加上－은데，若無尾音，加上－ㄴ데。若加在名詞後，直接加上인데。

❷ 表示過去式時，無論加在動詞或形容詞後，只要將原型的다去掉，加上過去式時態았 / 었 / 했之後，直接加上－는데。若加在名詞後，則看名詞最後一字，有尾音時加上이었는데，無尾音時加上였는데。

문법 익히기 熟悉文法

1 〈보기〉와 같이 쓰세요 . 請仿照＜範例＞寫寫看。

〈範例〉

바다에 갔다 / 사람이 많았다
pa.da.e- kat.dda / sa.la.mi- ma.nat.dda
去海邊 / 人很多

→ 바다에 갔는데 사람이 많았어요.
pa.da.e- kan.neun.de- sa.la.mi- ma.na.sseo.yo
去了海邊，人很多。

(1) 

짐을 쌌다 / 너무 무거웠다 打包行李／很重
chi.meul- ssat.dda / neo.mu- mu.geo.wot.dda

→ ＿＿＿＿＿＿＿＿ 打包了行李，很重。

(2) 

[山] [到著]
산에 도착했다 / 비가 왔다 到達山裡／下了雨
sa.ne- to.cha.kkaet.dda / pi.ga- wat.dda

→ ＿＿＿＿＿＿＿＿ 到了山裡，下了雨。

(3) 

[飲食]
음식을 먹었다 / 맛있었다 吃了食物／很好吃
eum.si.geul- meo.geot.dda / ma.si.sseo.dda

→ ＿＿＿＿＿＿＿＿ 吃了食物，很好吃。

(4) 

[飛行機] [正] [便]
비행기를 탔다 / 정말 편했다 搭了飛機／真方便
pi.haeng.gi.leul- ttat.dda / cheong.mal- ppyeo.naet.dda

→ ＿＿＿＿＿＿＿＿ 搭了飛機，真方便。

2 〈보기〉와 같이 쓰세요. 請仿照＜範例＞寫寫看。

영화 표가 있다
yeong.hwa- ppyo.ga- it.dda
有電影票

〈範例〉

가: [映畫票] 영화 표가 있는데 같이 [映畫] 영화를 볼까요?
yeong.hwa- ppyo.ga- in.neun.de- ka.chi- yeong.hwa.leul- pol.gga.yo
有電影票，要不要一起看電影？

나: 네, 좋아요. 嗯，好啊。
ne- cho.a.yo

(1)
날씨가 좋다
nal.ssi.ga- cho.tta
天氣好

가 : ________ 같이 [散策] 산책할까요 ?
ka.chi- san.chae.kkal.gga.yo
天氣很好，要不要一起散步？

나 : 좋아요 , 같이 [散策] 산책해요 . 好啊，一起散步吧。
cho.a.yo- ka.chi- san.chae.kkae.yo

(2)
배가 고프다
pae.ga- ko.ppeu.da
肚子餓

가 : ________ 같이 밥을 먹을까요 ?
ka.chi- pa.beul- meo.geul.gga.yo
肚子餓了，要不要一起吃飯？

나 : 네 , 불고기를 먹으러 가요 . 好，去吃烤肉吧。
ne- pul.go.gi.leul- meo.geu.leo- ka.yo

(3)
춥다
chup.dda
冷

가 : ________ [窗門] 창문을 닫을까요 ?
chang.mu.neul- ta.deul.gga.yo
很冷，要不要關窗戶？

나 : 네 , 그래요 . 好，關吧。
ne- keu.lae.yo

(4)
[疲困] 피곤하다
ppi.go.na.da
疲倦

가 : 오늘은 ________ [來日] 내일 만날까요 ?
o.neu.leun nae.il- man.nal.gga.yo
今天 很累，要不要明天見？

나 : 좋아요 . [來日] 내일 만나요 . 好，明天見吧。
cho.a.yo- nae.il- man.na.yo

(5)
[bus] 버스가 안 오다
peo.seu.ga- an- no.da
公車不來

가 : ________ [地下鐵] 지하철을 탈까요 ?
chi.ha.cheo.leul- ttal.gga.yo
公車不來，要不要搭地鐵？

나 : 네 , 그래요 . 好，搭吧。
ne- keu.lae.yo

(6)
[學校] 학교
hak.ggyo
學校

가 : 지금 ________ [學生食堂] 학생식당 앞에서 만날까요 ?
chi.geum hak.ssaeng- sik.ddang- a.ppe.seo- man.nal.gga.yo
我現在在學校，要不要在學生餐廳前面見面？

나 : 네 , 학생식당 앞에서 만나요 .
ne- hak.ssaeng- sik.ddang- a.ppe.seo- man.na.yo
好，在學生餐廳前面見吧。

문법 알기 認識文法

- 으면서 一邊~
eu.myeon.seo
⟶ 動詞 + - (으) 면서

動詞	尾音	句型
동사	받침 (O)	-으면서
	받침 (X)	-면서

〈範例〉 밥을 먹으면서 텔레비전을 봐요 . 一邊吃飯，一邊看電視。
pa.beul- meo.geu.myeon.seo- ttel.le.bi.jeo.neul- pwa.yo

학교에 가면서 음악을 들어요 . 去學校的路上，一邊聽音樂。
hak.ggyo.e- ka.myeon.seo- eu.ma.geul- teu.leo.yo

친구와 이야기하면서 커피를 마셔요 . 一邊和朋友聊天，一邊喝咖啡。
chin.gu.wa- i.ya.gi.ha.myeon.seo- kkeo.ppi.leul- ma.syeo.yo

떡볶이가 매워서 울면서 먹어요 . 炒年糕很辣，邊哭邊吃。
ddeok.bbo.ggi.ga- mae.wo.seo- ul.myeon.seo- meo.geo.yo

〈說明〉 －（으）면서加在動詞後，作為連接詞，意思是「一邊做某事」。將動詞原型다去掉，若末字有尾音，接－으면서，若無尾音，接－면서。但若動詞原型為ㄹ다結尾，如울다（哭），則省略으，直接加上－면서，成為울면서（一邊哭）。注意－（으）면서前後的主詞需為同一人。

문법 익히기 熟悉文法

1 〈보기〉와 같이 쓰세요 . 請仿照＜範例＞寫寫看。

〈範例〉
밥을 먹다 吃飯 / 이야기하다 聊天
pa.beul- meok.dda / i.ya.gi.ha.da
→ 밥을 먹으면서 이야기해요 . 一邊吃飯，一邊聊天。
pa.beul- meo.geu.myeon.seo- i.ya.gi.hae.yo

(1) 

웃다 笑 / 사진[寫真]을 찍다 拍照
ut.dda / sa.ji.neul- jjik.dda
→
一邊笑，一邊拍照。

(2) 

텔레비전[television]을 보다 看電視 / 식사[食事]를 하다 用餐
ttel.le.bi.jeo.neul- po.da / sik.ssa.leul- ha.da
→
邊看電視，邊用餐。

(3) 

노래를 부르다 唱歌 / 춤을 추다 跳舞
no.lae.leul- pu.leu.da / chu.meul- chu.da
→
邊唱歌，邊跳舞。

(4) 

음악[音樂]을 듣다 聽音樂 / 공부[工夫]하다 唸書
eu.ma.geul- teut.dda / kong.bu.ha.da
→
邊聽音樂，邊唸書。

문법 알기 認識文法

-을 때 ~的時候
eul- ddae
⟶ 動詞 + -ㄹ / 을때

詞性	尾音	句型
동사 動詞 형용사 形容詞	받침 (O)	-을 때
	받침 (X)	-ㄹ 때

[箸]
밥을 먹을 때 젓가락을 써요 . 吃飯的時候使用筷子。
pa.beul- meo.geul- ddae- cheot.gga.la.geul- sseo.yo

[bus]
집에 올 때 버스를 탔어요 回家的時候搭了公車。
chi.be- ol- ddae- peo.seu.leul- tta.sseo.o

[水泳場]
날씨가 더울 때 수영장에 가요 . 天氣熱的時候去游泳池。
nal.ssi.ga- teo.ul- ddae- su.yeong.jang.e- ka.yo

[飮食]
음식이 따뜻할 때 드세요 . 食物請趁熱的時候吃。
eum.si.gi- dda.ddeu.ttal- ddae- teu.se.yo

〈說明〉 -ㄹ / 을때加在動詞或形容詞後，意思是「當～的時候」。將動詞／形容詞原型去掉다，若末字有尾音，加上-을 때，若無尾音，加上-ㄹ 때。原型若為ㄹ다結尾，如만들다（製作），則省略을，直接加上때，成為만들 때（製作的時候）、팔 때（販賣的時候）（參考P.38文法）。

문법 익히기 熟悉文法

1 〈보기〉와 같이 쓰세요 . 請仿照〈範例〉寫寫看。

〈範例〉

가 : 언제 비행기를 타요 ? 什麼時候搭飛機 ? [飛行機]
eon.je- pi.haeng.gi.leul- tta.yo

나 : 고향에 갈 때 비행기를 타요 . （고향에 가다 回故鄉）
ko.hyang.e- kal- ddae- pi.haeng.gi.leul- tta.yo
回故鄉的時候搭飛機。

(1) **가 :** 언제 전화가 왔어요 ? 什麼時候來了電話 ? [電話]
eon.je- cheo.nwa.ga- wa.sseo.yo

나 : ____________________ （영화를 보다 看電影）[映畫]
yeong.hwa.leul- po.da
看電影的時候來了電話。

(2) **가 :** 언제 도서관에 가요 ? 什麼時候去圖書館 ? [圖書館]
eon.je- to.seo.gwa.ne- ka.yo

나 : ____________________ （책을 읽고 싶다 想讀書）[冊]
chae.geul- il.go- sip.dda
想讀書的時候去圖書館。

(3) **가 :** 언제 노래를 해요 ? 什麼時候唱歌 ?
eon.je- no.lae.leul- hae.yo

나 : ____________________ （기분이 좋다 心情好）[氣分]
ki.bu.ni- cho.tta
心情好的時候唱歌。

(4) **가 :** 언제 부모님이 보고 싶어요 ? 什麼時候想念父母 ? [父母]
eon.je- pu.mo.ni.mi- po.go- si.ppeo.yo

나 : ____________________ （아프다 不舒服）
a.ppeu.da
生病的時候想念父母。

듣기 聽力

1 듣고 질문에 답하세요 . 請聽完並回答問題。 Track 12

(1) 남자는 무엇을 타고 여행했어요 ? 男生搭什麼旅行？

① 

② 

③ 

(2) 듣고 맞는 것을 고르세요 . 聽完請選擇正確的答案。

① 남자는 계곡으로 여행을 갔어요 . 男生去了溪谷旅行。

② 남자는 배에서 낚시를 했어요 . 男生在船上釣魚。

③ 두 사람은 같이 수영을 했어요 . 兩人一起游泳。

④ 두 사람은 여행 사진을 보고 있어요 . 兩人正在看旅行照片。

2 대화를 듣고 맞으면 ○ , 틀리면 ✕ 하세요 .

請聽對話，對的打○，錯的打✕。

(1) 두 사람은 경주에 갈 거예요 . 兩人要去慶州。 (　　)

(2) 두 사람은 같이 여행을 갈 거예요. 兩人要一起旅行。 (　　)

(3) 두 사람은 기차를 탈 거예요 . 兩人要搭火車。 (　　)

(4) 여행을 가서 호텔에서 잠을 잘 거예요 . 旅行要在飯店過夜。 (　　)

말하기 口語

친구와 함께 이야기하세요 . 和朋友一起說看看。

어디에 가고 싶어요 ? eo.di.e- ka.go- si.ppeo.yo 想去哪裡？		
왜 가고 싶어요 ? wae- ka.go- si.ppeo.yo 為什麼想去？		
여행 계획 yeong.haeng-ke.hoek 旅行計畫	언제 가려고 해요 ? eon.je- ka.lyeo.go- hae.yo 打算什麼時候去？	
	어떻게 가려고 해요 ? eo.ddeo.kke- ka.lyeo.go- hae.yo 打算怎麼去？	
	누구와 가려고 해요 ? nu.gu.wa- ka.lyeo.go- hae.yo 打算和誰去？	
	어디에서 자려고 해요 ? eo.di.e.seo- cha.lyeo.go- hae.yo 打算在哪裡過夜？	
여행을 가서 무엇을 하고 싶어요 ? yeo.haeng.eul- ka.seo- mu.eo.seul- ha.go- si.ppeo.yo 去旅行之後，想做什麼？		

저는 바다를 보고 싶어서 부산에 가려고 해요. 다음 휴가 때 친구와 기차를 타고 갈 거예요. 부산에 가면 콘도에서 잘 거예요. 부산에서 바다를 보면서 회를 먹고 싶어요.

我想看海，所以計畫去釜山。下次休假的時候，要和朋友搭火車去。去釜山的話，要在度假公寓過夜。想在釜山一邊看海，一邊吃生魚片。

읽고 쓰기 閱讀寫作

1 읽고 질문에 답하세요 . 請閱讀並回答問題。

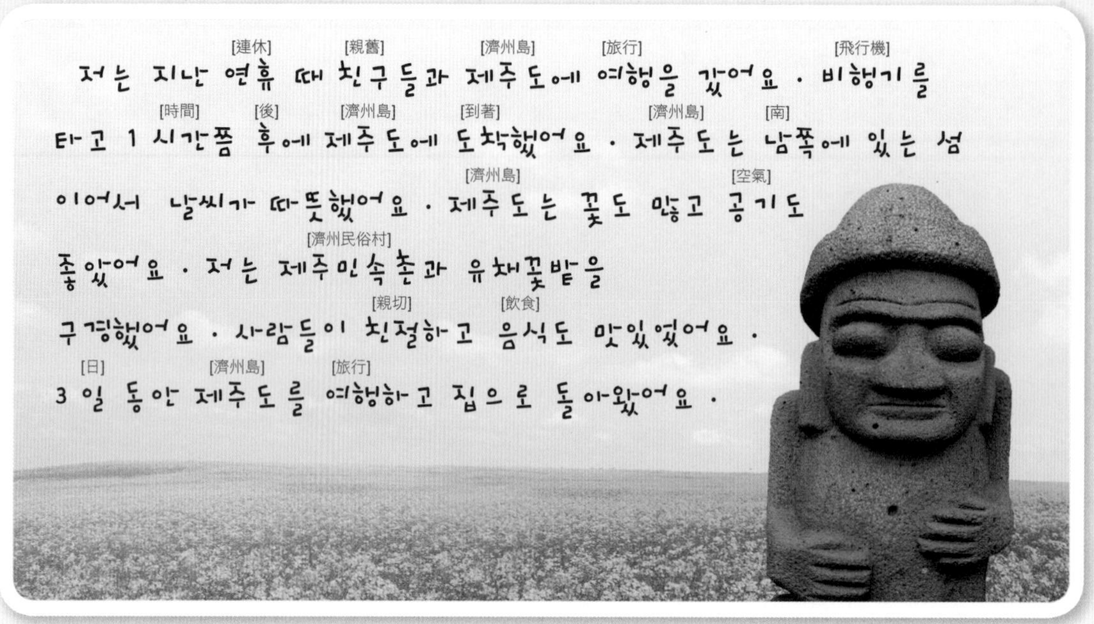

저는 지난 연휴 때 친구들과 제주도에 여행을 갔어요 . 비행기를
타고 1 시간쯤 후에 제주도에 도착했어요 . 제주도는 남쪽에 있는 섬
이어서 날씨가 따뜻했어요 . 제주도는 꽃도 많고 공기도
좋았어요 . 저는 제주민속촌과 유채꽃밭을
구경했어요 . 사람들이 친절하고 음식도 맛있었어요 .
3 일 동안 제주도를 여행하고 집으로 돌아왔어요 .

我上次連假的時候，和朋友們去了濟州島旅行。搭飛機約 1 小時之後，抵達了濟州島。濟州島位在南部的島嶼，所以天氣很溫暖。濟州島花很多，空氣也很好。我參觀了濟州民俗村和油菜花田。人們很親切，食物也很好吃。我在濟州島旅行 3 天，然後回家。

(1) 지난 연휴 때 어디에 갔어요 ? 上次連假時，去了哪裡？

(2) 제주도는 날씨가 어땠어요 ? 濟州島天氣怎麼樣？

(3) 제주도에서 무엇을 구경했어요 ? 在濟州島參觀了什麼？

2 여러분은 어디를 여행했어요 ? 위와 같이 글을 써 보세요 .
各位去哪裡旅行過呢？請仿照上文，寫寫看。

....

....

....

....

날개 달기 展翅高飛

세계지도를 보고 친구와 이야기하세요. 請看世界地圖，和朋友說看看。

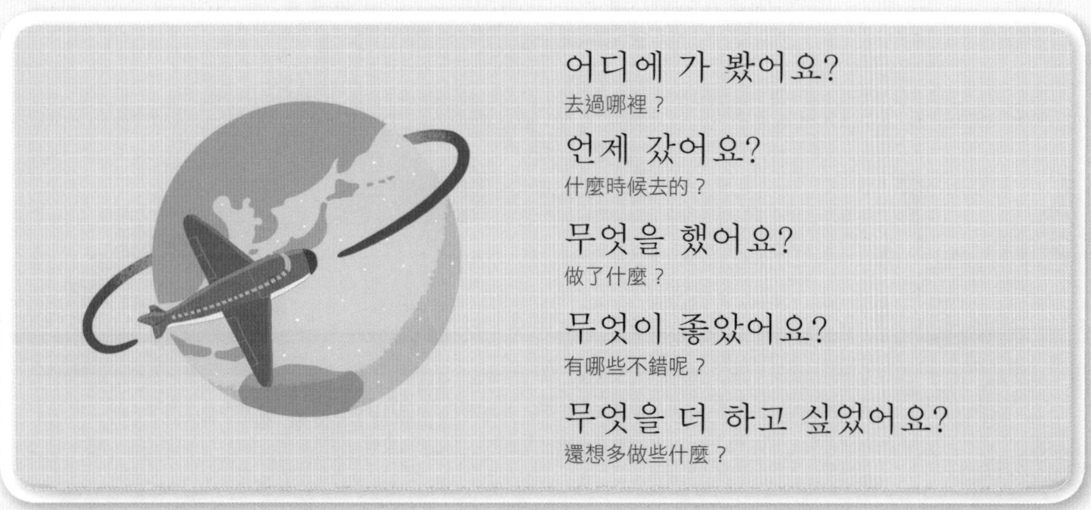

어디에 가 봤어요?
去過哪裡？

언제 갔어요?
什麼時候去的？

무엇을 했어요?
做了什麼？

무엇이 좋았어요?
有哪些不錯呢？

무엇을 더 하고 싶었어요?
還想多做些什麼？

문화 알기 - 한국 관광 認識文化－韓國觀光

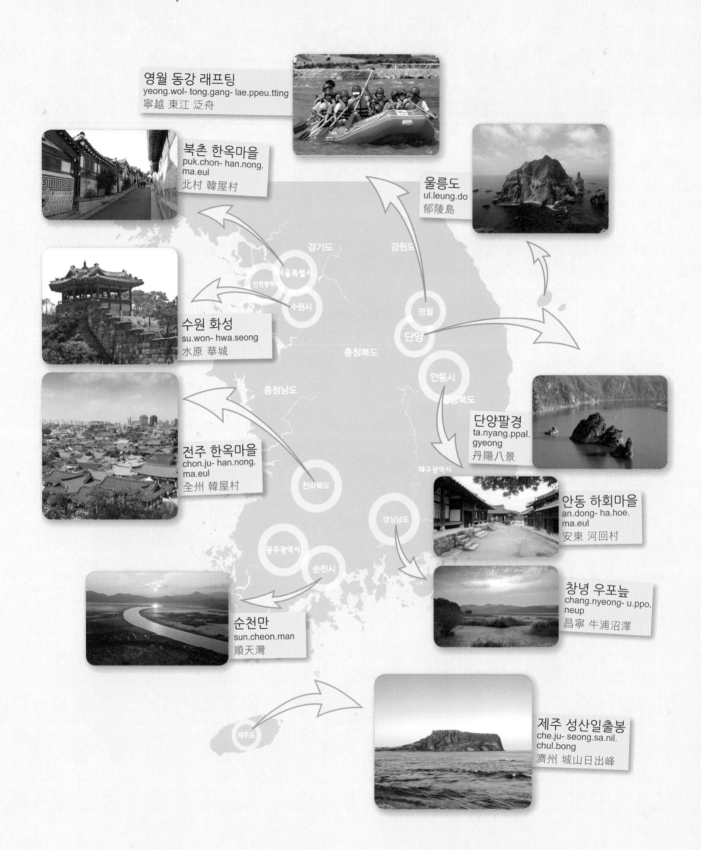

영월 동강 래프팅
yeong.wol- tong.gang- lae.ppeu.tting
寧越 東江 泛舟

북촌 한옥마을
puk.chon- han.nong.
ma.eul
北村 韓屋村

울릉도
ul.leung.do
郁陵島

수원 화성
su.won- hwa.seong
水原 華城

전주 한옥마을
chon.ju- han.nong.
ma.eul
全州 韓屋村

단양팔경
ta.nyang.ppal.
gyeong
丹陽八景

안동 하회마을
an.dong- ha.hoe.
ma.eul
安東 河回村

순천만
sun.cheon.man
順天灣

창녕 우포늪
chang.nyeong- u.ppo.
neup
昌寧 牛浦沼澤

제주 성산일출봉
che.ju- seong.sa.nil.
chul.bong
濟州 城山日出峰

발음 11 發音 11

받침 [ㄷ] + ㄴ / ㅁ → [받침 ㄴ + ㄴ / ㅁ]
n n / m

* 받침 [ㄷ] → [ㄴ]
t n

갔는데 走了

[갇는데] → [간는데]
kat.neun.de kan.neun.de

尾音ㄷ，後面加上子音ㄴ或ㅁ時，尾音ㄷ會產生長音化，也就是發 [ㄴ] 的音。

1 듣고 따라 읽으세요 . 請聽並且跟著唸。  Track 14

(1) 믿는다 min.neun.da 相信
(2) 빛나다 pin.na.da 閃耀
(3) 끝나다 ggeun.na.da 結束
(4) 꽃말 ggon.mal 花語
(5) 밭만 pan.man 只有田地
(6) 잇몸 in.mom 牙齦

2 듣고 따라 읽으세요 . 請聽並且跟著唸。  Track 15

(1) 3 시에 수업이 끝났어요 . 課 3 點結束。
se.si.e- su.eo.bi- ggeun.na.sseo.yo

(2) 영화를 봤는데 재미있었어요 . 看了電影，很有趣。
yeong.hwa.leul- pwan.neun.de- chae.mi.i.sseo.sseo.yo

(3) 저기에 있는 사람이 제 동생이에요 . 那邊的人是我弟弟。
cheo.gi.e- in.neun- sa.la.mi- che- tong.saeng.i.e.yo

(4) 생일 선물로 꽃만 받았어요 . 生日禮物只收到了花。
saeng.il- seon.mul.lo- ggon.man- pa.da.sseo.yo

(5) 서울에는 가는 곳마다 편의점이 있어요 . 首爾到處都有超商。
seo.u.le.neun- ka.neun- gon.ma.da- ppyeo.ni.jeo.mi- i.sseo.yo

4과 교통
交通

學習目標 學會問答前往目的地的方法和所需時間

文法重點

으로	에서 까지	- 으려면
以、用	從～到～	想～的話
이나	- 겠 -	
或者	應該	

學習準備

집에서 학교 / 회사까지 무엇을 타고 가요 ?

從家到學校　到公司搭什麼去呢 ?

얼마나 걸려요 ?

要多久呢 ?

고속터미널에 가려면 어떻게 가요 ?
想去高速巴士轉運站的話，該怎麼去呢？

Track 16

바트 지수 씨 , 대학로에서 고속터미널에 가려면 어떻게 가요 ?
chisu- ssi- tae.hang.no.e.seo- o.sok.tteo.mi.neo.le- ka.lyeo.myeon- eo.ddeo.kke- ka.yo

지수 지하철이나 버스를 타고 갈 수 있어요 .
chi.ha.cheo.li.na- peo.seu.leul- tta.go- kal- su- i.sseo.yo

바트 지하철이 좋겠어요 . 몇 호선을 타요 ?
chi.ha.cheo.li- cho.kke.sseo.yo- myeo- tto.seo.neul- tta.yo

지수 혜화역에서 4 호선을 타세요 . 그리고 충무로역에서
he.hwa.yeo.ge.seo- sa.ho.seo.neul- tta.se.yo- keu.l.go- chung.mu.lo.yeo.ge.seo-
3 호선으로 갈아타세요 .
sa.mo.seo.neu.lo- ka.la.tta.se.yo

바트 어디에서 내려요 ?
eo.di.e.seo- nae.lyeo.yo

지수 고속터미널역에서 내리세요 .
ko.sok.tteo.mi.neo.lyeo.ge.seo- nae.li.se.yo

바트 대학로에서 고속터미널까지 얼마나 걸려요 ?
tae.hang.no.e.seo- ko.sok.tteo.mi.neol.gga.ji- eol.ma.na- geol.lyeo.yo

지수 40 분쯤 걸려요 .
sa.sip.bbun.jjeum- geol.lyeo.yo

巴特　智秀小姐，從大學路到高速巴士轉運站的話怎麼去呢？
智秀　搭地鐵或公車可以到。
巴特　地鐵應該比較好。要搭幾號線呢？
智秀　請在惠化站搭 4 號線。然後在忠武路站轉搭 3 號線。
巴特　要在哪裡下車呢？
智秀　請在高速巴士轉運站下車。
巴特　從大學路到高速巴士轉運站要多久呢？
智秀　會花 40 分鐘左右。

본문 확인하기
確認課文

바트 씨는 고속터미널에 무엇을 타고 가려고 해요 ?
巴特先生想搭什麼到高速巴士轉運站呢？

대학로에서 고속터미널까지 얼마나 걸려요 ?
從大學路到高速巴士轉運站要多久呢？

어휘와 표현
詞彙和表達

[大學路] 대학로 tae.hang.no 大學路	[高速terminal] 고속터미널 ko.sok.tteo.mi.neol 高速巴士轉運站	[號線] 호선 ho.seon 號線
[惠化驛] 혜화역 he.hwa.yeok 惠化站	[忠武路驛] 충무로역 chung.mu.lo.yeok 忠武路站	갈아타다 ka.la.tta.da 轉乘
내리다 nae.li.da 下（車）	걸리다 keol.li.da 花（時間）	쯤 jjeum 左右

___ 에서 ___ 까지
e.seo　gga.ji
從～到～

얼마나 걸려요 ?
eol.ma.na- geol.lyeo.yo
花多久時間？

어휘 알기 - 이동 認識詞彙－移動

(1)

(2)

(3)

(4)

(5)

(6)

(7)

그림에 맞는 단어를 골라 쓰세요 . 請選擇並寫下適合的單字。

갈아타다 ka.la.tta.da 轉乘	걸어서 가다 keo.leo.seo- ka.da 走路去	내리다 nae.li.da 下（車）	서서 가다 seo.seo- ka.da 站著搭乘
앉아서 가다 an.ja.seo- ka.da 坐著搭乘	타고 가다 tta.go- ka.da 搭～去	타다 tta.da 搭乘	

어휘 알기 - 교통수단 認識詞彙－交通工具

(1)  ____ (2) ____

(3) 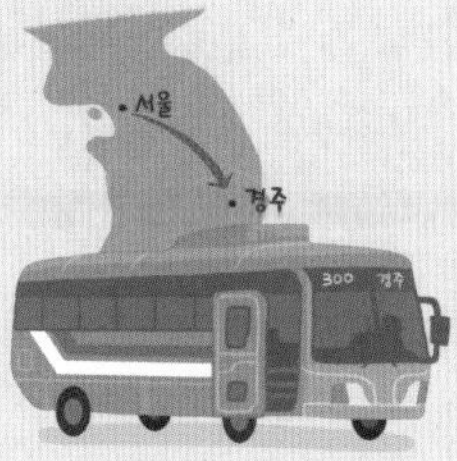 ____ (4)  ____ (5) ____

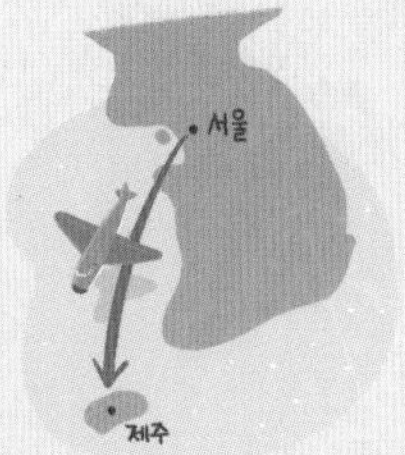

(6)  ____ (7)  ____ (8)  ____ (9) ____

그림에 맞는 단어를 골라 쓰세요. 請選擇並寫下適合的單字。

[高速bus] 고속버스	[空港bus] 공항버스	[汽車] 기차	[bus] 마을버스	[模範taxi] 모범택시	[市內bus] 시내버스
ko.sok.bbeo.seu	kong.hang.beo.seu	ki.cha	ma.eul.beo.seu	mo.beom.ttaek.ssi	si.nae.beo.seu
長途巴士	機場巴士	火車	社區公車	模範計程車	市區公車

배	[飛行機] [國內線] 비행기 (국내선)	[飛行機] [國際線] 비행기 (국제선)	[電鐵] 전철	[地下鐵] 지하철	[taxi] 택시
pae	pi.haeng.gi(kung.nae.seon)	pi.haeng.gi(kuk.jje.seon)	cheon.cheol	chi.ha.cheol	ttaek.ssi
船	飛機（國內線）	飛機（國際線）	電氣化鐵路、地鐵	地鐵	計程車

문법 알기 認識文法

-으로 用、以~
eu.lo
⟶ 工具/方法名詞 + (으) 로

〈範例〉 숟가락으로 밥을 먹어요. 用湯匙吃飯。
sut.gga.la.geu.lo- pa.beul- meo.geo.yo

[親舊] [韓國語]
친구와 한국어로 말해요. 和朋友用韓語說話。
chin.gu.wa- han.gu.geo.lo- ma.lae.yo

[學校] [地下鐵]
학교에 지하철로 가요. 搭地鐵去學校。
hak.ggyo.e- chi.ha.cheol.lo- ka.yo

〈說明〉

-(으) 로加在名詞 (工具/方法) 後，表示「用前面的工具或方法做某事」。名詞末字若有尾音，加上으로，若無尾音，加上로，但若名詞末為ㄹ結尾，如지하철 (地鐵)，則省略으，直接加上로，成為지하철로 (搭地鐵)。

문법 익히기 熟悉文法

1 〈보기〉와 같이 쓰세요. 請仿照〈範例〉寫寫看。

〈範例〉 가: 집에 어떻게 가요? 怎麼回家?
chi.be- eo.ddeo.kke- ka.yo

가: 집에 버스로 가요. 搭公車回家。
chi.be-peo.seu.lo- ka.yo

(1)

[圖書館]
가: 도서관에 어떻게 가요? 怎麼去圖書館?
to.seo.gwa.ne- eo.ddeo.kke- ka.yo

나:

騎腳踏車去圖書館。

(2)

[會社]
가: 회사에 어떻게 왔어요? 怎麼來公司?
hoe.sa.e- eo.ddeo.kke- wa.sseo.yo

나:

搭地鐵來公司。

(3)

[空港]
가: 공항에 어떻게 갈 거예요? 要怎麼去機場?
kong.hang.e- eo.ddeo.kke- kal- geo.ye.yo

나:

要搭計程車去機場。

(4)

[飯饌]
가: 반찬을 어떻게 먹어요? 怎麼吃小菜?
pan.cha.neul- eo.ddeo.ke- meo.geo.yo

나:

用筷子吃小菜。

(5)

[父母] [連絡]
가: 부모님하고 어떻게 연락해요? 怎麼和父母連絡。
pu.mo.ni.ma.go- eo.ddeo.kke- yeol.la.kkae.yo

나:

用網路和父母連絡。

문법 알기 認識文法

에서 ______ **까지** 從～到～

e.seo gga.ji

⟶ 地點 + 에서 , 地點 + 까지

〈說明〉

-에서，-까지加在地點名詞後面，에서表示起始點，意思是「從～」，까지表示目的地，意思是「到～」。

가 : 회사에서 집까지 어떻게 가요 ? 從公司到家裡怎麼去？
hoe.sa.e.seo- chip.gga.ji- eo.ddeo.ke- ka.yo

나 : 회사에서 집까지 버스를 타고 가요 . 從公司到家裡搭公車去。
hoe.sa.e.seo- chip.gga.ji- peo.seu.leul- tta.go- ka.yo

가 : 집에서 학교까지 얼마나 걸려요 ? 從家到學校花多久？
chi.be.seo- hak.ggyo.gga.ji- eol.ma.na- geol.lyeo.yo

나 : 집에서 학교까지 걸어서 20 분쯤 걸려요 . 從家到學校走路約花 20 分鐘。
chi.be.seo- hak.ggyo.gga.ji- keo.leo.seo- i.sip.bbun.jjeum- geol.lyeo.yo

문법 익히기 熟悉文法

1 〈보기〉와 같이 쓰세요 . 請仿照＜範例＞寫寫看。

[分]
50 분 50 分
o.sip.bbun

〈範例〉 집에서 학교[學校]까지 버스[bus]를 타고 가요
chi.be.seo- hak.ggyo.gga.ji- peo.seu.leul- tta.go- ka.yo

버스[bus]로 50 분[分] 걸려요 .
peo.seu.lo- o.sip.bbun- geol.lyeo.yo

從家到學校搭公車去。搭公車花 50 分鐘。

(1)

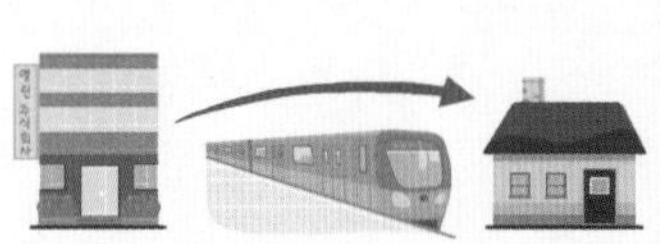

1 시간[時間] 10 분[分]
han.si.gan- sip.bbun
1 小時 10 分

從公司到家搭地鐵。搭地鐵花 1 小時 10 分。

(2)

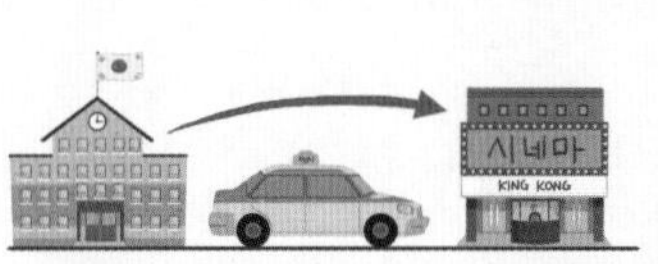

15 분[分]
si.bo.bun
15 分

從學校到電影院搭計程車去。搭計程車花 15 分鐘。

(3)

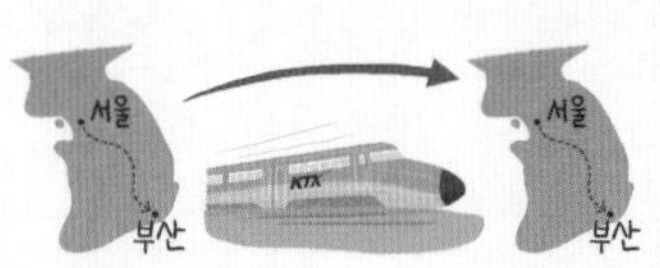

2 시간[時間] 50 분[分] ~3 시간[時間]
tu.si.gan- o.sip.bbun- se.si.gan
2 小時 50 分～ 3 小時

從首爾到釜山搭 KTX 去。搭 KTX 花 3 小時左右。

(4)

10~12 분[分]
sip.bbun- si.bi.bun
10 ～ 12 分

從家到公園走路去。走路花 10 分鐘左右。

문법 알기 認識文法

- 으려면 想～的話
eu.lyeo.myeon
⟶ 動詞 + -（으）려면

動詞	尾音	句型
동사	받침 (O)	-으려면
	받침 (X)	-려면

〈範例〉 [冊] 책을 읽으려면 [圖書館] 도서관에 가세요. 想讀書的話，請去圖書館。
chae.geul- il.geu.lyeo.myeon- to.seo.gwa.ne-ka.se.yo

[學生證] 학생증을 만들려면 [寫真] 사진이 필요해요. 想申請學生證的話，需要照片。
hak.ssaeng.jeung.eul- man.deul.lyeo.myeon- sa.ji.ni- ppi.lyo.hae.yo

가 : [明洞] 명동에 가려고 해요. 어떻게 가요? 我想去明洞。要怎麼去？
myeong.dong.e- ka.lyeo.go- hae.yo- eo.ddeo.kke- ka.yo

나 : [明洞] 명동에 가려면 [地下鐵] 지하철 4 [號線] 호선을 타세요. 想去明洞的話，請搭地鐵 4 號線。
myeong.dong.e- ka.lyeo.myeon- chi.ha.cheol.sa.ho.seo.neul- tta.se.yo

〈說明〉 －（으）려면加在動詞後，意思是「想要～的話」，後面通常連接方法或條件。將動詞原型去掉다後，若末字有尾音，加上－으려면，若無尾音，則加上－려면。但動詞原型若以ㄹ다結尾，如만들다（製作），則省略으，直接加上－려면，成為만들려면（想要製作的話）。（參考 P.38 文法）

문법 익히기 熟悉文法

1 〈보기〉와 같이 알맞은 것을 연결하고 쓰세요.

請仿照＜範例＞，連結適合的部分並寫成句子。

〈範例〉 [濟州島] 제주도에 가다 去濟州島 — [飛行機] 비행기를 타다 搭飛機
che.ju.do.e- ka.da

〈範例〉 [濟州島] 제주도에 가다 去濟州島 che.ju.do.e- ka.da	• [韓國語教室] 한국어교실에 가다 去韓語教室
(1) [visa] 비자를 받다 拿簽證 pi.ja.leul- pat.dda •	• [飛行機] 비행기를 타다 搭飛機 pi.haeng.gi.leul- tta.da
(2) 과일을 사다 買水果 kwa.i.leul- sa.da •	• [大使館] 대사관에 가다 去大使館 tae.sa.gwa.ne- ka.da
(3) 그 [映畫] 영화를 보다 看那部電影 keu- yeong.hwa.leul- po.da •	• 닭하고 [人蔘] 인삼을 사다 買雞和人蔘 ta.kka.go- in.sa.meul- sa.da
(4) [蔘雞湯] 삼계탕을 만들다 做蔘雞湯 sam.ge.ttang.eul- man.deul.da •	• [一週日前] 일주일 전에 [豫買] 예매하다 一週前預購 il.ju.il- jeo.ne- ye.mae.ha.da
(5) [韓國語授業] 한국어수업을 듣다 聽韓文課 han.gu.geo- su.eo.beul- teut.dda •	• [百貨店地下1層] 백 화 점 지하 1 층으로 내려가다 下去百貨公司地下一樓 pae.kkwa.jeom- chi.hai.l.cheung.eu.lo- nae.lyeo.ga.da

〈範例〉 [濟州島] 제주도에 가려면 [飛行機] 비행기를 타세요. 想去濟州島的話，請搭飛機。
che.ju.do.e- ka.lyeo.myeon- pi.haeng.gi.leul- tta.se.yo

(1) ______ 想拿簽證的話，請去大使館。

(2) ______ 想買水果的話，請下去百貨公司地下一樓。

(3) ______ 想看那部電影的話，請一週前預購。

(4) ______ 想做蔘雞湯的話，請買雞和人蔘。

(5) ______ 想聽韓文課的話，請去韓語教室。

2 〈보기〉와 같이 쓰세요. 請仿照＜範例＞寫寫看。

출발 出發 chul.bal	도착 到達 to.chak	어떻게 가요? 怎麼去？ eo.ddeo.kke- ka.yo
〈範例〉집 家 chip	병원 醫院 pyeong.won	버스를 타다 搭公車 peo.se.leul- tta.da
(1) 회사 公司 hoe.sa	극장 電影院 keuk.jjang	택시를 타다 搭計程車 ttaek.ssi.leul- tta.da
(2) 도서관 圖書館 to.seo.gwan	백화점 百貨公司 pae.kkwa.jeom	지하철을 타다 搭地鐵 chi.ha.cheo.leul- tta.da
(3) 서울 首爾 seo.ul	경주 慶州 kyeong.ju	기차를 타다 搭火車 ki.cha.leul- tta.da
(4) 시청 市政府 si.cheong	광화문 光化門 kwang.hwa.mun	걷다 走路 keot.dda

〈範例〉 집에서 [病院]병원까지 가려면 [bus]버스를 타세요. 想從家裡去醫院的話，請搭公車。
chi.be.seo- pyeong.won.gga.ji- ka.lyeo.myeon- peo.seu.leul- tta.se.yo

(1) ……………………　(3) ……………………

(2) ……………………　(4) ……………………

3 〈보기〉와 같이 대화를 완성하세요. 請仿照＜範例＞，完成對話。

〈範例〉 가：[慶州]경주에 가려고 해요. 어떻게 가요?
kyeong.ju.e- ka.lyeo.go-hae.yo- eo.ddeo.kke- ka.yo
想去慶州。該怎麼去？

나：[慶州]경주에 가려면 [首爾驛]서울역에서 [氣車]기차를 타세요.
kyeong.ju.e- ka.lyeo.myeon- seo.ul.lyeo.ge.seo- ki.cha.leul- tta.se.yo
想去慶州的話，請在首爾站搭火車。

(1) 

가：[韓國語]한국어를 잘하고 싶어요. 어떻게 해요? 想學好韓語。該怎麼做？
han.gu.geo.leul- ch.la.go- si.ppeo.yo- eo.ddeo.kke- hae.yo

나：＿＿＿＿＿＿＿＿ （想學好韓語，請認真唸書。）

(2) 

가：[故鄉飲食]고향 음식을 먹고 싶어요. 어떻게 해요? 想吃家鄉菜。該怎麼辦？
ko.hyang- eum.si.geul- meo.go- si.ppeo.yo- eo.ddeo.kke- hae.yo

나：＿＿＿＿＿＿＿＿ （想吃家鄉菜，請做來吃。）

(3) 

가：[寫真]사진을 찍으려고 해요. 무엇이 [必要]필요해요? 想照相。需要什麼？
sa.ji.neul- jji.geu.lyeo.go- hae.yo- mu.eo.si- ppi.lyo.hae.yo

나：＿＿＿＿＿＿＿＿ 이/가 [必要]필요해요. （想照相，需要相機。）
i/ga-ppi.lyo.hae.yo

(4) 

가：[旅行]여행을 가려고 해요. 무엇이 필요해요? 想去旅行。需要什麼？
yeo.haeng.eul- ka.lyeo.go- hae.yo- mu.eo.si- ppi.lyo.hae.yo

나：＿＿＿＿＿＿＿＿ （想去旅行，需要行李。）

(5) 

가：비빔밥을 만들려고 해요. 무엇이 [必要]필요해요? 想做拌飯。需要什麼。
pi.bim.ba.beul- man.deul.lyeo.go- hae.yo- mu.eo.si- ppi.lyo.hae.yo

나：＿＿＿＿＿＿＿＿ （想做拌飯，需要飯和蔬菜。）

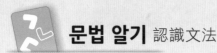

문법 알기 認識文法

-이나 或者
i.na

⟶ 名詞 + - (이) 나

〈例句〉 저는 아침에 빵이나 과일을 먹어요 . 我早上吃麵包或水果。
cheo.neun- a.chi.me- bbang.i.na- kwa.i.leul- meo.geo.yo

[空港]
가 : 공항에 가려면 어떻게 가요 ? 想去機場，該怎麼去？
kong.hang.e- ka.lyeo.myeon- eo.ddeo.kke- ka.yo

[空港bus] [地下鐵]
나 : 공항버스나 지하철을 타세요 . 請搭機場巴士或地鐵。
kong.hang.beo.seu.na- chi.ha.cheo.leul- tta.se.yo

〈說明〉

－(이)나加在名詞後，作為名詞的連接詞，意思是「或者～」。名詞末字若有尾音，加上이나，若無尾音則加上나。但(이)나不能作為動詞或形容詞的連接詞。

문법 익히기 熟悉文法

1 〈보기〉와 같이 쓰세요 . 請仿照＜範例＞寫寫看。

〈範例〉 가: 뭐 먹고 싶어요? 想吃什麼？
mwo- meo.go- si.ppeo.yo

[hamburger] [pizza]
나: 햄버거나 피자를 먹고 싶어요 . 想吃漢堡或披薩。
haem.beo.geo.na- ppi.ja.leul- meok.ggo- si.ppeo.yo

(1)

[週末]
가 : 주말에 뭐 해요 ? 週末做什麼？
chu.ma.le- mwo.hae.yo

나 : ______ 運動或購物。

(2)

[休假]
가 : 휴가에 어디에 가고 싶어요 ? 休假想去哪裡？
hyu.ga.e- eo.di.e- ka.go- si.ppeo.yo

나 : ______ 去山或海邊。

(3)

가 : 아침에 뭐 마셔요 ? 早上喝什麼？
a.chi.me- mwo- ma.syeo.yo

나 : ______ 喝咖啡或牛奶。

(4)

[生日] [獻物]
가 : 생일에 무슨 선물을 받고 싶어요 ? 生日想要什麼禮物？
saeng.i.le- mu.seun- seon.mu.leul- pat.ggo- si.ppeo.yo

나 : ______ 想要包包或手錶。

(5)

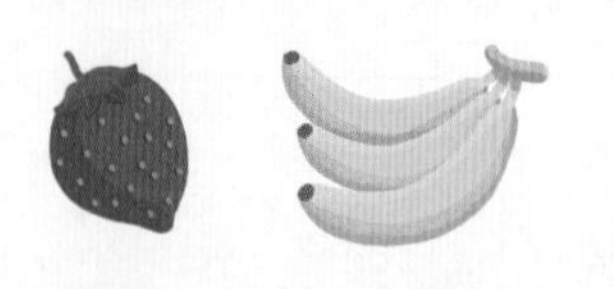

[市場]
가 : 시장에 가서 뭐 살 거예요 ? 去市場要買什麼？
si.jang.e- ka.seo- mwo- sal- geo.ye.yo

나 : ______ 要買草莓或香蕉。

2 〈보기〉와 같이 쓰세요. 請仿照＜範例＞寫寫看。

남대문시장 南大門市場
nam.dae.mun.si.jang

택시 / 지하철 / 타고 가다
ttaek.ssi/ chi.ha.cheol/ tta.go- ka.da
計程車／地鐵／搭去

〈範例〉

→ 남대문시장에 가려면 택시나 지하철을 타고 가세요.
nam.dae.mun.si.jang.e- ka.lyeo.myeon- ttaek.si.na- chi.ha.cheo.leul- tta.go- ka.se.yo
想去南大門市場的話，請搭計程車或地鐵去。

(1) 인사동 仁寺洞
in.sa.dong
종로 3 가역 鍾路 3 街站 / 안국역 安國站 / 걸어서 가다 走路去
chong.no.sam.ga.yeok an.gu.gyeok keo.leo.seo- ka.da

→

想去仁寺洞的話，請從鍾路 3 街站或安國站走路去。

(2) 명동 明洞
myeong.dong
명동역 明洞站 / 을지로입구역 乙支路站 / 내리다 下車
myeong.dong.yeok eul.ji.lo.ip.ggu.yeok nae.li.da

→

想去明洞的話，請在明洞站或乙支路站下車。

(3) 서울대공원 首爾大公園
seo.ul.dae.gong.won
사당역 舍堂站 / 이수역 麗水站 / 갈아타다 轉車
sa.dang.yeok i.su.yeok ka.la.tta.da

→

想去首爾大公園的話，請在舍堂站或麗水站轉車。

(4) 부산 釜山
pu.san
버스 巴士 / 기차 火車 / 타다 搭
peo.seu ki.cha tta.da

→

想去釜山的話，請搭巴士或火車。

(5) 중국 中國
chung.guk
배 船 / 비행기 飛機 / 타고 가다 搭去
pae pi.haeng.gi tta.go- ka.da

→

想去中國的話，請搭船或飛機去。

문법 알기 認識文法

-겠- 應該、一定～
get
⟶動詞／形容詞 + 겠

詞性	時態	句型
동사 動詞 형용사 形容詞	현재 現在	-겠-
	과거 過去	-았/었겠-

〈例句〉 [bus] 버스가 안 와서 늦겠어요 . [taxi] 택시를 탈까요 ? 公車不來，應該會遲到。要不要搭計程車？
peo.seu.ga- an- nwa.seo- neut.gge.sseo.yo- ttaek.ssi.leul- ttal.gga.yo

날씨가 안 좋아요 . 비가 오겠어요 . 天氣不好。應該會下雨。
nal.ssi.ga- an- cho.a.yo- pi.ga- o.ge.sseo.yo

가 : 어제 잠을 못 잤어요 . 昨天沒睡好。
eo.je- cha.meul- mot- jja.sseo.yo

나 : [疲困] 피곤하겠어요 . 一定很累吧。
ppi.go.na.ge.sseo.yo

가 : [一年] 일년 동안 [故鄉] 고향에 못 갔어요 . 整整一年沒回故鄉。
l- lyeo- dong.an- ko.hyang.e- mot- gga.sseo.yo

나 : [父母] 부모님이 보고 싶겠어요 . 一定很想念父母吧。
pu.mo.ni.mi- po.go- sip.ge.sseo.yo

〈說明〉

- 겠加在動詞或形容詞後，意思是「應該～、一定～」，表示推測的語氣。表示現在式時，將動詞／形容詞去掉原型다後，無論有無尾音，直接加上 - 겠，再加上語尾。若表示過去式時，將動詞／形容詞去掉原型다後，加上過去式時態았 / 었 / 했，再加上 - 겠，最後加上語尾。

문법 익히기 熟悉文法

1 〈보기〉와 같이 알맞은 그림과 연결하세요 . 請參考＜範例＞，連結適合的圖片。

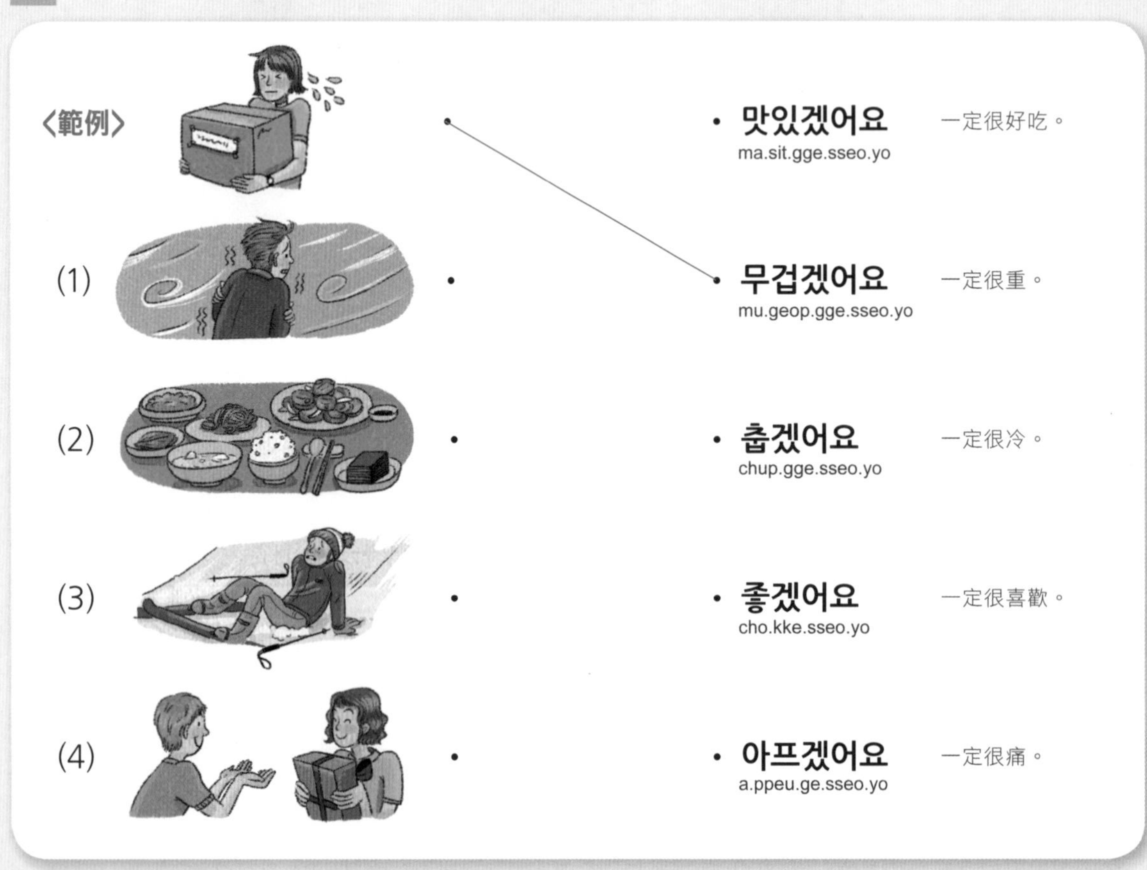

〈範例〉 • — • 무겁겠어요 一定很重。

(1) •

(2) •

(3) •

(4) •

• 맛있겠어요 一定很好吃。
ma.sit.gge.sseo.yo

• 무겁겠어요 一定很重。
mu.geop.gge.sseo.yo

• 춥겠어요 一定很冷。
chup.gge.sseo.yo

• 좋겠어요 一定很喜歡。
cho.kke.sseo.yo

• 아프겠어요 一定很痛。
a.ppeu.ge.sseo.yo

2 〈보기〉와 같이 쓰세요. 請仿照＜範例＞寫寫看。

〈範例〉 가 : 지난 [週末]주말에 놀이[公園]공원에 갔어요. 上週末去了遊樂園。
chi.nan- chu.ma.le- no.li.gong.wo.ne- ka.sseo.yo

나: [滋味]재미있었겠어요. 一定很有趣。
chae.mi.i.sseot.gge.sseo.yo

(1) 가 : [放學]방학에 [故鄉]고향에 가서 [父母]부모님을 만났어요. 放假時回故鄉見了父母。(좋다 開心)
pang.ha.ge- ko.hyang.e- ka.seo- pu.mo.ni.meul- man.na.sseo.yo cho.tta

나 : [正]정말 ______ 一定很開心。
cheong.mal

(2) 가 : 어제는 아침부터 밤까지 밥을 안 먹었어요. 昨天從早到晚都沒吃飯。(배가 고프다 肚子餓)
eo.je.neun- a.chim.bu.tteo- pam.gga.ji- pa.beul- an- meo.geo.sseo.yo pae. ga.ko.ppeu.da

나 : ______ 肚子一定很餓。

(3) 가 : [週末]주말에 [會社]회사에서 밤 10 [時]시까지 일했어요. 週末在公司工作到晚上 10 點。([疲困]피곤하다 疲倦)
chu.ma.le- hoe.sa.e.seo- pam- yeol.si.gga.ji- i.lae.sseo.yo ppi.go.na.da

나 : ______ 一定很累。

(4) 가 : 지난[週]주 [日曜日]일요일에 7 [時間]시간 동안 [登山]등산했어요. 上週日爬了 7 小時的山。(힘들다 辛苦)
chi.nan.ju- i.lyo.i.le- il.gop.ssi.gan- dong.an- teung.sa.nae.sseo.yo him.deul.da

나 : ______ 一定很辛苦。

(5) 가 : 어제 [aircon]에어컨이 [故障]고장 났어요. 昨天冷氣壞了。(덥다 熱)
eo.je- e.eo.kkeo.ni- ko.jang.na.sseo.yo teop.dda

나 : ______ 一定很熱。

(6) 가 : [工夫]공부를 [正]정말 [熱心]열심히 했어요. 真的很用功唸了書。([試驗]시험을 잘 보다 考試考很好)
kong.bu.leul- cheong.mal- yeol.si.mi- hae.sseo.yo si.heo.meul- chal- po.da

나 : ______ 一定考得很好。

(7) 가 : [土曜日]토요일에 늦게 잤어요. 星期六很晚睡。([日曜日]일요일에 늦게 일어나다 星期日晚起床)
tto.yo.i.le- neut.gge- cha.sseo.yo i.lyo.i.le- neut.gge- i.leo.na.da

나 : ______ 星期日一定很晚起床。

(8) 가 : [休假]휴가에 [故鄉]고향에 다녀왔어요. 休假時去了故鄉一趟。([故鄉飲食]고향 음식을 많이 먹다 吃很多家鄉菜)
hyu.ga.e- ko.hyang.e- ta.nyeo.wa.sseo.yo ko.hyang- eum.si.geul- ma.ni- meok.dda

나 : ______ 一定吃了很多家鄉菜。

듣기 聽力

1 듣고 알맞은 것을 연결하세요 . 聽完之後，請連接正確答案。 

어디에 가요 ? 去哪裡呢？	무엇을 타고 가요 ? 搭什麼去呢？	얼마나 걸려요 ? 要多久呢？
(1) **놀이공원** 遊樂園	택시	**25 분** 25 分
(2) [World Cup] **월드컵경기장** 世界盃運動場	지하철	**15 분** 15 分
(3) **남산** 南山	걷기	**1 시간** 1 小時
(4) **남대문시장** 南大門市場	버스	**5 분** 5 分

2 대화를 듣고 맞으면 ○ , 틀리면 X 하세요 . Track 18

請聽對話，對的打○，錯的打X。

(1) 여자는 부산에 가려고 해요 . ( )

女生想去釜山。

(2) 여자는 기차를 탈 거예요 . ( )

女生要搭火車。

(3) 교대역에서 3 호선으로 갈아타면 고속터미널역에 갈 수 있어요 . ( )

從教大站轉搭 3 號線的話，可以到高速巴士轉運站。

(4) 여기에서 고속터미널역까지 35 분쯤 걸려요 . ( )

從這裡到高速巴士轉運站約花 35 分。

말하기 口語

1 **아래 장소에 어떻게 가요? 표를 보고 〈보기〉와 같이 이야기하세요.**
下列地點要怎麼去呢？請看表格，仿照＜範例＞說說看。

출발 → 도착 chul.bal – to.chak 出發→到達	교통수단 kyo.ttong.su.dan 交通工具	역 / 버스 정류장 yeok/ peo.seu. cheong.nyu.jang 車站／巴士站	시간 si.gan 時間
〈보기〉 **충무로 → 인사동** chung.mu.lo/in.sa.dong 忠武路→仁寺洞	지하철 (3 호선) chi.ha.cheol(sa.mo.seon) 地鐵（3 號線）	안국역 an.gu.gyeok 安國站	15 분 si.bo.bun 15 分
	버스 (272 번) peo.seu(i.baek.chil.si.bi.beon) 巴士（272 號）	인사동 in.sa.dong 仁寺洞	25 분 i.si.bo.bun 25 分
(1) **서울 → 광주** seo.ul-kwang.ju 首爾→光州	기차 (새마을호) ki.cha(sae.ma.eu.lo) 火車（新村莊號）	광주역 kwang.ju.yeok 光州站	4 시간 ne.si.gan 4 小時
	버스 (고속버스) peo.seu(ko.sok.bbeo.seu) 巴士（高速巴士）	광주 kwang.ju 光州	3 시간 30 분 se.si.gan.sam.si.bun 3 小時 30 分
(2) **서울 → 정동진** seo.ul-cheong.dong.jin 首爾→正東津	버스 (고속버스) peo.seu(ko.sok.bbeo.seu) 巴士（高速巴士）	강릉 kang.leung 江陵	2 시간 20 분 tu.si.gan. i.sip.bbun 2 小時 20 分
	기차 (무궁화호) ki.cha(mu.gung.hwa.ho) 火車（無窮花號）	정동진역 cheong.dong.ji. nyeok 正東津站	5 시간 30 분 ta.seot.ssi.gan. sam.sip.bbun 5 小時 30 分
(3) **서울 → 경주** seo.ul-kyeong.ju 首爾→慶州	버스 (고속버스) peo.seu(ko.sok.bbeo.seu) 巴士（高速巴士）	경주 kyeong.ju 慶州	4 시간 ne.si.gan 4 小時
	기차 (KTX) ki.cha(k.t.x) 火車（KTX）	신경주역 sin.gyeong.ju.yeok 新慶州站	2 시간 tu.si.gan 2 小時

〈範例〉

가: 충무로에서 인사동까지 가려면 어떻게 가요?
chung.mu.lo.e.seo- in.sa.dong.gga.ji- ka.lyeo.myeon- eo.ddeo.kke- hae.yo

나: 지하철이나 버스를 타세요.
chi.ha.cheo.li.na- peo.seu.leul- tta.se.yo

가: 지하철로 어떻게 가요?
chi.ha.cheol.lo- eo.ddeo.kke- ka.yo

나: 3호선을 타고 안국역에서 내려요.
sa.mo.seo.neul- tta.go- an.gu.gyeo.ge.seo- nae.lyeo.yo

가: 안국역까지 얼마나 걸려요?
an.gu.gyeok.gga.ji- eol.ma.na- geol.lyeo.yo

나: 15분 쯤 걸려요.
si.bo.bun.jjeum- geol.lyeo.yo

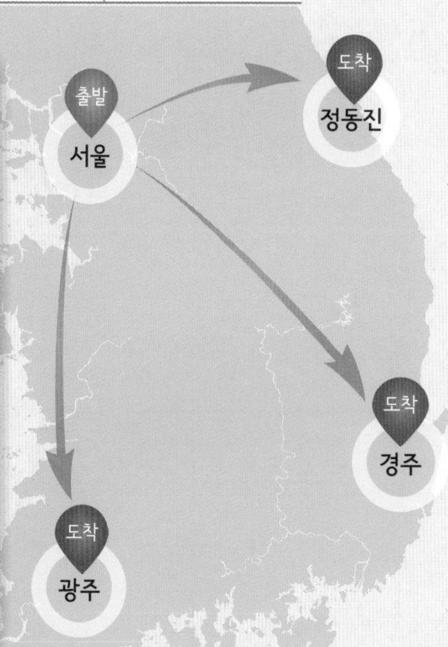

甲：想從忠武路到仁寺洞的話，該怎麼去呢？
乙：請搭地鐵或巴士。
甲：搭地鐵怎麼去呢？
乙：搭 3 號線，然後在安國站下車。
甲：到安國站要多久呢？
乙：大約 15 分鐘左右。

읽고 쓰기 閱讀寫作

1 읽고 질문에 답하세요. 閱讀寫作

저는 회사원[會社員]인데 집에서 회사[會社]까지 지하철[地下鐵]이나 버스[bus]로 가요. 버스[bus]를 타면 편[便]하지만 아침에는 길이 막히니까 회사[會社]에 늦지 않으려면 지하철[地下鐵]이 좋아요. 하지만 사람이 많아서 자주 서서 가요. 지하철[地下鐵]로 가면 집에서 회사[會社]까지 1 시간[時間] 10 분[分] 정도[程度] 걸려요. 저녁에는 버스[bus]를 타고 집에 와요.

我是上班族，從家裡到公司是搭地鐵或公車去。搭公車的話，雖然方便，但早上因為會塞車，如果不想遲到的話，地鐵比較好。可是因為人多，經常站著。地鐵的話，從家裡到公司花 1 小時 10 分鐘左右。晚上會搭公車回家。

(1) 이 사람은 집에서 회사까지 어떻게 가요? 這個人怎麼從家到公司呢？

(2) 왜 지하철을 타요? 為什麼搭地鐵呢？

(3) 집에서 회사까지 지하철로 얼마나 걸려요? 從家到公司搭地鐵要多久呢？

2 여러분의 집에서 회사나 학교까지 무엇을 타고 가요? 얼마나 걸려요? 써 보세요.

各位從家到公司或學校，搭什麼去呢？花多久呢？請寫看看。

날개 달기 展翅高飛

지하철 노선도를 보고 친구와 이야기하세요 . 請看地鐵路線圖，和朋友說說看。

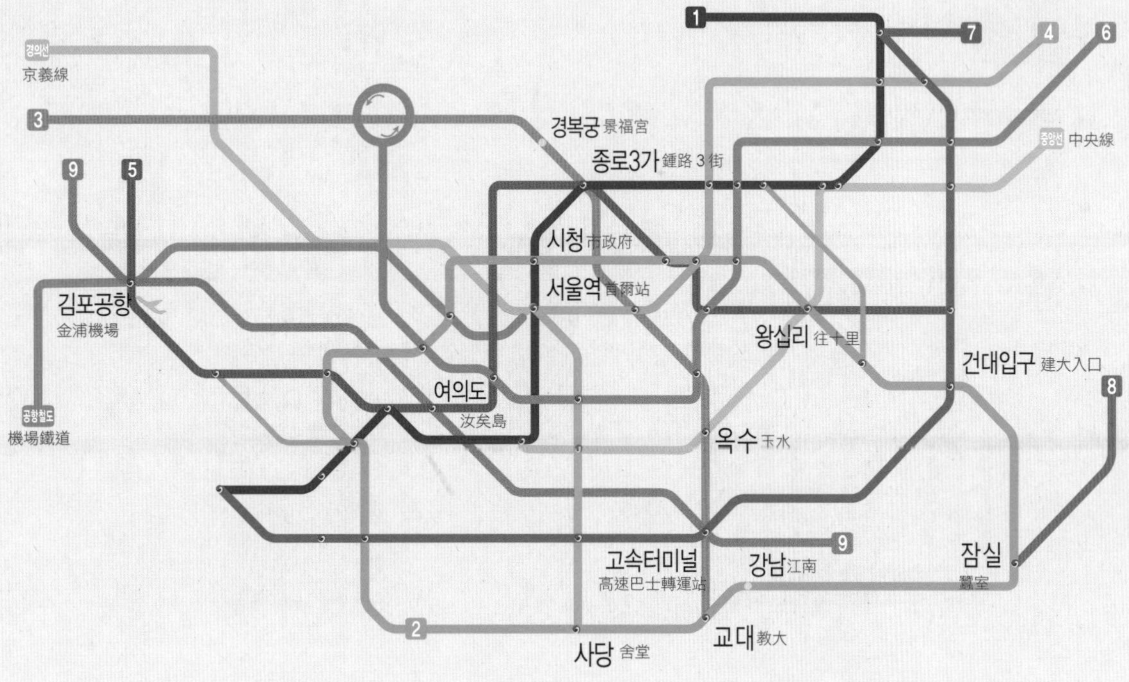

가: 잠실역에서 서울역에 가려면 어떻게 가요?
나: 잠실역에서 지하철 2호선을 타고
시청역에서 1호선으로 갈아타세요.
가: 잠실역에서 서울역까지 얼마나 걸려요?
나: 40분쯤 걸려요.

甲：從蠶室站到首爾站要怎麼去呢？
乙：請在蠶室站搭地鐵 2 號線，
然後在市政府站轉搭 1 號線。
甲：從蠶室站到首爾站要多久呢？
乙：約花 40 分鐘左右。

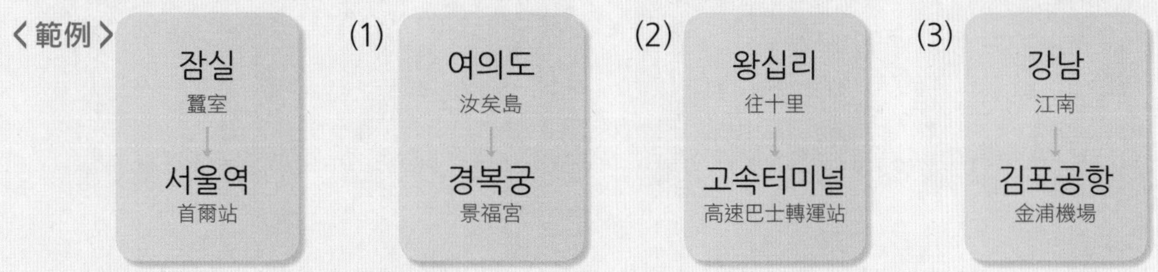

표현 넓히기 - 교통 관련 어휘 拓展表達－交通相關詞彙

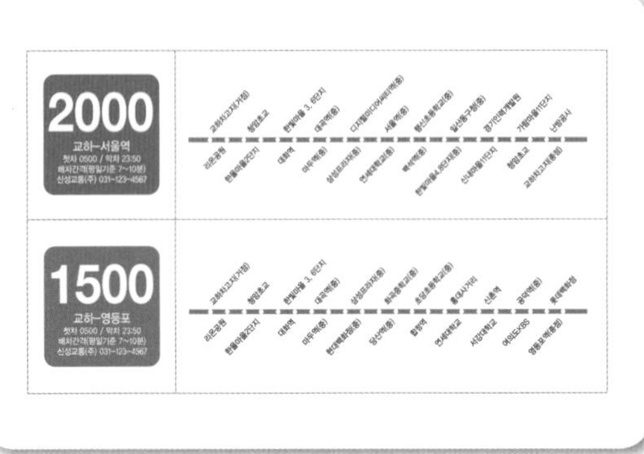

[bus 路線圖]
버스노선도 公車路線圖
peo.seu- no.seon.do

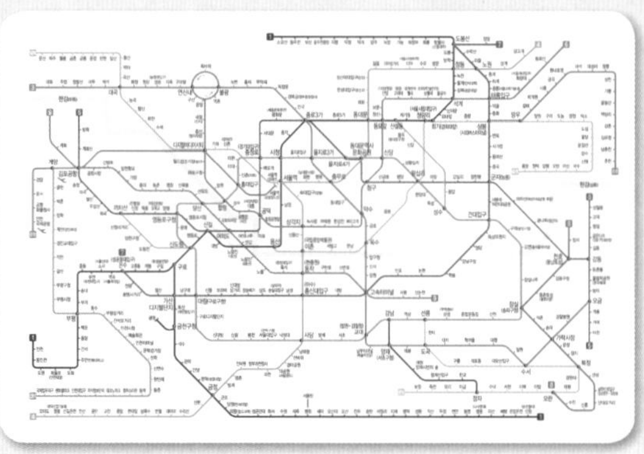

[地下鐵路線圖]
지 하 철 노선도 地鐵路線圖
chi.ha.cheol- lo.seon.do

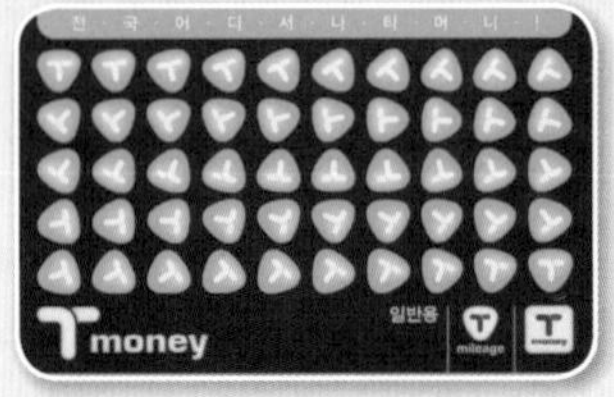

[交通card]
교통카드 交通卡
kyo.ttong.kka.deu

일회용 교통카드 一日交通卡
i.loe.yong-kyo.ttong.kka.deu

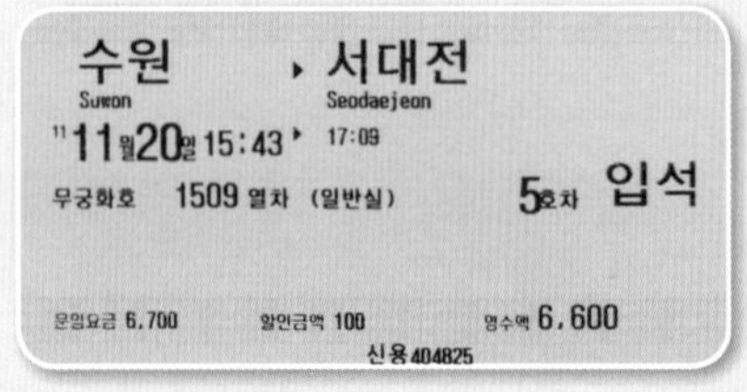

[氣車票]
기차표 火車票
ki.cha.ppyo

[飛行機票]
비행기 표 機票
pi.haeng.gi- ppyo

[賣票所]
매표소 售票處
mae.ppyo.so

[自動發賣機]
자동발매기 自動售票機
cha.dong.bal.mae.gi

[改札口]
개찰구 剪票口
kae.chal.gu

[升降場]
승강장 乘車處
seung.gang.jang

발음 12 發音 12

받침 ㄱ / ㅂ + ㄹ → [받침 ㅇ / ㅁ + ㄴ]
ng m n

대학로 大學路　　협력 合作
[대항노]　　[혐녁]
tae.hang.no　　hyeom.nyeok

〈說明〉尾音ㄱ或ㅂ，後面加上子音ㄹ時，尾音ㄱ和ㅂ會產生長音化，ㄱ發[ㅇ]的音，ㅂ發[ㅁ]的音。而後面的子音ㄹ則會產生硬音化，也就是發[ㄴ]的音。

1 듣고 따라 읽으세요. 請聽並且跟著唸。

(1) 대학로 大學路
tae.hang.no

(2) 국립 國立
kung.nip

(3) 목록 目錄
mong.nok

(4) 협력 合作
hyeom.nyeok

(5) 수업료 學費
su.eom.nyo

(6) 십 리 十里
sim- ni

2 듣고 따라 읽으세요. 請聽並且跟著唸。

(1) 대학로에서 연극을 봤어요. 在大學路看了話劇。
tae.hang.no.e.seo- yeon.geu.geul- pwa.sseo.yo

(2) 국립공원은 산이나 바다로 이루어져 있어요. 國家公園由山或海形成。
kung.nip.ggong.wo.neun- sa.ni.na- pa.da.lo- i.lu.eo.jyeo- i.sseo.yo

(3) 쇼핑할 때 목록을 만들어서 가면 편해요. 購物時，製作清單會很方便。
syo.pping.hal- ddae- mong.no.geul- man.deu.leo.seo- ka.myeon- ppyeo.nae.yo

(4) 힘들겠지만 서로 협력하면 할 수 있어요. 雖然辛苦，但彼此合作就能成功。
him.deul.get.jji.man-seo.lo-hyeom.nyeo.kka.myeon- hal- su- i.sseo.yo

(5) 수업료를 내려면 은행에 가세요. 想繳學費的話，請去銀行。
su.eom.nyo.leul- nae.lyeo.myeon- eu.naeng.e- ka.se.yo

5과 식당
餐廳

學習目標 學會決定食物並點菜

文法重點

- 을래요	- 거나	- 어 보다
要做～呢？	或者	試看看
만	- 지 않다	
只要、只有	不～	

學習準備

여러분이 자주 가는 식당은 어디예요? 各位經常去的餐廳在哪裡呢？
거기에서 무슨 음식을 먹어요? 在那裡吃些什麼食物呢？

돌솥비빔밥을 드셔 보세요
請吃看看石鍋拌飯吧

Track 21

주인 어서 오세요 . 뭘 드시겠어요 ?
eo.seo- o.se.yo- mwol- teu.si.ge.sseo.yo

에린 아주머니 , 여기 뭐가 맛있어요 ?
a.ju.meo.ni- yeo.gi- mwo.ga- ma.si.sseo.yo

주인 우리 집은 낙지볶음하고 순두부찌개가 맛있어요 .
u.li- chi.beun- nak.jji.bo.ggeu.ma.go- sun.du.bu.jji.gae.ga- ma.si.sseo.yo

에린 마틴 씨는 뭐 먹을래요 ?
ma.ttin- ssi.neun- mwo- meo.geul.lae.yo

마틴 저는 아무거나 괜찮아요 . 에린 씨는요 ?
cheo.neun- a.mu.geo.na- kwan.cha.na.yo- e.lin- ssi.neu.nyo

에린 저는 음식이 짜거나 매우면 못 먹어요 .
cheo.neun- um.si.gi- jja.geo.na- mae.u.myeon- mon- meo.geo.yo

주인 그럼 돌솥비빔밥을 드셔 보세요 .
keu.leom- tol.sot.bbi.bim.ba.beul- teu.syeo- po.se.yo
고추장만 빼면 맵지 않고 맛있어요 .
ko.chu.jang.man- bbae.myeon- map.jji- an.kko- ma.si.sseo.yo

에린 그래요 ? 그럼 저는 그걸로 주세요 .
keu.lae.yo- keu.leom- cheo.neun- keu.geol.lo- chu.se.yo

마틴 저는 순두부찌개를 주세요 .
cheo.neun- sun.du.bu.jji.gae.leul- chu.se.yo

店家 歡迎光臨。請問要用點什麼呢？
愛琳 老闆娘，這裡什麼好吃呢？
店家 我們店裡的炒章魚和豆腐鍋很好吃。
愛琳 馬丁先生要吃什麼呢？
馬丁 我隨便什麼都可以。愛琳小姐呢？
愛琳 如果食物鹹或辣的話，我不敢吃。
店家 那麼請吃看看石鍋拌飯吧。
不加辣椒醬的話，不辣又好吃。
愛琳 是嗎？那麼就請給我那個。
馬丁 請給我豆腐鍋。

본문 확인하기 確認課文

에린 씨는 어떤 음식을 못 먹어요 ?
愛琳小姐什麼樣的食物不敢吃呢？

마틴 씨는 무엇을 먹을 거예요 ?
馬丁先生要吃什麼呢？

어휘와 표현 詞彙和表達

아주머니 a.ju.meo.ni 老闆娘	낙지볶음 nak.jji.bo.ggeum 炒章魚	[豆腐] 순두부찌개 sun.du.bu.jji.gae 豆腐鍋	
아무거나 a.mu.geo.na 隨便什麼	짜다 jja.da 鹹	맵다 maep.dda 辣	
돌솥비빔밥 tol.sot.bbi.bim.bap 石鍋拌飯	드시다 teu.si.da 吃、用	[醬] 고추장 ko.chu.jang 辣椒醬	빼다 bbae.da 減去、扣掉

어서 오세요 .
eo.seo- o.se.yo
歡迎光臨

뭘 드시겠어요 ?
mwol- teu.si.ge.sseo.yo
要用點什麼呢？

그걸로 주세요 .
keu.geol.lo- chu.se.yo
請給我那個。

어휘 알기 - 음식 認識詞彙－食物

[韓食] 한식 韓國菜 han.sik

불고기 烤肉
pul.go.gi

비빔밥 拌飯
pi.bim.bap

[冷麵] 냉면 冷麵
naeng.myeon

[湯] 갈비탕 排骨湯
kal.bi.ttang

[蔘雞湯] 삼계탕 人蔘雞
sam.ge.ttang

[醬] 된장찌개 大醬湯
toen.jang.jji.gae

[洋食] 양식 西餐 yang.sik

[pizza] 피자 披薩
ppi.ja

[spaghetti] 스파게티 義大利麵
seu.ppa.ge.tti

[steak] 스테이크 牛排
seu.tte.i.kkeu

[中食] 중식 中國菜 chung.sik

[炸醬麵] 짜장면 炸醬麵
jja.jang.myeon

짬뽕 炒碼麵
jjam.bong

[糖水肉] 탕수육 糖醋肉
ttang.su.yuk

[日食] 일식 日本料理 il.sik

[醋] 초밥 壽司
cho.bap

[生鮮膾] 생선회 生魚片
saeng.seon.hoe

우동 烏龍麵
u.dong

[分食] 분식 小吃 pun.sik

떡볶이 炒年糕
ddeok.bbo.gi

김밥 紫菜飯卷
kim.bap

[拉麵] 라면 拉麵
la.myeon

어휘 알기 - 맛 認識詞彙－味道

그림에 맞는 단어를 연결하세요. 請連接適合的單字。

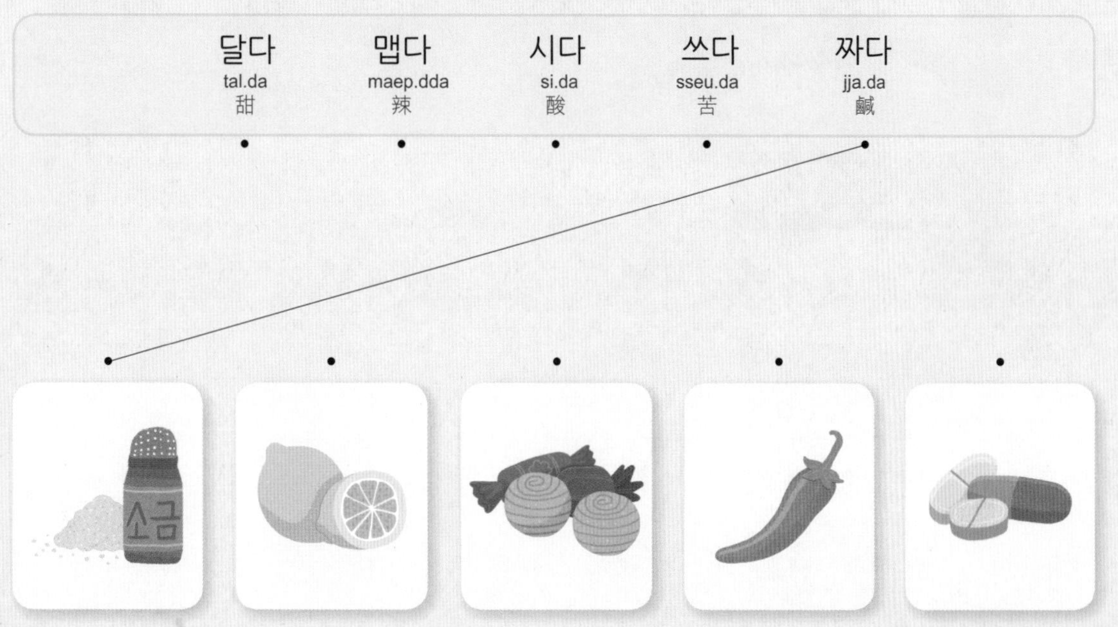

문법 알기 認識文法

-을래요 要做～呢？／要做～
eul.lae.yo
⟶ 動詞 + -ㄹ / 을래요

動詞	尾音	句型
동사	받침 (O)	-을래요
	받침 (X)	-ㄹ래요

〈例句〉

가 : 같이 영화[映畫]를 볼래요? 要一起看電影嗎？
ka.chi- yeong.hwa.leul- pol.lae.yo

나 : 미안[未安]해요. 저는 집에서 책[冊]을 읽을래요.
mi.a.nae.yo- cheo.neun- chi.be.seo- chae.geul- il.geul.lae.yo
對不起。我要在家讀書。

가 : 뭘 마실래요? 要喝什麼呢？
mwol- ma.sil.lae.yo

나 : 저는 커피[coffee]를 마실래요. 我要喝咖啡。
cheo.neun- kkeo.ppi.leul- ma.sil.lae.yo

〈說明〉

－ㄹ／을래요加在動詞後，表達疑問句型，意思是「（你）要做～呢？」或表達肯定句型，意思是「（我）要做～」。將動詞原型去掉다後，若有尾音，加上－을래요，若無尾音，加上－ㄹ래요。但若動詞原型為ㄹ다結尾，如만들다（製作），則省略을，直接加上래요，成為만들래요（要製作嗎？／要製作）。另外，－을／（ㄹ）래요的主詞只能是第一人稱（我저，나／我們우리）和第二人稱（你너／你們너희），不能以第三人稱（他그／他們그들）作為主詞。

문법 익히기 熟悉文法

1 〈보기〉와 같이 쓰세요. 請仿照〈範例〉寫寫看。

〈範例〉

가 : 뭘 살래요? (사다) 要買什麼呢？
mwo- sal.lae.yo

나 : 저는 모자[帽子]를 살래요. 我要買帽子。
cheo.neun- mo.ja.leul- sal.lae.yo

(1)

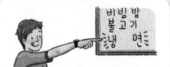

가 : ______ (먹다 吃) 要吃什麼呢？
meok.dda

나 : ______ 我要吃冷麵。

(2)

가 : ______ (마시다 喝) 要喝什麼呢？
ma.si.da

나 : ______ 我要喝綠茶。

(3)

가 : ______ (배우다 學) 要學什麼呢？
pae.u.da

나 : ______ 我要學跆拳道。

(4)

가 : ______ (읽다 讀) 要讀什麼呢？
ik.dda

나 : ______ 我要讀報紙。

2 〈보기〉와 같이 쓰세요. 請仿照〈範例〉寫寫看。

〈範例〉

가 : 오늘 저녁에 같이 영화[映畫]를 볼래요? 今天晚上要不要一起看電影?
o.neul- cheo.nyeo.ge- ka.chi- yeong.hwa.leul- pol.lae.yo

나 : 미안[未安]해요. 내일[來日] 시험[試驗]이 있어요. 對不起，明天有考試。
mi.a.nae.yo- nae.il- si.heo.mi- i.sseo.yo

저는 도서관[圖書館]에 갈래요. 我要去圖書館。
cheo.neun- to.seo.gwa.ne- kal.lae.yo

(1)

가 : 수업[授業]이 끝났으니까 같이 맥주[麥酒] 한잔[盞]할래요? 下課了，要不要一起喝杯啤酒?
su.eo.bi- ggeun.na.sseu.ni.gga- ka.chi- maek.jju- han.ja.nal.lae.yo

나 : 미안해요. 어제 잠을 못 잤어요. 對不起，昨天沒睡好。
mi.a.nae.yo- eo.je- cha.meul- mot- jja.sseo.yo

__________ 我要在家睡覺。

(2)

가 : 내일[來日] 저와 같이 산[山]에 갈래요? 明天要不要和我一起去爬山?
nae.il- cheo.wa- ka.chi- sa.ne- kal.lae.yo

나 : 저도 가고 싶지만 피곤[疲困]해서 못 가요. 我也想去，但太累了，不能去。
cheo.do- ka.go- sip.jji.man- ppi.go.nae.seo- mot- gga.yo

__________ 我要休息。

(3)

가 : 내일[來日]부터 같이 수영[水泳]을 배울래요? 明天開始要不要一起學游泳?
nae.il.bu.tteo- ka.chi- su.yeong.eul- pae.ul.lae.yo

나 : 저는 테니스[tennis]를 배우고 싶어요. 我想學網球。
cheo.neun- tte.ni.seu.leul- pae.u.go- si.ppeo.yo

__________ 我要學網球。

(4)

가 : 오늘 저녁에는 짜장면[炸醬麵]을 먹을래요? 今天晚上要不要吃炸醬麵?
o.neul- cheo.nyeo.ge- jja.jang.myeo.neul- meo.geul.lae.yo

나 : 저는 점심[點心]에 짜장면[炸醬麵]을 먹었어요. 我中午吃了炸醬麵。
cheo.neun- cheom.si.me- jja.jang.myeo.neul- meo.geo.sseo.yo

저녁에는 __________ 晚上我要吃肉。
cheo.nyeo.ge.neun

(5)

가 : 같이 책[冊]을 읽을래요? 要不要讀書?
ka.chi- chae.geul- il.geul.lae.yo

나 : 저는 음악[音樂]을 듣고 싶어요. 我想聽音樂。
cheo.neun- eu.ma.geul- teut.ggo- si.ppeo.yo

__________ 我要聽音樂。

문법 알기 認識文法

- 거나 或者～
geo.na
⟶ 動詞／形容詞 ＋ - 거나

詞性	尾音	句型
동사 動詞 형용사 形容詞	받침 (O)	-거나
	받침 (X)	

〈例句〉
[週末] [冊] [映畫]
주말에는 책을 읽거나 영화를 봐요 . 週末時讀書或看電影。
chu.ma.le.neun- chae.geul- il.geo.na- yeong.hwa.leul- pwa.yo

[授業後] [親舊]
수업 후에는 집에 가거나 친구를 만나요 . 下課後回家或見朋友。
su.eo- ppu.e.neun- chi.be- ka.geo.na- chin.gu.leul- man.na.yo

[飮食] [健康]
음식이 너무 맵거나 짜면 건강에 안 좋아요 . 食物太辣或鹹的話，對健康不好。
eum.si.gi- neo.mu- maep.ggeo.na- jja.myeon- keon.gang.e- an- cho.a.yo

〈說明〉 －거나加在動詞或形容詞後，作為連接詞，意思是「或者～」。動詞／形容詞去掉原型다後，無論有無尾音，皆直接加上거나。但－거나不能作為名詞的連接詞，名詞的連接詞需加上－（이）나（參考 P.72 文法）。

문법 익히기 熟悉文法

1 〈보기〉와 같이 쓰세요 . 請仿照＜範例＞寫寫看。

〈範例〉 가 : 주말에 뭐 해요 ? ([山] 산 / [映畫] 영화) 週末做什麼？
chu.ma.le- mwo- hae.yo
나 : [山] 산에 가거나 [映畫] 영화를 봐요 . 去爬山或看電影。
sa.ne- ka.geo.na- yeong.hwa.leul- pwa.yo

(1) 가 : [退勤後] 퇴근 후에 뭐 해요 ? ([親舊] 친구 朋友 / [運動] 운동 運動) 下班後做什麼？
ttoen.geun- hu.e- mwo- hae.yo chin.gu un.dong
나 : ______ 見朋友或運動。

(2) 가 : [父母] 부모님께 어떻게 [連絡] 연락해요 ? ([便紙] 편지 信 / [電話] 전화 電話) 怎麼連絡父母？
pu.mo.nim.gge- eo.ddeo.kke- yeol.la.kkae.yo ppyeon.ji cheo.nwa
나 : ______ 寫信或打電話。

(3) 가 : 쉬는 [時間] 시간에 뭐 해요 ? ([工夫] 공부 唸書 / [coffee] 커피 咖啡) 休息時間做什麼？
swi.neun- si.ga.ne- mwo- hae.yo kong.bu kkeo.ppi
나 : ______ 唸書或喝咖啡。

(4) 가 : [宿題] 숙제를 하고 뭐 해요 ? ([音樂] 음악 音樂 / [冊] 책 書) 作業寫完要做什麼？
suk.jje.leul- ha.go- mwo- hae.yo u.mak chaek
나 : ______ 聽音樂或讀書。

(5) 가 : [日曜日] 일요일 아침에 뭐 해요 ? (늦잠 懶覺 / [淸掃] 청소 打掃) 星期天早上做什麼？
i.lyo.il- a.chi.me- mwo- hae.yo neut.jjam cheong.so
나 : ______ 睡懶覺或打掃。

2 〈보기〉와 같이 쓰세요. 請仿照<範例>寫寫看。

〈範例〉 가 : 이번 주말[週末]에 뭐 할 거예요? 這個週末要做什麼?
i.beon- chu.ma.le- mwo- hal-geo.ye.yo

나: 저는 집에서 텔레비전[television]을 보거나 공원[公園]에서 운동[運動]을 할 거예요.
cheo.neun- chi.be.seo- ttel.le.bi.jeo.neul- po.geo.na- kong.wo.ne.seo- un.dong.eul- hal- geo.ye.yo
我要在家看電視或在公園運動。

(1) 가 : 친구[親舊]를 만나면 뭐 해요? 見朋友的話做什麼?
chin.gu.leul- man.na.myeon- mwo- hae.yo

나 :

(2) 가 : 시간[時間]이 있으면 보통[普通] 뭐 해요? 有時間的話通常做什麼?
si.ga.ni- i.sseu.myeon- po.ttong- mwo- hae.yo

나 :

(3) 가 : 한국어 수업[韓國語授業]이 끝나면 보통[普通] 뭐 해요? 韓文課下課的話，通常做什麼?
han.gu.geo- su.eo.bi- ggeun.na.myeon- po.ttong- mwo- hae.yo

나 :

(4) 가 : 점심[點心]에 뭐 먹을 거예요? 中午要吃什麼?
cheom.si.me- mwo- meo.geul- geo.ye.yo

나 :

(5) 가 : 시험[試驗]이 끝나면 뭐 할 거예요? 考試結束的話，要做什麼?
si.heo.mi- ggeun.na.myeon- mwo- hal- geo.ye.yo

나 :

(6) 가 : 여름휴가[休假] 때 뭐 할 거예요? 暑假的時候，要做什麼?
yeo.leu.myu.ga- ddae- mwo- hal- geo.ye.yo

나 :

문법 알기 認識文法

—어 보다 試看看~

eo- bo.da

⟶ 動詞 + -아 / 어 / 해 보다

動詞	母音	句型
동사	ㅏ,ㅗ (O)	-아 보다
	ㅏ,ㅗ (X)	-어 보다
	하다	해 보다

〈例句〉

[病院]
머리가 아프면 병원에 가 보세요. 頭痛的話，請去醫院看看。
meo.li.ga- a.ppeu.myeon- pyeong.wo.ne- ka- bo.se.yo

이 옷이 예쁜데 한번 입어 보세요. 這件衣服很漂亮，請試穿看看。
i- o.si- ye.bbeun.de- han.beon- i.beo- bo.se.yo

[韓國語] [滋味] [工夫]
한국어가 재미있으니까 공부해 보세요. 韓語很有趣，請學看看。
han.gu.geo.ga- chae.mi- i.sseu.ni.gga- kong.bu.hae- bo.se.yo

〈說明〉

보다加在動詞後，意思是「做～看看」，表示嘗試的意思。將動詞原型去掉다後，若最後一個字的母音為ㅏ或ㅗ，加上 - 아 보다，只要母音非ㅏ或ㅗ，加上 - 어 보다，若為하다原型動詞，則將하다改為해 보다。

문법 익히기 文法熟悉文法

1 다음에서 알맞은 것을 골라 〈보기〉와 같이 쓰세요.

請從下列中選出適合的字，仿照＜範例＞寫寫看。

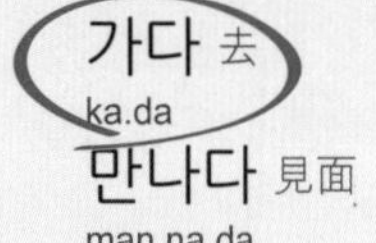

가다 去 ka.da	듣다 聽 teut.dda	먹다 吃 meok.dda
만나다 見面 man.na.da	마시다 喝 ma.si.da	읽다 讀 ik.dda

〈範例〉 [釜山] [正]
부산이 정말 좋아요. 가 보세요. 釜山真的不錯。請去看看。
pu.sa.ni- cheong.mal- cho.a.yo- ka- bo.se.yo

(1) [冊] [滋味]
이 책이 재미있어요. ________ 這本書很有趣。請讀看看。
i- chae.gi- chae.mi.i.sseo.yo

(2) [冷麵] [正]
냉면이 정말 맛있어요. ________ 冷麵真的很好吃。請吃看看。
naeng.myeo.ni- cheong.mal- ma.si.ssseo.yo

(3) [音樂]
음악이 아름다워요. ________ 音樂很優美。請聽看看。
eu.ma.gi- a.leum.da.wo.yo

(4) [coffee] [正]
이 커피가 정말 좋아요. ________ 這個咖啡真不錯。請喝看看。
i- kkeo.ppi.ga- cheong.mal- cho.a.yo

(5) [親舊] [性格] [親切]
제 친구는 성격이 좋고 친절해요. ________ 我的朋友個性又好又親切。見個面看看。
che- chin.gu.neun- seong.gyeo.gi- cho.kko- chin.jeo.lae.yo

2 〈보기〉와 같이 쓰세요. 請仿照＜範例＞寫寫看。

〈範例〉

한국 韓國 han.guk	
음식 食物 eum.sik	삼계탕 蔘雞湯 sam.ge.ttang

가 : 한국에서는 무슨 음식이 맛있어요? 韓國有什麼好吃的料理？
han.gu.ge.seo.neun- mu.seun- eum.si.gi- ma.si.sseo.yo

나 : 삼계탕이 맛있어요. 삼계탕을 먹어 보세요. 蔘雞湯很美味，請吃吃看。
sam.ge.ttang.i- ma.si.sseo.yo- sam.ge.ttang.eul- meo.geo- bo.se.yo

나라 이름 國名 : na.la- i.leum	
(1) 장소 場所 chang.so	
(2) 음식 食物 eum.sik	
(3) 책 書 chaek	
(4) 노래 歌曲 no.lae	
(5) 사람 人 sa.lam	

(1) 가 : 어디가 좋아요? 哪裡好呢？
eo.di.ga- cho.a.yo

나 :

(2) 가 : 무슨 음식이 맛있어요? 什麼食物好吃呢？
mu.seun- eum.si.gi- ma.si.sseo.yo

나 :

(3) 가 : 무슨 책이 재미있어요? 什麼書有趣呢？
mu.seun- chae.gi- chae.mi.i.sseo.yo

나 :

(4) 가 : 무슨 노래가 유명해요? 什麼歌曲有名呢？
mu.seun- no.lae.ga- yu.myeong.hae.yo

나 :

(5) 가 : 누가 유명해요? 什麼人有名呢？
nu.ga- yu.myeong.hae.yo

나 :

문법 알기 認識文法

만 只要、只有~

man

⟶ 名詞 + 만

〈例句〉

[圖書館] [學生] [班] [先生] [韓國]

저는 구두만 살래요. 我只要買皮鞋。
cheo.neun- ku.du.man- sal.lae.yo

도서관[圖書館]에는 학생[學生]만 들어갈 수 있어요. 圖書館只有學生可以進去。
to.seo.gwa.ne.neun- hak.ssaeng.man- teu.leo.gal- su- i.sseo.yo

우리 반[班]에서 선생[先生]님만 한국[韓國] 사람이에요. 我們班上只有老師是韓國人。
u.li- ba.ne.seo- seon.saeng.nim.man- han.guk- ssa.la.mi.e.yo

〈說明〉

- 만加在名詞後面，意思是「只有~、只要~」。無論名詞最後一個字有無尾音，直接加上 - 만即可。

문법 익히기 熟悉文法

1 〈보기〉와 같이 쓰세요. 請仿照〈範例〉寫寫看。

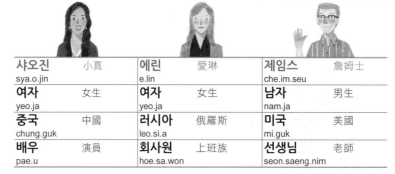

샤오진 小真 sya.o.jin	에린 愛琳 e.lin	제임스 詹姆士 che.im.seu
여자 女生 yeo.ja	여자 女生 yeo.ja	남자 男生 nam.ja
중국 中國 chung.guk	러시아 俄羅斯 leo.si.a	미국 美國 mi.guk
배우 演員 pae.u	회사원 上班族 hoe.sa.won	선생님 老師 seon.saeng.nim

〈範例〉가 : 모두 러시아[Russia] 사람이에요? 全都是俄羅斯人嗎？
mo.du- leo.si.a- sa.la.mi.e.yo

나 : 아니요, 에린 씨만 러시아[Russia] 사람이에요. 不，只有愛琳小姐是俄羅斯人。
a.ni.yo- e.lin- ssi.man- leo.si.a- sa.la.mi.e.yo

(1) 가 : 모두 중국[中國] 사람이에요? 全都是中國人嗎？
mo.du- chung.guk- ssa.la.mi.e.yo

나 : ＿＿＿＿＿＿ 不，只有小真小姐是中國人。

(2) 가 : 모두 회사원[會社員]이에요? 全都是上班族嗎？
mo.du- hoe.sa.wo.ni.e.yo

나 : ＿＿＿＿＿＿ 不，只有愛琳小姐是上班族。

(3) 가 : 모두 남자[男子]예요? 全都是男生嗎？
mo.du- nam.ja.ye.yo

나 : ＿＿＿＿＿＿ 不，只有詹姆士先生是男生。

(4) 가 : 누가 안경[眼鏡]을 썼어요? 誰戴了眼鏡？
nu.ga- an.gyeong.eul- sseo.sseo.yo

나 : ＿＿＿＿＿＿ 只有詹姆士先生戴了眼鏡。

문법 알기 認識文法

-지 않다 不～、沒～
ji- an.tta
⟶ 動詞／形容詞 ＋ - 지 않다

詞性	尾音	句型
동사 動詞	받침 (O)	-지 않다
형용사 形容詞	받침 (X)	

〈例句〉 저는 고기를 먹지 않아요 . 我不吃肉。
cheo.neun- ko.gi.leul- meok.jji- a.na.yo

[同生] [televisoin]
동생이 어제 텔레비전을 보지 않았어요 . 弟弟昨天沒看電視。
tong.saeng.i- eo.je- ttel.le.bi.jeo.neul- po.ji- a.na.sseo.yo

배가 고프지 않지만 밥을 먹었어요 . 肚子雖然不餓，但吃了飯。
pae.ga- ko.ppeu.ji- an.chi.man- pa.beul- meo.geo.sseo.yo

〈說明〉

－지 않다加在動詞或形容詞後，表示否定句型，意思是「不做～、沒做～」。表達過去式時，將原型去掉다後，無論末字有無尾音，皆直接加－지 않다。表達過去式時，在－지않後，加上過去式時態았／었／했，再接語尾。欲加上連接詞，如지만（可是）、고（而且）等，則在－지않後加지만和고，成為－지 않지만（雖然沒～）、－지 않고（不～，而且）。

문법 익히기 熟悉文法

1 〈보기〉와 같이 쓰세요 . 請仿照＜範例＞寫寫看。

〈範例〉

[coffee]
가 : 지금 커피를 마셔요 ? 現在喝咖啡嗎？
chi.geum- kkeo.ppi.leul- ma.syeo.yo

[coffee]
나 : 아니요 , 커피를 마시지 않아요 . 不，不喝咖啡。
a.ni.yo- kkeo.ppi.leul- ma.si.ji- a.na.yo

(1)

[冊]
가 : 지금 책을 읽어요 ? 現在讀書嗎？
chi.geum- chae.geul- il.geo.yo

나 : ______ 不，沒讀書。

(2)

가 : 지금 음악을 들어요 ? 現在聽音樂嗎？
chi.geum- eu.ma.geul- teu.leo.yo

나 : ______ 不，沒聽音樂。

(3)

가 : 이 옷이 비싸요 ? 這衣服貴嗎？
i- o.si- pi.ssa.yo

나 : ______ 不，這衣服不貴。

(4)

[湯]
가 : 갈비탕이 짜요 ? 排骨湯鹹嗎？
kal.bi.ttang.i- jja.yo

나 : ______ 不，排骨湯不鹹。

듣기 聽力

1 듣고 맞는 답을 고르세요. 聽完之後，請根據問題，選出正確答案。 Track 22

(1) 두 사람은 무엇을 해요 ? 兩人做什麼呢 ?

① 

② 

③ 

(2) 두 사람은 무엇을 먹을 거예요 ? 兩人要吃什麼呢 ?

① 

② 

③ 

2 대화를 듣고 맞으면 ○, 틀리면 X 하세요 . 

請聽對話，對的打○，錯的打X 。

(1) 여자는 바빠서 밥을 못 먹었어요 . ( )
女生太忙，沒辦法吃飯。

(2) 두 사람은 같이 점심 식사를 할 거예요 .( )
兩人要一起吃午餐。

(3) 여자는 음식이 매우면 못 먹어요 . ( )
女生不敢吃辣。

(4) 두 사람은 피자와 스파게티를 먹을 거예요 . ( )
兩人要吃披薩和義大利麵。

한 사람은 주인, 다른 사람은 손님이 되어서 음식을 주문해 보세요.

一人當店家，另一人當客人，試著點菜看看。

<範例>

주인: 어서 오세요. 뭘 드시겠어요?
eo.seo- o.se.yo- mwo- teu.si.ge.sseo.yo
歡迎光臨。請問需要什麼？

손님: 여기 뭐가 맛있어요?
yeo.gi- mwo.ga- ma.si.sseo.yo
這裡什麼好吃呢？

주인: 우리 집은 라면하고 김밥이 맛있어요.
u.li- chi.beun- la.myeo.na.go- kim.ba.bi- ma.si.sseo.yo
我們的拉麵和紫菜飯卷很好吃。

손님: 그럼 라면하고 김밥 주세요.
keu.leom- la.myeo.na.go- kim.bap- ju.se.yo
那麼請給我拉麵和紫菜飯卷。

주인: 네, 잠시만 기다리세요.
ne- cham.si.man- ki.da.lyeo- chu.se.yo
好的，請稍等一下。

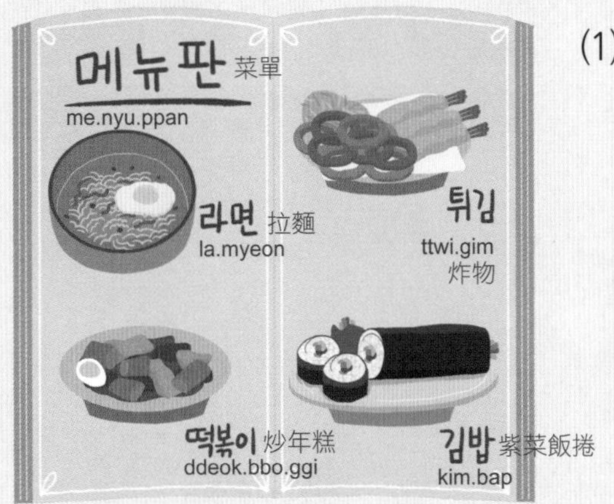

(1)

(2)

(3)

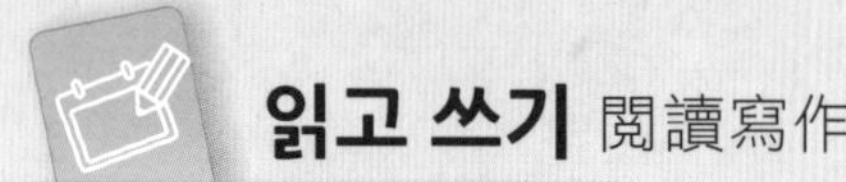

읽고 쓰기 閱讀寫作

1 읽고 질문에 답하세요. 請閱讀並回答問題。

저는 한국 음식[韓國飲食]을 좋아해요. 불고기와 비빔밥이 좋은데, 불고기가 제일[第一] 맛있어요. 불고기는 맵지 않아서 자주 먹어요. 저는 점심[點心]과 저녁에는 보통[普通] 한국 음식[韓國飲食]을 먹어요. 그렇지만 아침에는 시간[時間]이 없어서 식사[食事]를 못 하거나 우유[牛乳]만 마셔요. 점심[點心]에는 학교 친구[學校親舊]들과 함께 학교 식당[學校食堂]에 가요. 학교 식당[學校食堂]에는 한식[韓食]과 양식[洋食], 그리고 분식[分食]이 있어요. 저녁에는 집 근처[近處] 식당[食堂]에서 밥을 먹어요.

我喜歡韓國食物。烤肉和拌飯都喜歡，烤肉最好吃。烤肉因為不辣，所以經常吃。我中午和晚上通常會吃韓國食物。可是早上因為沒時間，不是沒吃就是只喝牛奶。中午的時候和學校朋友們一起去學生餐廳。學生餐廳有韓國菜、西餐，還有小吃。晚上的時候我在家附近的餐廳吃飯。

(1) 이 사람은 무슨 한국 음식을 좋아해요? 這個人喜歡什麼韓國食物呢？

(2) 아침에는 무엇을 먹어요? 早上吃什麼呢？

(3) 어디에서 점심을 먹어요? 在哪裡吃午餐呢？

2 여러분은 무슨 음식을 좋아해요? 글을 써 보세요.

各位喜歡什麼食物呢？ 請試著寫出文章。

날개 달기 展翅高飛

다음과 같이 질문하고 식사 시간에 무슨 음식을 먹을지 결정해 보세요.

請仿照下文，提出問題，並決定用餐時間要吃些什麼。

무슨 음식을 좋아해요? 喜歡什麼食物？

어느 식당으로 갈까요? 要去哪家餐廳？

무슨 음식을 먹을래요? 要吃什麼食物？

아침 早上	점심 中午	저녁 晚上

문화 알기 - 한국의 밥상 認識文化－韓國的餐桌

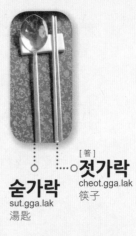

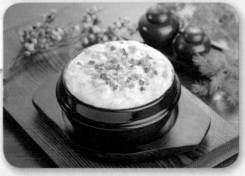

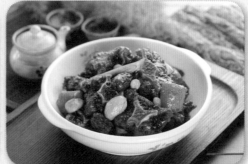

발음 13 發音13

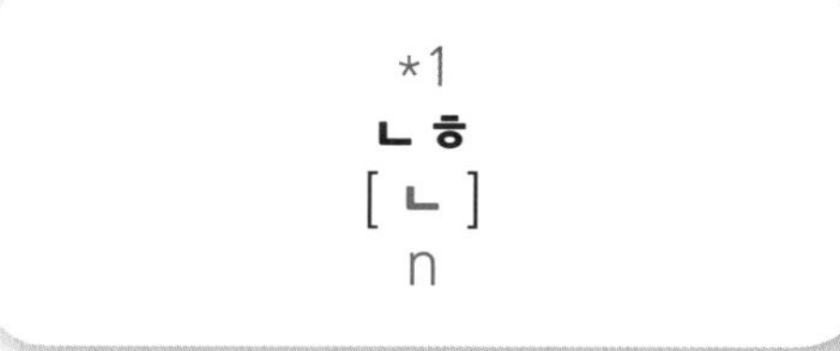

*1	*2
ㄴㅎ [ㄴ] n	ㄴㅈ [ㄴ] n

많아요 很多	많다 多	앉아요 坐下	앉다 坐
[마나요] ma.na.yo	[만타] man.tta	[안자요] an.ja.yo	[안따] an.dda

註 1
尾音ㄶ的組合，發[ㄴ]的音。子音ㅇ前的字若有尾音，會產生連音化，也就是將前面距離子音ㅇ最近的尾音連至ㅇ的位置發音。많아요會連音化，但尾音ㅎ例外，不產生連音，因此將距離較遠的尾音ㄴ連到後面發音，發音成為[마나요]。另外，子音ㅎ還會將前後相連的子音氣音化，因此많다會使後面相連的子音ㄷ，成為氣音[ㅌ]，發音成[만타]。

註 2
尾音ㄵ的組合，發[ㄴ]的音。앉아요會連音化，將距離子音ㅇ較近的ㅈ連到後面發音，發音成為[안자요]。而앉다的發音，尾音ㄴ會使後面子音ㄷ的發音重音化，發音成[안따]。

1 듣고 따라 읽으세요 . 請聽並且跟著唸。

Track 24

(1) 많아요 ma.na.yo 多

(2) 괜찮아요 kwaen.cha.na.yo 沒關係

(3) 끊다 ggeun.tta 掛斷

(4) 앉아요 an.ja.yo 坐下

(5) 앉다 an.dda 坐

(6) 앉고 an.go 坐下然後

2 듣고 따라 읽으세요 . 請聽並且跟著唸。

Track 25

(1) 전화를 끊었어요 .
cheo.nwa.leul- ggeu.neo.sseo.yo
掛了電話。

(2) 과일을 많이 먹어요 .
kwa.i.leul- ma.ni- meo.geo.sseo.yo
吃很多水果。

(3) 이 음식은 맵지 않고 맛있어요 .
i- eum.si.geun- maep.jji- an.kko- ma.si.sseo.yo
這食物不辣，很好吃。

(4) 여기에 앉을래요 .
yeo.gi.e- an.jeul.lae.yo
我要坐這裡。

(5) 머리에 손을 얹으세요 .
meo.li.e- so.neul- eon.jeu.se.yo
請把手放在頭上。

(6) 노약자석에 앉지 마세요 .
no.yak.jja.seo.ge- an.ji- ma.se.yo
請勿坐博愛座。

6과 취미
興趣

學習目標 學會問答興趣相關的話題

文法重點

-네요 ～呢！
-을 줄 알다/모르다 會～／不會～
-고 나서 做完～之後
-기로 하다 決定～
르 불규칙 르不規則

學習準備

취미가 뭐예요?
興趣是什麼呢？
휴일에 무엇을 해요?
休假時做什麼呢？

케이크도 만들 줄 알아요? 你也會做蛋糕嗎?

Track 26

유카 마틴 씨, 빵 좀 드세요.
ma.ttin- ssi- bbang- jom- teu.se.yo

마틴 (먹으면서) 빵이 아주 맛있네요. 어디에서 샀어요?
(meo.geu.myeon.seo)bbang.i- a.ju- ma.sin.ne.yo- eo.di.e.seo- sa.sseo.yo

유카 제가 만들었어요.
che.ga- man.deu.leo.sseo.yo

마틴 그래요? 케이크도 만들 줄 알아요?
유카 씨 가족들 은 성발 좋겠네요.
keu.lae.yo-kke.i.kkeu.do-man.deul-jal-a.la.yo
yu.kka-ssi-ka.jok.ddeu.leun-cheong.mal-cho.kken.ne.yo

유카 네, 가끔 만들어요. 마틴 씨는 취미가 뭐예요?
ne- ka.ggeum- man.deu.leo.yo- ma.ttin- ssi.neun- chwi.mi.ga- mwo.ye.yo

마틴 저는 그림 감상을 좋아해요.
cheo.neun- keu.lim- kam.sang.eul- cho.a.hae.yo

유카 저도 그림을 좋아해요.
cheo.do- keu.li.meul- cho.a.hae.yo

마틴 오늘 한국어 수업 후에 제임스 씨하고 미술관에 가기로
o.neul- han.gu.geo- su.eo- ppu.e- che.im.seu- ssi.ha.go- mi.sul.gwa.ne- ka.gi.lo.
했는데 같이 갈래요?
hen.neun.de-ka.chi- kal.lae.yo

유카 네, 좋아요.
ne- cho.a.yo

由夏　馬丁先生，請吃點麵包。
馬丁　（一邊吃著）麵包非常好吃呢。在哪裡買的？
由夏　是我做的。
馬丁　是嗎？妳也會做蛋糕嗎？由夏小姐的家人們真幸福。
由夏　是的，有時候會做。馬丁先生興趣是什麼呢？
馬丁　我喜歡賞畫。
由夏　我也喜歡畫。
馬丁　今天韓語課下課之後，我和詹姆士先生決定要去美術館，要不要一起去？
由夏　嗯，好的。

본문 확인하기 確認課文

마틴 씨의 취미는 뭐예요?
馬丁先生的興趣是什麼呢？

유카 씨와 마틴 씨는 수업 후에 어디에 갈 거예요?
由夏小姐和馬丁先生下課後要去哪裡呢？

어휘와 표현 詞彙和表達

[趣味] 취미 chwi.mi 興趣	그림 keu.lim 畫	[鑑賞] 감상 kam.sang 欣賞

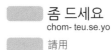

좀 드세요
chom- teu.se.yo
請用

어휘 알기 (1) - 취미 認識詞彙（1）－興趣

(1)

(2)

(3)

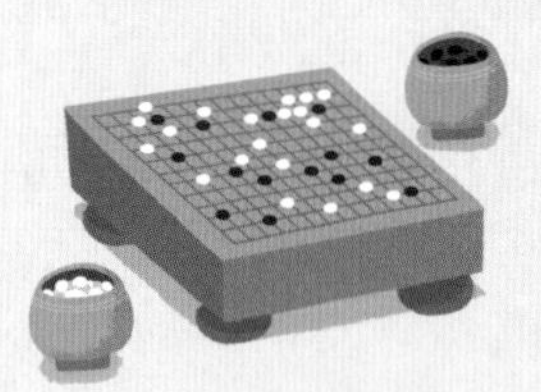

(4)

(5)

(6)

(7)

(8)

(9)

(10)

(11)

(12)

그림에 맞는 단어를 골라 쓰세요. 請選擇並寫下適合的單字。

꽃꽂이 ggot.ggo.ji 插花	낚시 nak.ssi 釣魚	[讀書] 독서 tok.sseo 閱讀	[登山] 등산 teung.san 爬山	바둑 pa.duk 圍棋	[寫真撮影] 사진 촬영 sa.jin- chwa.lyeong 攝影	[書藝] 서예 seo.ye 書法
[scuba-diving] 스쿠버다이빙 seu.kku.beo.da.i.bing 潛水	[旅行] 여행 yeo.haeng 旅行	[yoga] 요가 yo.ga 瑜珈	[paragliding] 패러글라이딩 ppae.leo.geul.la.i.ding 滑翔傘	[合唱] 합창 hap.chang 合唱		

어휘 알기 (2) - 취미 認識詞彙（2）－興趣

하다 ha.da 做

[料理] 요리 yo.li 做菜

[野球] 야구 ya.gu 棒球

[登山] 등산 teung.san 爬山

[yoga] 요가 yo.ga 瑜珈

타다 tta.da 騎乘

[inline skate] 인라인스케이트 in.la.in.seu.kke.i.tteu 直排輪

[山岳自轉駒] 산악자전거 sa.nak.jja.jeon.geo 登山自行車

[auto bike] 오토바이 o.tto.ba.i 摩托車

[yacht] 요트 yo.tteu 遊艇

만들다 man.deul.da 製作

[飮食] 음식 eum.sik 食物

[菓子] 과자 kwa.ja 餅乾

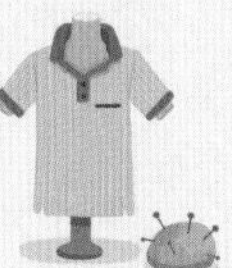

옷 ot 衣服

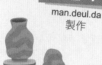

[陶瓷器] 도자기 to.ja.gi 陶瓷

[鑑賞] **감상하다** kam.sang.ha.da 欣賞

[映畫] 영화 yeong.hwa 電影

[公演] 공연 kong.yeon 表演

그림 keu.lim 畫

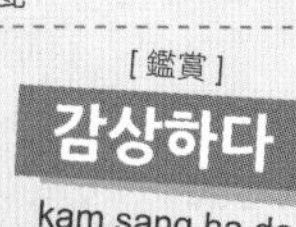

[音樂] 음악 eu.mak 音樂

추다 chu.da 跳

두다 tu.da 下、放置

탈춤 ttal.chum 面具舞

춤 chum 舞蹈

바둑 pa.duk 圍棋

[將棋] 장기 chang.gi 象棋

문법 알기 認識文法

詞性	時態	句型
동사 動詞 형용사 形容詞	현재 現在	-네요
	과거 過去	-았/었네요

-네요 ～呢！
ne.yo
→動詞／形容詞 + - 네요

〈例句〉 가 : 에린 씨 , 한국말을[韓國] 정말[正] 잘하네요.
e.lin- ssi- han.gung.ma.leul- cheong.mal- cha.la.ne.yo
愛琳小姐，韓語真的說得很好呢。

나 : 고맙습니다.
ko.map.sseum.ni.da
謝謝。

가 : 음식이[飲食] 아주 맛있네요.
eum.si.gi- a.ju- ma.sin.ne.yo
食物非常好吃呢。

나 : 네 , 이 식당은[食堂] 음식이[飲食] 맛있어서 사람이 많아요.
ne- i- sik.ddang.eun- eum.si.gi- ma.si.sseo.seo- sa.la.mi- ma.na.yo
對，這家餐廳因為食物好吃，人很多。

가 : 오늘 학교에[學校] 일찍 왔네요.
o.neul- hak.ggyo.e- il.jjik- wan.ne.yo
今天很早來學校呢。

나 : 네 , 길이 안 막혀서 일찍 도착했어요[到著].
ne- ki.li- an- ma.kkyeo.seo- il.jjik- to.cha.kkae.sseo.yo
是啊，因為路上不塞，提早到了。

〈說明〉 - 네요加在動詞或形容詞後面，作為肯定句語尾，意思是「～呢！」，表示驚訝語氣。表達現在式時，將動詞／形容詞原型去掉다後，直接加上 - 네요。表達過去式時，將動詞／形容詞原型去掉다後，先加上過去式時態았 / 었 / 했 ，再加上 - 네요。

문법 익히기 熟悉文法

1 〈보기〉와 같이 쓰세요. 請仿照〈範例〉寫寫看。

〈範例〉 술을 잘 마시네요.
su.leul- chal- ma.si.ne.yo
真會喝酒。

(1)

노래를 잘 ______
no.lae.leul- chal
真會唱歌。

(2)
햄버거를[hamburger] 많이 ______
haem.beo.geo.leul- ma.ni
漢堡吃真多。

(3)

집에서 학교까지[學校] ______
chi.be.seo- hak.ggyo.gga.ji
家到學校真遠。

(4)
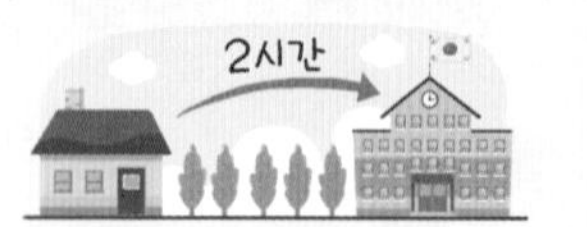

시험을[試驗] 잘 ______
si.heo.meul- chal
考試考得真好。

(5)

눈이 많이 ______
nu.ni- ma.ni
下了好多雪。

2 다음에서 알맞은 것을 골라 〈보기〉와 같이 대화를 완성하세요.

請從下列中選出正確的單字，仿照＜範例＞完成對話。

맛있다 ma.sit.dda 好吃	비싸다 pi.ssa.da 貴	잘생기다 chal.saeng.gi.da 長得帥	
맵다 maep.dda 辣	어울리다 eo.ul.li.da 適合	깨끗하다 ggae.ggeu.tta.da 乾淨	예쁘다 ye.bbeu.da 漂亮

〈範例〉

가: 된장[醬]찌개가 어때요? 大醬湯怎麼樣？
toen.jang.jji.gae.ga- eo.ddae.yo

나: 정[正]말 맛있네요. 真的很好吃呢。
cheong.mal- ma.sin.ne.yo

(1)

가: 이 가방이 어때요? 어제 백화점[百貨店]에서 샀어요.
i- ka.bang.i- eo.ddae.yo- eo.je- pae.kkwa.jeo.me.seo- sa.sseo.yo
這個包包怎麼樣？昨天在百貨公司買的。

나: 옷하고 잘 ______ 和衣服真合呢。
o.tta.go- chal

(2)

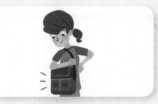

가: 어제 미용실[美容室]에 가서 머리를 했어요. 昨天去髮廊弄了頭髮。
eo.je- mi.yong.si.le- ka.seo- meo.li.leul- hae.sseo.yo

나: 그 미용실[美容室]이 어디예요? 정[正]말 ______
keu- mi.yong.si.li- eo.di.ye.yo- cheong.mal
那家髮廊在哪裡？真漂亮呢。

(3)

가: 이 사람이 누구예요? 這個人是誰？
i- sa.la.mi- nu.gu.ye.yo

나: 제 남자 친구[男子親舊]예요. 是我男朋友。
che- nam.ja.chin.gu.ye.yo

가: 아주 ______ 非常帥呢。
a.ju

(4)

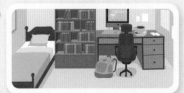

가: 여기가 제 방[房]이에요. 這裡是我的房間。
yeo.gi.ga- che- pang.i.e.yo

나: 아주 ______ 非常乾淨呢。
a.ju

(5)

가: 이 시계[時計]가 얼마예요? 這個手錶多少錢？
i- si.ge.ga- eol.ma.ye.yo

나: 200만 원[萬元]이에요. 200 萬元。
i.baeng.man- nwo.ni.e.yo

가: 너무 ______ 太貴了呢。
neo.mu

(6)

가: 떡볶이가 정[正]말 ______ 炒年糕真辣呢。
ddeok.bbo.ggi.ga- cheong.mal

나: 그러면 물을 좀 마셔요. 那麼喝點水吧。
keu.leo.myeon- mu.leul- chom- ma.syeo.yo

문법 알기 認識文法

-을 줄 알다/모르다 會～／不會～
eul- jul- al.da / mo.leu.da
→ 動詞 + -ㄹ / 을 줄 알다 / 모르다

詞性	尾音	句型
동사 動詞	받침 (O)	-을 줄 알다/모르다
	받침 (X)	-ㄹ 줄 알다/모르다

〈例句〉

가 : 한자를[漢字] 읽을 줄 알아요? 你會讀漢字嗎？
han.ja.leul- il.geul- jul- a.la.yo

나 : 네, 읽을 줄 알아요. 會，我會讀。
ne- il.geul- jul- a.la.yo

가 : 오토바이를 탈 줄 알아요? 你會騎摩托車嗎？
o.tto.ba.i.leul- ttal- jul- a.la.yo

나 : 아니요, 탈 줄 몰라요. 不，我不會騎。
a.ni.yo- ttal- jul- mol.la.yo

〈說明〉

❶ -ㄹ／을줄알다／모르다加在動詞後，表示肯定句型，意思是「會做／不會做～」，也可表示疑問句型，意思是「會做～嗎？／不會做～嗎？」。將動詞原型去掉다後，末字若有尾音，加上-을줄알다／모르다，若無尾音，加上-ㄹ줄알다／모르다。動詞原型若為ㄹ다結尾，如만들다（製作），則省略을，直接加上줄알다／모르다，成為만들줄알아요／몰라요（會做／不會做～）。

❷ -ㄹ／을 줄알다／모르다作為「有／無能力做某件事」時，可和-ㄹ／을 수있다／없다（會做／不會做～）互換，但-ㄹ／을수있다／없다另外還有「能／不能做～」的意思，此時便不能和-ㄹ／을줄알다／모르다互換（參考 P.107 練習題）。

문법 익히기 熟悉文法

1 〈보기〉와 같이 쓰세요. 請仿照〈範例〉寫寫看。

〈範例〉 피아노를[piano] 칠 줄 알아요? 會彈鋼琴嗎？
ppi.a.no.leul- chil- jul- a.la.yo

→ 네, 피아노를 칠 줄 알아요. 會，會彈鋼琴。
ne- ppi.a.no.leul- chil- jul- a.la.yo

→ 아니요, 피아노를 칠 줄 몰라요. 不，不會彈鋼琴。
a.ni.yo- ppi.a.no.leul- chil- jul- mol.la.yo

(1) 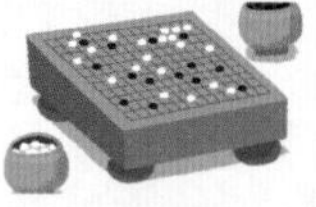
바둑을 둘 줄 알아요? 會下圍棋嗎？
pa.du.geul- tul- jul- a.la.yo
→ 네, ______ 會，會下圍棋。 → 아니요, ______ 不，不會下圍棋。
ne / a.ni.yo

(2) 
빵을 만들 줄 알아요? 會做麵包嗎？
bbang.eul- man.deul- jul- a.la.yo
→ 네, ______ 會，會做麵包。 → 아니요, ______ 不，不會做麵包。
ne / a.ni.yo

(3) 
음식을[飲食] 젓가락으로[箸] 먹을 줄 알아요? 會用筷子吃飯嗎？
eum.si.geul- cheot.gga.la.geu.lo- meo.geol- jul- a.la.yo
→ 네, ______ 會，會用筷子吃飯。 → 아니요, ______ 不，不會用筷子吃飯。
ne / a.ni.yo

2 〈보기〉와 같이 쓰세요. 請仿照＜範例＞寫寫看。

〈範例〉 가: [運轉] 운전할 줄 알아요? 會開車嗎？
un.jeo.nal- jul- a.la.yo

나: 네, 할 줄 알아요. 會，會開車。
ne- hal- jul- a.la.yo
그렇지만 지금은 술을 마셔서 [運轉] 운전을 할 수 없어요.
keu.leo.chi.man- chi.geu.meun- su.leul- ma.syeo.seo- un.jeo.neul- hal- su- eop.sseo.yo
可是現在喝了酒，不能開車。

(1) 가: [ski] 스키를 탈 줄 알아요? 會滑雪嗎？
seu.kki.leul- ttal- jul- a.la.yo

나: 네, ______________________ 會，會滑雪。
ne
그렇지만 한 달 [前] 전에 다리를 다쳐서 지금은 탈 수 없어요.
keu.leo.chi.man- han- dal- jeo.ne- ta.li.leul- ta.chyeo.seo- chi.geu.meun- ttal- su- eop.sseo.yo
可是一個月前腳受傷了，現在不能滑。

(2) 가: [中國語] 중국어를 할 줄 알아요? 會說中文嗎？
chung.gu.geo.leul- hal- jul- a.la.yo

나: 네, ______________________ 會，會說中文。
ne
그렇지만 10[年前]년 전에 배워서 잘 못 해요.
keu.leo.chi.man- sim.nyeon- jeo.ne- pae.wo.seo- chal- mo- ttae.yo
可是 10 年前學的，不是很會。

(3) 가: [漢字] 한자를 읽을 줄 알아요? 會讀漢字嗎？
han.ja.leul- il.geul- jul- a.la.yo

나: 아니요, ______________________ 不，不會讀漢字。
a.ni.yo
그래서 [新聞] 신문에 [漢字] 한자가 있으면 못 읽어요.
keu.lae.seo- sin.mu.ne- han.ja.ga- i.sseu.myeon- mon- nil.geo.yo
所以報紙有漢字的話，就讀不懂。

(4) 가: [guitar] 기타를 칠 줄 알아요? 會彈吉他嗎？
ki.tta.leul- chil- jul- a.la.yo

나: 아니요, ______________________ 不，不會彈吉他。
a.ni.yo
저는 [guitar] 기타를 못 쳐요.
cheo.neun- ki.tta.leul- mot- chyeo.yo
我不會彈吉他。

(5) 가: 김치찌개를 만들 줄 알아요? 會做泡菜鍋嗎？
kim.chi.jji.gae.leul- man.deul- jul- a.la.yo

나: 네, ______________________ 會，會做泡菜鍋。
ne
그런데 [料理] 요리를 못해서 제가 만들면 맛이 없어요.
keu.leon.de- yo.li.leul- mo.ttae.seo- che.ga- man.deul.myeon- ma.si- eop.sseo.yo
可是不太會做菜，我做的話不好吃。

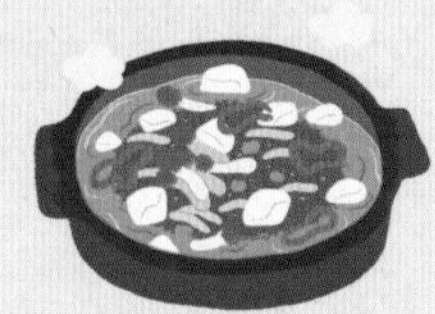

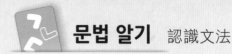

문법 알기 認識文法

-고 나서 做完～之後
go- na.seo
→動詞 + - 고 나서

詞性	句型
동사 動詞	- 고 나서

〈例句〉

[點心] [coffee]
점심을 먹고 나서 커피를 마셨어요. 吃完午餐之後，喝了咖啡。
cheom.si.meul- meok.ggo- na.seo- kkeo.ppi.leul- ma.syeo.sseo.yo

[宿題] [籠球]
숙제를 하고 나서 농구를 해요. 寫完作業之後，打籃球。
suk.jje.leul- ha.go- na.seo- nong.gu.leul- hae.yo

[授業] [親舊]
수업이 끝나고 나서 친구를 만날 거예요. 課上完之後，要見朋友。
su.eo.bi- ggeun.na.go- na.seo- chin.gu.leul- man.nal- geo.ye.yo

〈說明〉

- 고나서加在動詞後，作為連接詞，意思是「做完～之後」，表示前面的事情完結後，再做後面的事。將動詞原型去掉다，無論最後一字有無尾音，皆直接加上 - 고 나서。

문법 익히기 熟悉文法

1 〈보기〉와 같이 쓰세요. 請仿照＜範例＞寫寫看。

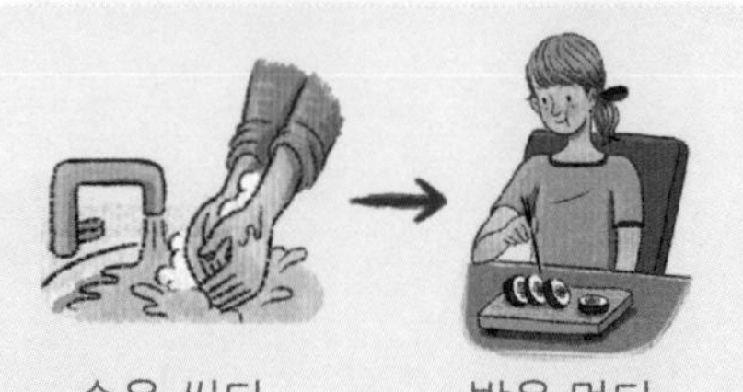

손을 씻다 밥을 먹다

〈範例〉

→ 손을 씻고 나서 밥을 먹을 거예요.
so.neul- ssit.ggo- na.seo- pa.beul- meo.geul- geo.ye.yo
洗完手之後，要吃飯。

(1)

밥을 먹다 / [coffee] 커피를 마시다
pa.beul- meok.dda / kkeo.ppi.leul- ma.si.da
吃飯 / 喝咖啡

吃完飯之後，要喝咖啡。

(2)

[運動] 운동을 하다 / 물을 마시다
un.dong.eul- ha.da / mu.leul- ma.si.da
運動 / 喝水

運動完之後，要喝水。

(3)

[大學校] 대학교를 [卒業] 졸업하다 / [結婚] 결혼을 하다
tae.hak.ggyo.leul cho.leo.ppa.da / kyeo.lo.na.da
大學畢業 / 結婚

大學畢業之後，要結婚。

2 **새 집으로 이사를 해서 친구들을 초대하려고 합니다 . 어떻게 준비할까요 ? 〈 보기 〉와 같이 쓰세요 .**

搬到新家，想招待朋友們，該怎麼準備呢？請仿照＜範例＞寫寫看。

[親舊] [電話]
(1) 친구들에게 전화를 하다 打電話給朋友們
chin.gu.deu.le.ge- cheo.nwa.leul- ha.da

[清掃]
(2) 청소를 하다 打掃
cheong.so.leul- ha.da

[親舊] [電話] [清掃]
〈範例〉 친구들에게 전화를 하고 나서 청소를 해요.
chin.gu.deu.le.ge- cheo.nwa.leul- ha.go- na.seo- cheong.so.leul- hae.yo
打電話給朋友們之後，打掃。

[mart] [場]
(3) 마트에 가서 장을 보다 去超市買菜
ma.tteu.e- ka.seo- chang.eul- po.da

打掃完之後，去超市買菜。

[飲食]
(4) 음식을 만들다 做菜
eum.si.geul- man.deul.da

去超市買完菜之後，做菜。

[床]
(5) 상을 차리다 準備餐桌
sang.eul- cha.li.da

做好菜之後，準備餐桌。

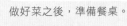

[飲食]
(6) 같이 음식을 먹다 一起吃食物
ka.chi- eum.si.geul- meok.dda

擺好飯桌之後，一起吃食物。

(7) 설거지를 하다 洗碗
seol.geo.ji.leul- ha.da

一起吃完食物之後，洗碗。

문법 알기 認識文法

-기로 하다 決定～
gi.lo- ha.da
→動詞 + - 기로 하다

詞性	句型
동사 動詞	-기로 하다

〈例句〉

[明日]
가 : 내일 어디에서 만날까요 ? 明天在哪裡見面好呢？
nae.il- eo.di.e.seo- man.nal.gga.yo

[學校]
나 : 학교 앞에서 만나기로 해요. 就決定在學校前面見吧。
hak.ggyo- a.ppe.seo- man.na.gi.lo- hae.yo

[家族] [Europe] [旅行]
가족하고 유럽으로 여행을 가기로 했어요. 決定和家人去歐洲旅行了。
ka.jo.kka.go- yu.leo.beu.lo- yeo.haeng.eul- ka.gi.lo- hae.sseo.yo

[週末] [圖書館] [冊]
저는 주말에 도서관에서 책을 읽기로 했어요. 我決定週末要在圖書館讀書。
cheo.neun- chu.ma.le- to.seo.gwa.ne.seo- chae.geul- il.ggi.lo- hae.sseo.yo

〈說明〉

- 기로하다加在動詞後，表示明確的意圖，意思是「決定做～」。將動詞原型去掉다後，無論有無尾音，皆直接加上 - 기로 하다。

문법 익히기 熟悉文法

1 〈보기〉와 같이 쓰세요 . 請仿照＜範例＞寫寫看。

〈範例〉

[授業]
가 : 오늘 수업이 끝나고 나서 뭐 할까요 ? 今天下課之後要做什麼好呢？
o.neul- su.eo.bi- ggeun.na.go- na.seo- mwo- hal.gga.yo

[映畫]
나 : 같이 영화를 볼까요 ? 要不要看電影？
ka.chi- yeong.hwa.leul- pol.gga.yo

[映畫]
가 : 좋아요, 영화를 보기로 해요. 好，就決定看電影吧。
cho.a.yo- yeong.hwa.leul- po.gi.lo- hae.yo

(1)

가 : 저녁에 뭐 먹을까요 ? 晚上要吃什麼好呢？
cheo.neo.ge- mwo- meo.geul.gga.yo

나 : 비빔밥을 먹을까요 ? 要不要吃拌飯？
pi.bim.ba.beul- meo.geul.gga.yo

가 : ＿＿＿＿＿＿＿＿ 好，就決定吃拌飯吧。

(2)

[休假]
가 : 휴가 때 어디에 갈까요 ? 休假的時候要去哪裡好呢？
hyu.ga- ddae- eo.di.e- kal.gga.yo

[釜山]
나 : 부산에 갈까요 ? 要不要去釜山？
pu.sa.ne- kal.gga.yo

가 : ＿＿＿＿＿＿＿＿ 好，就決定去釜山吧。

(3)

[土曜日]
가 : 토요일에 무엇을 할까요 ? 星期六要做什麼好呢？
tto.yo.i.le- mu.eo.seul- hal.gga.yo

[菓子]
나 : 과자를 만들까요 ? 要不要做餅乾？
kwa.ja.leul- man.deul.gga.yo

가 : ＿＿＿＿＿＿＿＿ 好，就決定做餅乾吧。

2 두 사람은 무엇을 하기로 했어요 ? 〈보기〉와 같이 쓰세요 .
兩人決定做什麼呢？請仿照＜範例＞寫寫看。

〈範例〉

[來日]
가 : 내일 어디에서 만날까요 ? 明天在哪裡見面好呢？
nae.il- eo.di.e.seo- man.nal.gga.yo

[世宗文化會館] [時]
나 : 세종문화회관 앞에서 7 시에 만나요 . 在世宗文化會館前 7 點見面吧。
se.jong.mu.nwa.hoe.gwan- a.ppe.seo- il.gop.ssi.e- man.na.yo

[來日] [時] [世宗文化會館]
→ 두 사람은 내일 7시에 세종문화회관 兩人決定明天 7 點在世宗文化會館前面見面。
tu- sa.la.meun- nae.il- il.gop.ssi.e- se.jong.mu.nwa.hoe.gwan

앞에서 만나기로 했어요.
a.ppe.seo- man.na.gi.lo- hae.sseo.yo

[韓服]
(1) 가 : 설날에 한복을 입을까요 ? 農曆初一要不要穿韓服？
seol.la.le- han.bo.geul- i.beul.gga.yo

[韓服]
나 : 좋아요 . 한복을 입어요 . 好，穿韓服吧。
cho.a.yo- han.bo.geul- i.beo.yo

→ 두 사람은 ______ 兩人決定農曆初一時穿韓服。

[週末]
(2) 가 : 이번 주말에 어디에 갈까요 ? 這個週末去哪裡好呢？
i.beon- chu.ma.le- eo.di.e- kal.gga.yo

[北漢山] [丹楓]
나 : 북한산에 가요 . 가을에는 단풍이 아름다워요 . 去北漢山吧，秋天楓葉很美。
pu.kkan.sa.ne- ka.yo- ka.eu.le.neun- tan.ppung.i- a.leum.da.wo.yo

→ 두 사람은 ______ 兩人決定這個週末去北漢山。

[冷麵] [冷麵]
(3) 가 : 우리 냉면을 먹을까요 ? 이 집 냉면이 아주 맛있어요 . 我們吃冷麵好嗎？這家冷麵非常好吃。
u.li- naeng.myeo.neul- meo.geul.gga.yo- i- jip- naeng.myeo.ni- a.ju- ma.si.sseo.yo

나 : 네 , 좋아요 . 好，好啊。
ne- cho.a.yo

→ 두 사람은 ______ 兩人決定吃冷麵。

[飲食]
(4) 가 : 요즘 음식을 많이 먹어서 살이 쪘어요 . 最近吃太多，變胖了。
yo.jeum- eum.si.geul- ma.ni- meo.geo.seo- sa.li- jjyeo.sseo.yo

[來日] [運動]
나 : 그럼 내일부터 운동을 할까요 ? 那麼要不要從明天開始運動？
keu.leom- nae.il.bu.tteo-un.dong.eul- hal.gga.yo

가 : 좋아요 . 好啊。 → 두 사람은 ______ 兩人決定從明天開始運動。
cho.a.yo

[紀念品]
(5) 가 : 기념품을 사려고 해요 . 어디에 가면 좋을까요 ? 我想買紀念品。去哪裡好呢？
ki.nyeom.ppu.meul- sa.lyeo.go- hae.yo- eo.di.e- ka.myeon- cho.eul.gga.yo

[南大門市場]
나 : 남대문시장이 어때요 ? 같이 갈까요 ? 南大門市場怎麼樣？一起去好嗎？
nam.dae.mun.si.jang.i- eo.ddae.yo- ka.chi- kal.gga.yo

가 : 고마워요 . 謝謝。 → 두 사람은 ______ 兩人決定去南大門市場買紀念品。
ko.ma.wo.yo

문법 알기 認識文法

르 불규칙 르不規則
leu- pul.gyu.chik
→原型르다的不規則變化

〈例句〉

[先生]
선생님은 말이 너무 빨라요. 老師說得太快了。
seon.saeng.ni.meun- ma.li- neo.mu- bbal.la.yo

[美容室]
어제 미용실에서 머리를 잘랐어요. 昨天在髮廊剪了頭髮。
eo.je- mi.yong.si.le.seo- meo.li.leul- chal.la.sseo.yo

[電話番號] [連絡]
전화번호를 몰라서 연락을 못 했어요. 因為不知道電話號碼，沒辦法連絡。
cheo.nwa.beo.no.leul- mol.la.seo- yeol.la.geul- mo- ttae.sseo.yo

르 + 아/어 → 르 + 아/어 → 받침 ㄹ + 라/러

빠르다 快
bba.leu.da
빠르 + 아요 → 빠르 + 아요 → 빨라요
bbal.la.yo

부르다 唱
pu.leu.da
부르 + 어요 → 부르 + 어요 → 불러요
pul.leo.yo

〈說明〉 以르結尾的르다動詞／形容詞原型，皆屬於不規則動詞，在以下情況中需產生變化。

❶ 將原型的다去掉，後面加上아或어時，르的母音「ㅡ」會脫落，需加上아或어，則要看르前面一個字的母音決定。若母音為ㅏ或ㅗ，加上아，只要母音非ㅏ或ㅗ，則加上어。빠르다（快速）＋아요／어요時，르的母音「ㅡ」會先脫落，빠的母音為ㅏ，需加上아，成為빠ㄹ＋아요，結合成빠라요。부르다（唱）＋아요／어요時，르的母音「ㅡ」會先脫落，因為부的母音為ㅜ，需加上어，成為부ㄹ＋어요，再結合成為부러요。

❷ 當르的母音「ㅡ」產生不規則脫落時，必須同時在르前面的字下面，加上ㄹ作為尾音。因此빠르＋아요時，르的母音「ㅡ」先脫落，結合成빠라요，同時在빠的下面加上尾音ㄹ，最後成為빨라요（快速）。부르＋어요時，르的母音「ㅡ」先脫落，結合成부러요，同時在부下面加上尾音ㄹ，最後成為불러요（唱）。

문법 익히기 熟悉文法

1 다음 표를 완성하세요. 請完成下表。

	-고 而且	-(으)니까 因為	-아서/어서 因為	-았어요/었어요 過去式語尾
(1)고르다 選擇	고르고			
(2)자르다 剪		자르니까		
(3)모르다 不知道			몰라서	
(4)다르다 不同		다르니까		달랐어요
(5)부르다 唱			불러서	
(6)기르다 養	기르고			
(7)빠르다 快速				빨랐어요

2 〈보기〉와 같이 문장을 쓰세요. 請仿照＜範例＞寫出句子。

〈範例〉

[問題]
가 : 이 문제가 어려웠어요? 這題目很難嗎？
i- mun.je.ga- eo.lyeo.wo.sseo.yo

[答]
나 : 네, 어려웠어요. 답을 몰라서 못 썼어요. 是，很難。因為不知道答案，不會寫。
ne- eo.lyeo.wo.sseo.yo- ta.beul- mol.la.seo- mot- sseo.sseo.yo
(모르다) 不知道
mo.leu.da

(1) 가 : 어제 뭐 했어요? 昨天做了什麼？
eo.je- mwo- hae.sseo.yo

[家族] [房]
나 : 가족들과 노래방에 가서 노래를 ______
ka.jok.ddeul.gwa- no.lae.bang.e- ka.seo- no.lae.leul
(부르다) 唱
pu.leu.da
和家人們去 KTV 唱了歌。

[卒業]
(2) 가 : 벌써 졸업을 해요? 已經要畢業了？
peol.sseo- cho.leo.beul- hae.yo

[時間] [正]
나 : 네, 시간이 정말 ______ 對，時間真的過很快。
ne- si.ga.ni- cheong.mal
(빠르다) 快速
bba.leu.da

[動物]
(3) 가 : 동물을 좋아해요? 喜歡動物嗎？
tong.mu.leul- cho.a.hae.yo

나 : 네, 저는 집에서 고양이를 ______ 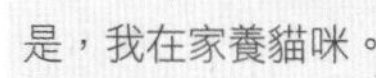 是，我在家養貓咪。
ne- cheo.neun- chi.be.seo- ko.yang.i.leul
(기르다) 養
ki.leu.da

[帽子]
(4) 가 : 모자는 어디에서 살 수 있어요? 哪裡可以買到帽子？
mo.ja.neun- eo.di.e.seo- sal- su- i.sseo.yo

나 : 여기에 있으니까 ______ 보세요. 這裡就有，請挑選看看。
yeo.gi.e- i.sseu.ni.gga po.se.yo
(고르다) 選擇
ko.leu.da

[同生]
(5) 가 : 에린 씨는 동생하고 안 닮았네요. 愛琳小姐和妹妹不像呢。
e.lin- ssi.neun- tong.saeng.ha.go- an- tal.man.ne.yo

[性格]
나 : 얼굴은 ______ 지만 성격은 비슷해요. 外表不同，但個性差不多。
eol.gu.leun ji.man- seong.gyeo.geun- pi.seu.ttae.yo
(다르다) 不同
ta.leu.da

(6) 가 : 이 다음에는 무엇을 해요? 接下來要做什麼？
i- ta.eu.me- mu.eo.seul- hae.yo

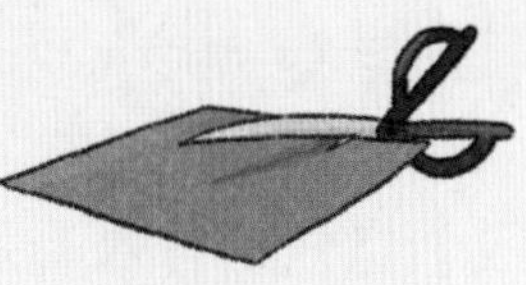

나 : 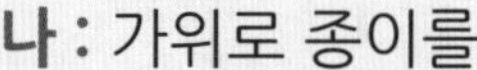 가위로 종이를 ______ 用剪刀剪紙。
ka.wi.lo- chong.i.leul
(자르다) 剪
cha.leu.da

듣기 聽力

1 듣고 맞는 것을 고르세요. Track 27

聽完之後，請選出正確答案。

①

②

③

④

2 듣고 맞는 것을 고르세요. 聽完之後，請選出正確答案。 

(1) ① 여자는 남자와 영화를 보러 가기로 했어요.
女生和男生決定去看電影。

② 여자는 남자와 같이 식사하고 싶지 않아요.
女生不想和男生一起吃飯。

③ 두 사람은 내일 저녁에 식사를 하기로 했어요.
兩人決定明天晚上吃晚餐。

④ 두 사람은 주말에 같이 등산을 가기로 했어요.
兩人決定週末的時候一起爬山。

(2) ① 이 사람은 처음부터 산악자전거를 좋아했어요.
這個人一開始就喜歡登山自行車。

② 이 사람은 3년 전부터 산악자전거를 시작했어요.
這個人從 3 年前開始接觸登山自行車。

③ 산 위로 올라가면 바다를 볼 수 있어서 좋아요.
上山之後，因為看得到海，所以很喜歡。

④ 이 사람은 여름에 스쿠버다이빙을 하러 제주도에 가기로 했어요.
這個人決定夏天的時候去濟州島潛水。

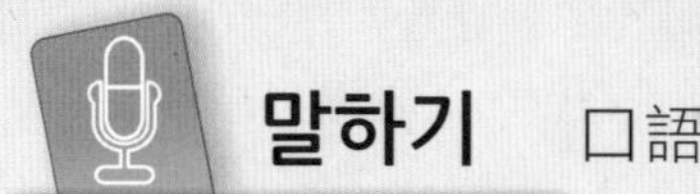

말하기 口語

1 <보기>와 같이 친구와 이야기하세요.

請仿照<範例>，和朋友一起說看看。

	-을 줄 알다/모르다 eul- jul- al.da / mo.leu.da 會～／不會	나 na 我	친구 chin.gu 朋友
피아노를 치다 ppi.a.no.leul- chi.da 彈鋼琴	<보기> 가: 피아노를 칠 줄 알아요? 나: 네, 피아노를 칠 줄 알아요. 아니요, 피아노를 칠 줄 몰라요. <範例> 甲：會彈鋼琴嗎？ 乙：會，會彈鋼琴。 不會，不會彈鋼琴。		
운전을 하다 un.jeo.neul- ha.da 開車			
한자를 읽다 han.ja.leul- ik.dda 讀漢字			
한국 노래를 부르다 han.gung.no.lae.leul- pu.leu.dda 唱韓國歌曲			
한국 음식을 만들다 han.guk- eum.si.geul- man.deul.da 做韓國食物			
한국어로 han.gu.geo.lo 문자메시지를 보내다 mun.ja.me.si.ji.leul- po.nae.da 傳韓語簡訊			

2 나의 결심을 이야기하세요. 請說說看自己的決心。

저는 매일 아침에 운동을 하기로 했어요. 我決定每天早上運動。
cheo.neun- mae.il- a.chi.me- un.dong.eul- ha.gi.lo- hae.sseo.yo

읽고 쓰기 閱讀寫作

1 읽고 질문에 답하세요. 請閱讀並回答問題。

[運動]
지수: 바트 씨는 무슨 운동을 좋아해요?
[籃球]
바트: 저는 농구를 좋아해요. 지수 씨는요?
[inline skate] [漢江]
지수: 저는 인라인스케이트를 좋아해서 한강에 자주 타러 가요.
[週末] [漢江市民公園]
바트 씨, 이번 주말에 한강시민공원에 같이 갈래요?
[inline skate]
바트: 저는 인라인스케이트를 탈 줄 몰라요.
[公園] [自轉駒] [badminton]
지수: 괜찮아요. 공원에서 자전거도 탈 수 있고 배드민턴도 칠 수 있으니까 같이 가요.
[badminton]
바트: 그럼 거기에 가서 같이 배드민턴을 칠까요?
지수: 좋아요.

智秀：巴特先生，喜歡什麼運動呢？
巴特：我喜歡籃球。智秀小姐呢？
智秀：我喜歡直排輪，所以經常去漢江。巴特先生，這個週末要不要一起去漢江市民公園呢？
巴特：我不會溜直排輪。
智秀：沒關係。公園裡也可以騎腳踏車或打羽球，一起去吧。
巴特：那麼去那裡一起打羽球好嗎？
智秀：好啊。

(1) 바트 씨는 무슨 운동을 좋아해요? 巴特先生喜歡什麼運動？

(2) 지수 씨는 왜 한강에 자주 가요? 智秀小姐為什麼常去漢江？

(3) 지수 씨와 바트 씨는 한강시민공원에 가서 무엇을 하기로 했어요?
智秀小姐和巴特先生決定去漢江市民公園做什麼呢？

2 친구와 어디에 가기로 했어요? 다음의 안내문을 읽고 써 보세요.
和朋友決定去哪裡呢？請閱讀以下的公告，並試著寫看看。

어디에 : 여름 음악회에 가기로 했어요.
去哪裡：決定去夏季音樂會。

언제 :
何時：

몇 시간 :
幾小時：

어디에서 :
在哪裡：

날개 달기 展翅高飛

1 취미가 뭐예요? 興趣是什麼？

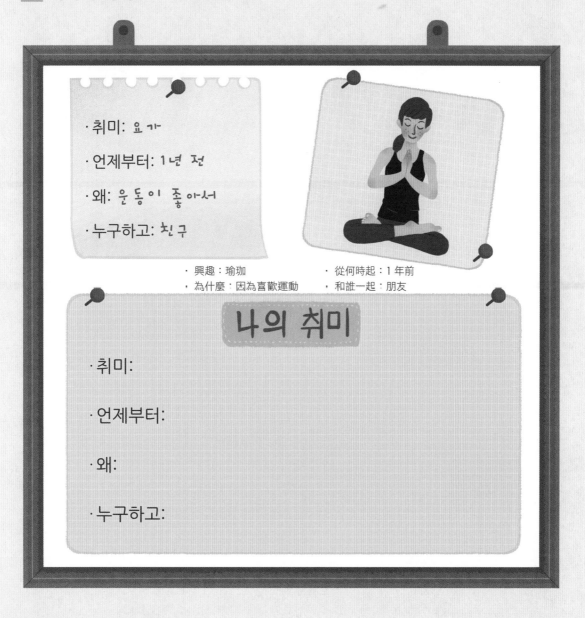

· 취미: 요가

· 언제부터: 1년 전

· 왜: 운동이 좋아서

· 누구하고: 친구

· 興趣：瑜珈

· 從何時起：1 年前

· 為什麼：因為喜歡運動

· 和誰一起：朋友

나의 취미

· 취미:

· 언제부터:

· 왜:

· 누구하고:

2 친구와 취미를 이야기하세요. 請和朋友聊看看興趣。

문화 알기 認識文化

한국의 여러 가지 전통 놀이 韓國的各種傳統遊戲

han.gu.ge- yeo.leo- ga.ji- cheon.ttong- no.li

줄다리기 拔河
chul.da.li.ga

널뛰기 蹺蹺板
neol.ddwi.gi

윷놀이 翻板子
yun.no.li

씨름 摔角
ssi.leum

팽이치기 打陀螺
ppaeng.i.chi.ga

제기차기 踢毽子
che.gi.cha.gi

썰매타기 滑雪橇
sseol.mae.tta.gi

연날리기 放風箏
yeon.nal.li.gi

발음 14 發音 14

*1

ㄹㅎ

[ㄹ]

l

*2

ㅎ + ㅈ → [ㅊ]
ch

ㅈ + ㅎ → [ㅊ]
ch

싫어요 討厭
[시러요]
si.leo.yo

싫다 討厭
[실타]
sil.tta

좋지 않다 不喜歡
[조치 안타]
cho.chi- an.tta

註 * 1
尾音的組合，發 [ㄹ] 的音。싫어요會產生連音化，但尾音ㅎ例外，不產生連音，因此將尾音ㄹ連到後面發音，發音成 [시러요]。而子音ㅎ，會使前後相連的子音氣音化，因此싫다的ㄷ會發成氣音 [ㅌ]，發音成為 [실타]。

註 * 2
子音ㅎ，會使前後相連的子音產生氣音化，因此當ㅎ的前後為子音ㅈ時，都會發成氣音 [ㅊ]。좋지 않다會產生兩個氣音化，ㅈ發 [ㅊ] 的音，다發 [타] 的音，因此發音成 [조치 안타]。

1 듣고 따라 읽으세요. Track 29 請聽並且跟著唸。

(1) 잃어버리다
i.leo.beo.li.da
弄丟

(2) 싫다
sil.tta
討厭

(3) 끓고
ggeul.kko
煮著

(3) 좋지만
cho.chi.man
雖然喜歡

(5) 싫지 않아요
sil.chi- a.na.yo
不討厭

(6) 맞히다
ma.chi.da
猜對

2 듣고 따라 읽으세요. Track 30 請聽並且跟著唸。

(1) 저는 여름을 싫어해요.
cheo.neun- yeo.leu.meul- si.leo.hae.yo
我討厭夏天

(2) 가방을 잃어버렸어요.
ka.bang.eul- i.leo.beo.lyeo.sseo.yo
弄丟了包包。

(3) 라면이 끓고 있어요.
la.myeo.ni- ggeul.kko- i.sseo.yo
正在煮著拉麵。

(4) 가을도 좋지만 봄이 더 좋아요.
ka.eul.do- cho.chi.man- po.mi- teo- cho.a.yo
喜歡秋天，但更喜歡春天。

(5) 그 사람이 싫지 않아요.
keu- sa.la.mi- sil.chi- a.na.yo
不討厭那個人。

(6) 답을 빨리 맞히면 이겨요.
ta.beul- bbal.li- ma.chi.myeon- i.gyeo.yo
最快猜對答案的人就贏。

7과 가족
家人

學習目標 學會介紹家人並使用敬語

文法重點

의
的

-으시-
極尊待文法

에게/한테
對、向（人）

에게서/한테서
從（人）

學習準備

가족이 몇 명이에요?
家人有幾位呢？

윗사람에게 어떻게 말해요?
對長輩要怎麼說話呢？

어머님 연세가 어떻게 되세요? 您母親貴庚？

Track 31

샤오진 호민 씨, 어디에 가요?
ho.min- ssi- eo.di.e- ka.yo

호　민 다음 주가 어머니의 생신이라서 백화점에 가요.
ta.eum- ju.ga- eo.meo.ni.e- saeng.si.ni.la.seo- pae.kkwa.jeo.me- ka.yo
생신 선물로 뭐가 좋을까요?
saeng.sin- seon.mul.lo- mwo.ga- cho.eul.gga.yo

샤오진 어머님 연세가 어떻게 되세요?
eo.meo.nim- yeon.se.ga- eo.ddeo.kke- toe.se.yo

호　민 올해 예순 둘이세요.
o.lae- ye.sun- tu.li.se.yo

샤오진 그럼 홍삼이 어때요? 저도 친구한테서 듣고
부모님께 드렸는데아주 좋아하셨어요.
keu.leom- hong.sa.mi- eo.ddae.yo- cheo.do- chin.gu.han.tte.seo- teut.ggo
pu.mo.nim.gge- teu.lyeon.neun de a.ju- cho.a.ha.syeo.sseo.yo

호　민 홍삼이 뭐예요?
hong.sa.mi- mwo.ye.yo

샤오진 한국의 인삼으로 만드는데 건강에 좋아서 어른들께서 좋아하세요.
han.gu.ge- in.sa.meu.lo- man.deu.neun.de- keon.gang.e- cho.a.seo- eo.leun.deul.gge.seo- cho.a.ha.se.yo

호　민 아, 그게 좋겠네요. 고마워요.
a- keu.ge- cho.kken.ne.yo- ko.ma.wo.yo

小真　浩民先生，去哪裡呢？
浩民　下週是媽媽生日，所以去百貨公司。
　　　生日禮物送什麼比較好？
小真　您母親貴庚？
浩民　今年 62 歲。
小真　那紅蔘怎麼樣？我聽朋友說，買給父母，他們很喜歡。
浩民　紅蔘是什麼呢？
小真　是用韓國人蔘做的，對健康很好，所以長輩們很喜歡。
浩民　啊，那應該很不錯呢。謝謝。

본문 확인하기 確認課文

호민 씨는 왜 백화점에 가요? 浩民先生為什麼去百貨公司？
호민 씨는 어머니께 무엇을 드리기로 했어요? 浩民先生決定買什麼給媽媽呢？

어휘와 표현 詞彙和表達

생신 [生辰]	어머님	연세 [年歲]	예순	홍삼 [紅蔘]
saeng.sin	eo.me.nim	yeon.se	ye.sun	hong.sam
生日	母親	年紀	60	紅蔘
드리다	인삼 [人蔘]	어른	그게 (그것 + 이)	
teu.li.da	in.sam	eo.leun	keu.ge(keu.geo/ i)	
給	人蔘	長輩	那個（那個＋助詞）	

＿＿이 / 가
i/ga-
어떻게 되세요 ?
eo.ddeo.kke- toe.se.yo
～是什麼呢？

＿＿에 좋아요 .
toe.se.yo
對～很好。

어휘 알기 - 가족 認識詞彙－家人

[家系圖]
가계도
ka.ge.do
家族表

할아버지
ha.la.beo.ji
爺爺

할머니
hal.meo.ni
奶奶

[外]
외할아버지
oe.ha.la.beo.ji
外公

[外]
외할머니
oe.hal.meo.ni
外婆

아버지
a.beo.ji
爸爸

어머니
eo.meo.ni
媽媽

오빠
o.bba
哥哥（妹妹使用）

[兄]
형
hyeong
哥哥（弟弟使用）

언니
eon.ni
姊姊（妹妹使用）

누나
nu.na
姊姊（弟弟使用）

나
na
我

[男同生]
남동생
nam.dong.saeng
弟弟

[女同生]
여동생
yeo.dong.saeng
妹妹

어휘 알기 - 높임말　認識詞彙－敬語

普通語		敬語	
이름 i.leum	名字	성함 seong.ham	名字
나이 na.i	年紀	연세 yeon.se	年紀
생일 saeng.il	生日	생신 saeng.sin	生日
집 chip	家	댁 taek	府上
밥 pap	飯	진지 chin.ji	餐
사람/명 sa.lam/myeong	人／名	분 pun	位

<table>
<tr><th>平輩、晚輩</th><th>普通語</th><th>長輩</th><th>敬語</th></tr>
<tr><td rowspan="3">누나/언니 姊姊
nu.na/eon.ni
형/오빠 哥哥
hyeong/o.bba
동생 弟弟／妹妹
tong.saeng
친구 朋友
chin.gu</td><td>이/가
i / ga
主格助詞</td><td rowspan="3">할아버지, 할머니
ha.la.beo.ji/hal.meo.ni
爺爺、奶奶
부모님 父母
pu.mo.nim
선생님 老師
seon.saeng.nim</td><td>께서
gge.seo
主格助詞</td></tr>
<tr><td>은/는
eun/neun
主格助詞</td><td>께서는
gge.seo.neun
主格助詞</td></tr>
<tr><td>에게/한테
e.ge/han.tte
給／向</td><td>께
gge
給／向</td></tr>
</table>

[親舊]　[膳物]
친구에게 선물을 줘요.
chin.gu.e.ge- seon.mu.leul- chwo.yo
給朋友禮物。

[膳物]
할머니께 선물을 드려요.
hal.meo.nim.gge- seon.mu.leul- teu.lyeo.yo
給奶奶禮物。

* 給平輩或晚輩禮物時，使用普通動詞주다（給），並加上普通助詞에게（向～）。
* 給長輩禮物時，使用敬語드리다（獻給），並加上敬語助詞께（向～）。

* 平輩或晚輩吃飯時，使用普通助詞이/가、普通名詞밥（飯），和普通動詞먹다（吃）。
* 長輩吃飯時，使用敬語助詞께서、敬語名詞진지（餐），和敬語動詞드시다（用）。

[親舊]
친구가 밥을 먹어요.
chin.gu.ga- pa.beul- meo.geo.yo
朋友吃飯。

할머니께서 진지를 드세요.
hal.meo.ni.gge.seo- chin.ji.leul- teu.se.yo
奶奶用餐。

문법 알기 認識文法

의 的

e

→名詞 + 의

〈例句〉

아버지의 아버지는 할아버지예요. 爸爸的爸爸是爺爺。
a.beo.ji.e- a.beo.ji.neun- ha.la.beo.ji.ye.yo

[同生] [女子親舊] [會社員]
동생의 여자 친구는 회사원이에요. 弟弟的女朋友是上班族。
tong.saeng.e- yeo.ja- chin.gu.neun- hoe.sa.wo.ni.e.yo

[韓國] [首都] [首爾]
한국의 수도는 서울이에요. 韓國的首都是首爾。
han.gu.ge- su.do.neun- seo.u.li.e.yo

〈說明〉

- 의加在名詞後面，意思是「～的」，表示所有格。而在口語中，의經常會被省略。

문법 익히기 熟悉文法

1 〈보기〉와 같이 쓰세요. 請仿照〈範例〉寫寫看。

할아버지 爺爺
ha.la.beo.ji

〈範例〉

[眼鏡]
가: 누구의 안경이에요? 是誰的眼鏡？
nu.gu.e- an.gyeong.i.e.yo

[眼鏡]
나: 할아버지의 안경이에요. 是爺爺的眼鏡。
ha.la.beo.ji.e- an.gyeong.i.e.yo

(1)

어머니 媽媽
eo.meo.ni

가: 누구의 구두예요? 是誰的鞋子？
nu.gu.e- ku.du.ye.yo

나:

是媽媽的鞋子。

(2)

[同生]
동생 弟弟
tong.saeng

가: 누구의 바지예요? 是誰的褲子？
nu.gu.e- pa.ji.ye.yo

나:

是弟弟的褲子。

(3)

언니 姊姊
eon.ni

[雨傘]
가: 누구의 우산이에요? 是誰的雨傘？
nu.gu.e- u.sa.ni.e.yo

나:

是姊姊的雨傘。

(4)

[兄]
형 哥哥
hyeong

[necktie]
가: 누구의 넥타이예요? 是誰的領帶？
nu.gu.e- nek.tta.i.ye.yo

나:

是哥哥的領帶。

문법 알기 認識文法

높임말 敬語
no.ppim.mal

〈例句〉

아버지께서 생신[生辰] 때 미역국을 드셨어요 .
a.beo.ji.gge.seo- saeng.sin- ddae- mi.yeok.ggu.geul- teu.syeo.sseo.yo
爸爸生日的時候，享用了海帶湯。

선생님[先生]께서 댁[宅]에 계세요 . 老師在家。
seon.saeng.nim.gge.seo- tae.ge- ke.se.yo

어머니께서 방[房]에서 주무세요 . 媽媽在房間睡覺。
eo.meo.ni.gge.seo- pang.e.seo- chu.mu.se.yo

할머니께서 많이 편찮으세요 . 奶奶很不舒服。
hal.meo.ni.gge.seo- ma.ni- ppyeon.cha.neun.se.yo

할아버지께서 작년[昨年]에 돌아가셨어요 . 爺爺去年過世了。
ha.la.beo.ji.gge.seo- chang.nyeo.ne- to.la.ga.syeo.sseo.yo

	普通語	* 特殊敬語
吃／喝	먹다 / 마시다 meok.dda/ma.si.da	드시다 teu.si.da
在	있다 it.dda	계시다 ke.si.da
睡覺	자다 cha.da	주무시다 chu.mu.si.da
不舒服	아프다 a.ppeu.da	편찮으시다 ppyeon.cha.neu.si.da
過世	죽다 chuk.dda	돌아가시다 to.la.ga.si.da

〈説明〉

높임말意思是「敬語」，當對方是長輩、前輩、地位較高或同齡但較不熟的人時，所使用的文法。敬語可分為三種，動詞／形容詞（包括規則敬語和 * 特殊敬語）、名詞、助詞。表格列出的是動詞／形容詞的普通語改成 * 特殊敬語的用法。例句中的主詞，爸爸、老師、媽媽、奶奶、爺爺，都是需使用敬語的對象，因此應選擇動詞／形容詞的 * 特殊敬語。

문법 익히기 熟悉文法

1 〈보기〉와 같이 쓰세요 . 請仿照〈範例〉寫寫看。

〈範例〉

할머니 奶奶 / 불고기 烤肉 / 먹다 吃
hal.meo.ni / pul.go.gi / meok.dda

→ 할머니께서 불고기를 드세요. 奶奶吃烤肉。（敬語）
hal.meo.ni.gge.seo- pul.go.gi.leul- teu.se.yo

(1)

선생님[先生] 老師 / 교실[教室] 教室 / 있다 在
seon.saeng.nim / kyo.sil / it.dda

→

老師在教室。（敬語）

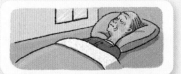

(2) 할아버지 爺爺 / 방[房] 房間 / 자다 睡覺
ha.la.beo.ji / pang / cha.da

→

爺爺在房間睡覺。（敬語）

(3) 사장님[社長] 老闆 / 차[茶] 茶 / 마시다 喝
sa.jang.nim / cha / ma.si.da

→

老闆喝茶。（敬語）

(4)

어머니 媽媽 / 많이 아프다 很不舒服
eo.meo.ni / ma.ni a.ppeu.da

→

媽媽很不舒服。（敬語）

2 <보기>와 같이 쓰세요. 請仿照<範例>寫寫看。

<範例>

가: 친구가[親舊] 뭐 해요? 朋友在做什麼？
chin.gu.ga- mwo- hae.yo

나: 친구는[親舊] 밥을 먹어요. (먹다 吃) 朋友在吃飯。
chin.gu.neun- pa.beul- meo.geo.yo

가: 아버지께서 뭐 하세요? 爸爸在做什麼？
a.beo.ji.gge.seo- mwo- ha.se.yo

나: 아버지께서는 진지를 드세요. (먹다 吃)
a.beo.ji.gge.seo- chin.ji.leul- teu.se.yo   meok.dda
爸爸在用餐。（敬語）

(1)

가: 할아버지께서 뭐 하세요? 爺爺在做什麼？
ha.la.beo.ji.gge.seo- mwo- ha.se.yo

나: ______________________ (마시다 喝)
ma.si.da
爺爺在喝咖啡。（敬語）

(2)

가: 아버지께서 지금 뭐 하세요? 爸爸現在做什麼？
a.beo.ji.gge.seo- chi.geum- mwo- ha.se.yo

나: ______________________ (자다 睡覺)
cha.da
爸爸現在在睡覺。（敬語）

(3)

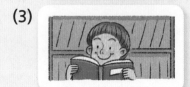

가: 동생이[同生] 어디에 있어요? 弟弟在哪裡？
tong.saeng.i- eo.di.e- i.sseo.yo

나: ______________________ (있다 在)
it.dda
弟弟在圖書館。

(4)

가: 할머니께서 건강하세요[健康]? 奶奶健康嗎？
hal.meo.ni.gge.seo- keon.gang.ha.se.yo

나: 아니요, ______________________ (아프다 不舒服)
a.ni.yo   a.ppeu.da
不，奶奶不舒服。（敬語）

(5)

가: 어머니께서 지금 댁에[宅] 계세요? 媽媽現在在家嗎？
eo.meo.ni.gge.seo- chi.geum- tae.ge- ke.se.yo

나: 아니요, ______________________ (없다 不在)
a.ni.yo   eop.dda
不，媽媽現在不在家。（敬語）

(6)

가: 같이 저녁을 먹을 수 있어요? 可以一起吃晚餐嗎？
ka.chi- cheo.nyeo.geul- meo.geul- su- i.sseo.yo

나: 아니요, 일이 많아서 ______________ (먹다 吃)
a.ni.yo- i.li- ma.na.seo   meok.dda
不，工作很多，所以沒辦法吃。

문법 알기 認識文法

-으시- 動詞／形容詞敬語
eu.si
→動詞／形容詞 + -（으）시

詞性	尾音	規則敬語
동사 動詞 / 형용사 形容詞	받침 (O)	-으시-
	받침 (X)	-시-
명사 名詞	받침 (O)	이시-
	받침 (X)	시-

〈例句〉

[冊]
할머니께서 책을 읽으세요. 奶奶讀書。
hal.meo.ni.gge.seo- chae.geul- il.geu.se.yo

[先生] [韓國語]
선생님께서 우리에게 한국어를 가르치세요. 老師教我們韓語。
seon.saeng.nim.gge.seo- u.li.e.ge- han.gu.geo.leul- ka.leu.chi.se.yo

아버지께서는 올해 예순이세요. 爸爸今年是六十歲。
a.beo.ji.gge.seo.neun- o.lae- ye.su.ni.se.yo

[主婦]
어머니께서는 주부세요. 媽媽是主婦。
eo.meo.ni.gge.seo.neun- chu.bu.se.yo

〈說明〉

❶ -（으）시是將動詞、形容詞、名詞＋이다（是）普通原型，改成「規則敬語」，以示尊敬的文法。將普通原型的다去掉，若末字有尾音，加上-으시，若無尾音，則加上-시。使用名詞＋이다（是）時，若名詞末字有尾音，加-이시，若無尾音，則加시。
❷ -（으）시加上요語尾時，一律改為-（으）세요。
❸ 韓語中，大部分的普通原型，是按照 ❶ 的規則，將普通原型改為規則敬語。但有部分普通原型，需替換成完全不同的字，如먹다 / 마시다（吃／喝）改成드시다（用），자다（睡覺）改成주무시다（就寢），即屬於特殊敬語（參考 P.125）。

문법 익히기 熟悉文法

1 다음 표를 완성하세요. 請完成下表。

規則敬語	-(으)시다 (이)시다 原型	-(으)세요 (이)세요 現在式語尾	-(으)셨어요 (이)셨어요 過去式語尾	-(으)실 거예요 (이)실 거예요 未來式語尾（會～）
가다 去	가시다	가세요	가셨어요	가실 거예요
보다 看				
쓰다 戴				
읽다 讀	읽으시다			
닫다 關				닫으실 거예요
듣다 聽				
살다 居住	사시다			
만들다 製作			만드셨어요	
아프다 不舒服				
있다 有		있으세요		
선생님 老師				
의사 醫生				

2 〈보기〉와 같이 쓰세요. 請仿照<範例>寫寫看。

〈範例〉

할아버지 爺爺 / [新聞] 신문 報紙 / 읽다 讀
ha.la.beo.ji sin.mun ik.dda

→ 할아버지께서 [新聞] 신문을 읽으세요. 爺爺讀報紙。
ha.la.beo.ji.gge.seo- sin.mu.neul- il.geu.se.yo

(1) 

어머니 媽媽 / 과일 水果 / 씻다 洗
eo.meo.ni kwa.il ssit.dda

→

媽媽洗水果。

(2) 

아버지 爸爸 / [會社] 회사 公司 / 일하다 工作
a.beo.ji hoe.sa i.la.da

→

爸爸在公司工作。

(3) 

할머니 奶奶 / [眼鏡] 안경 眼鏡 / 쓰다 戴
hal.meo.ni an.gyeong sseu.da

→

奶奶戴眼鏡。

(4) 

[父母] 부모님 父母 / 시골 鄉下 / 살다 居住
pu.mo.nim si.gol sal.da

→

父母住鄉下。

(5) 

[教授] 교수님 教授 / [radio] 라디오 廣播 / 듣다 聽
kyo.su.nim la.di.o teut.dda

→

教授聽廣播。

(6) 

아버지 爸爸 / [軍人] 군인 軍人
a.beo.ji ku.nin

→

爸爸是軍人。

(7) 

할아버지 爺爺 / 여든 하나 81
ha.la.beo.ji yeo.deun- ha.na

→

爺爺 81 歲。

3 〈보기〉와 같이 쓰세요. 請仿照〈範例〉寫寫看。

〈範例〉

[同生]
가: 동생이 무슨 일을 해요? 弟弟做什麼工作？
tong.saeng.i- mu.seun- i.leul- hae.yo

[同生] [銀行]
나: 동생은 은행에서 일해요. (일하다 工作) 弟弟在銀行工作。
tong.saeng.eun- eu.naeng.e.seo- i.lae.yo

가: 아버지께서 무슨 일을 하세요? 爸爸做什麼工作？
a.beo.ji.gge.seo- mu.seun- i.leul- ha.se.yo

[銀行]
나: 아버지께서는 은행에서 일하세요. (일하다 工作) 爸爸在銀行工作。
a.beo.ji.gge.seo.neun-eu.naeng.e.seo-i.la.se.yo

(1) 가: 할아버지께서 아침에 뭐 하세요? 爺爺早上做什麼？
ha.la.beo.ji.gge.seo- a.chi.me- mwo- ha.se.yo

나: ______

[新聞]
(신문을 읽다 讀報紙)
sin.mu.neul- ik.dda
爺爺早上讀報紙。

[教授]
(2) 가: 교수님께서 뭐 하세요? 教授做什麼？
kyo.su.nim.gge.seo- mwo- ha.se.yo

나: ______

[冊]
(책을 쓰다 寫書)
chae.geul- sseu.da
教授寫書。

[兄]
(3) 가: 형이 지금 뭐 해요? 哥哥現在做什麼？
hyeong.i- chi.geum- mwo- hae.yo

나: ______

[音樂]
(음악을 듣다 聽音樂)
eu.ma.geul- teut.dda
哥哥現在聽音樂。

(4) 가: 어머니께서 뭐 하세요? 媽媽做什麼？
eo.meo.ni.gge.seo- mwo- ha.se.yo

나: ______

(김치찌개를 만들다 做泡菜鍋)
kim.chi.jji.gae.leul- man.deul.da
媽媽做泡菜鍋。

[親舊]
(5) 가: 친구가 요즘 뭐 해요? 朋友最近做什麼？
chin.gu.ga- yo.jeum- mwo- hae.yo

나: ______

[韓國語]
(한국어를 배우다 學韓語)
han.gu.geo.leul- pae.u.da
朋友最近學韓語。

[先生] [來日]
(6) 가: 선생님께서 내일 뭘 하실 거예요? 老師明天要做什麼？
seon.saeng.nim.gge.seo- nae.il- mwo- ha.sil- geo.ye.yo

나: ______

[學校]
(학교에 가다 去學校)
hak.ggyo.e- ka.da
老師明天要去學校。

[同生] [昨年]
(7) 가: 동생이 작년에 뭘 했어요? 弟弟去年做了什麼？
tong.saeng.i- chang.nyeo.ne- mwo- hae.sseo.yo

나: ______

[大學校] [工夫]
(대학교에서 공부하다 在大學唸書)
tae.hak.ggyo.e.seo- kong.bu.ha.da
弟弟去年在大學唸書。

(8) 가: 아버지께서 어제 뭐 하셨어요? 爸爸昨天做了什麼？
a.beo.ji.gge.seo- eo.je- mwo- hae.sseo.yo

나: ______

(구두를 사다 買鞋子)
ku.du.leul- sa.da
爸爸昨天買了鞋子。

4 <보기>와 같이 쓰세요. 請仿照＜範例＞寫寫看。

<範例>

[學生] [學生]

저는 학생이에요. (학생 學生) 我是學生。

cheo.neun- hak.ssaeng.i.e.yo

[會社員] [會社員]

우리 아버지께서는 회사원이세요. (회사원 上班族)

u.li- a.beo.ji.gge.seo.neun- hoe.sa.wo.ni.se.yo

我爸爸是上班族。

(1)

저분 ______ [韓國語] [先生] (한국어 선생님 韓語老師)

cheo.bun — han.gu.geo- seon.saeng.nim

那位是韓語老師。

(2)

이분 ______ (우리 어머니 我母親)

i.bun — u.li- eo.meo.ni

這位是我母親。

(3)

[同生] 제 동생 ______ [記者] (기자 記者)

che- tong.saeng — ki.ja

我弟弟是記者。

(4)

[親舊] 제 친구 ______ [會社員] (회사원 上班族)

che- chin.gu — hoe.sa.won

我的朋友是上班族。

(5)

마틴 씨의 어머니 ______ [看護士] (간호사 護士)

ma.ttin- ssi.e- eo.meo.ni — ka.no.sa

馬丁先生的媽媽是護士。

(6)

[兄] 우리 형 ______ [足球選手] (축구 선수 足球選手)

u.li- hyeong — chuk.ggu- seon.su

我哥是足球選手。

(7)

우리 아버지 ______ (쉰 둘 52)

u.li- a.beo.ji — swin- dul

我爸爸是 52 歲。

(8)

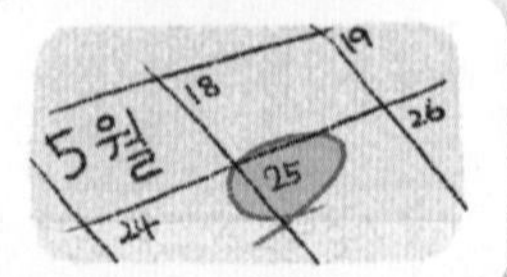

[生日] 제 생일 ______ [月] [日] (5월 25일 5月25日)

che- saeng.il — o.wol- i.si.bo.il

我的生日是 5 月 25 日。

문법 알기 認識文法

에게/한테 給、對（人）
e.ge / han.tte
→人 + -에게 / 한테

〈例句〉

[男子親舊] [獻物]
남자 친구가 저에게 / 한테 꽃을 선물했어요. 男朋友送花給我當禮物。
nam.ja- chin.gu.ga- cheo.e.ge /han.tte- ggo.cheul- seon.mu.lae.sseo.yo

[親舊] [coffee]
저는 친구에게 / 한테 커피를 줬어요. 我給了朋友咖啡。
cheo.neun- chin.gu.e.ge/ han.tte- kkeo.ppi.leul- chwo.sse.yo

[先生] [便紙]
저는 선생님께 편지를 드렸어요. 我寫了信給老師。
cheo.neun- seon.saeng.nim.gge- ppyeon.ji.leul- teu.lyeo.sseo.yo

〈說明〉

-에게 / 한테加在人後面，意思是「給、對～人」做某件事。當對象是熟人、平輩或晚輩時，可以使用에게或한테，兩者意思相同。當對象是長輩或地位較高的人時，則改為敬語-께，以示尊敬。因此例句中，給선생님（老師）時，需寫成선생님께。

문법 익히기 熟悉文法

1 〈보기〉와 같이 쓰세요. 請仿照〈範例〉寫寫看。

[同生]
저 → 동생（我 → 弟弟）
cheo tong.saeng

〈範例〉 （쓰다 / 寫）
sseu.da

[同生] [便紙]
→ 저는 동생에게/한테 편지를 썼어요.
cheo.neun- tong.saeng.e.ge/ han.tte- ppyeon.ji.leul- sseo.sseo.yo
我寫了信給弟弟。

(1) [先生]
저 → 선생님（我 → 老師）
cheo seon.saeng.nim

[電話]
(전화하다 打電話)
cheo.nwa.ha.da
→ ______ 我打了電話給老師。

(2) [親舊]
친구 → 저（朋友 → 我）
chin.gu cheo

(주다 給)
chu.da
→ ______ 朋友給了我書。

(3) [同生]
언니 → 동생（姊姊 → 妹妹）
eon.ni tong.saeng

[獻物]
(선물하다 送禮物)
seon.mu.la.da
→ ______ 姊姊送了妹妹禮物。

(4) [兄]
형 → 어머니（哥哥 → 媽媽）

(보내다 寄)
po.nae.da
→ ______ 哥哥寄了禮物給媽媽。

(5) 누나 → 저（姊姊 → 我）
nu.na cheo

(만들어서 주다 做給)
man.deu.leo.seo- chu.da
→ ______ 姊姊做了食物給我。

문법 알기 認識文法

에게서/한테서 從、向（人）

e.ge.seo / han.tte.seo

→人 + -에게서 / 한테서

〈例句〉

[女子親舊] [膳物]
여자 친구에게서 / 한테서 선물을 받았어요 . 從女朋友那邊收到了禮物。
yeo.ja.chin.gu.e.ge.seo/ han.tte.seo- seon.mu.leul- pa.da.sseo.yo

[親舊]
저는 그 이야기를 친구에게서 / 한테서 들었어요 . 我從朋友那裡聽說那件事。
cheo.neun- keu- i.ya.gi.leul- chin.gu.e.ge.seo/ han.tte.seo- teu.leo.sseo.yo

[父母] [稱讚]
저는 부모님께 칭찬을 받았어요 . 我從父母那裡獲得讚美。
cheo.neun- pu.mo.nim.gge- ching.cha.neul- pa.da.sseo.yo

〈說明〉

-에게서 / 한테서加在人後面，意思是「從、向～人」那邊產生某件事。當對象是熟人、平輩或晚輩時，可以使用에게서或한테서，兩者意思相同。當對象是長輩或地位較高的人時，則改為敬語 -께，以示尊敬。因此例句中，從父母（부모님）那裡，需寫成부모님께。

문법 익히기 熟悉文法

1 〈보기〉와 같이 쓰세요 . 請仿照＜範例＞寫寫看。

[同生]
저 ← 동생 （我 ← 弟弟）
cheo tong.saeng

〈範例〉

[同生] [便紙]
저는 동생에게서/한테서 편지를 받았어요.
cheo.neun- tong.saeng.e.ge.seo/ hae.tte.seo- ppyeon.ji.leul- pa.da.sseo.yo
我從弟弟那邊收到了信。

(1) [兄]
저 ← 형 （我 ← 哥哥）
cheo hyeong

我從哥哥那邊接到了球。

(2) [親舊] [先生]
친구 ← 선생님 （朋友 ← 老師）
chin.gu seon.saeng.nim

朋友從老師那邊接到了電話。

(3) 저 ← 할머니 （我 ← 奶奶）
cheo hal.meo.ni

我從奶奶那邊拿到了錢。

(4) [同生]
동생 ← 언니 （妹妹 ← 姊姊）
tong.saeng eon.ni

妹妹從姊姊那邊得到了衣服。

2 **다음에서 알맞은 것을 골라 〈보기〉와 같이 쓰세요.**
請從下列中選出適合的字，仿照＜範例＞寫寫看。

에게/한테	에게서/한테서	께서	이/가	께
e.ge / han.tte	e.ge.seo / han.tte.seo	gge.seo	i / ga	gge
給／對	從／向	助詞敬語	助詞	給／對敬語

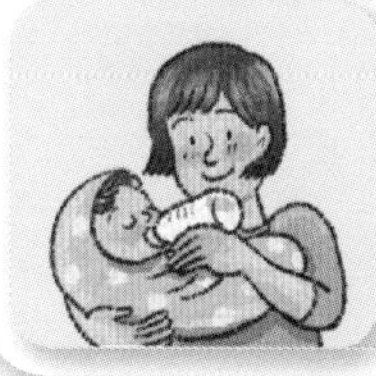

〈範例〉 (주다 給)
chu.da

[牛乳]
→ 엄마가 아이 에게/한테 우유를 줘요. 媽媽給孩子牛奶。
eom.ma.ga- a.i.e.ge/ han.tte- u.yu.leul- jwo.yo

(1) 

(주다 給)
chu.da
[同生]
→ 동생 ____ 강아지 ____ 妹妹給小狗飯。
tong.saeng kang.a.ji

(2) 

(드리다 獻給)
teu.li.da
[親舊] [先生]
→ 친구 ____ 선생님 ____ 朋友獻花給老師。
chin.gu seon.saeng.nim

(3) 

(받다 拿到)
pat.dda
→ 누나 ____ 할머니 ____ 姊姊從奶奶那裡拿到錢。
nu.na hal.meo.ni

(4) 

(빌리다 借)
pil.li.da
→ 지수 씨 ____ 바트 씨 ____ 智秀從巴特那裡借了書。
chi.su- ssi pa.tteu- ssi

(5) 

[膳物]
(선물하시다 送禮)
→ 할아버지 ____ 언니 ____ 爺爺送了姊姊衣服當禮物。
ha.la.beo.ji eon.ni

(6) 

(보내다 寄)
po.nae.da
[同生]
→ 동생 ____ 어머니 ____ 弟弟寄了禮物給媽媽。
tong.saeng eo.meo.ni

(7) 

(듣다 聽)
teut.dda
[親舊] [先生]
→ 친구 ____ 그 이야기를 선생님 ____ 朋友從老師那邊聽到那件事。
chin.gu keu- i.ya.gi.leul- seon.saeng.nim

(8) 

(쓰시다 寫)
sseu.si.da
→ 아버지 ____ 오빠 ____ 爸爸寫了信給哥哥。
a.beo.ji o.bba

듣기 聽力

1 듣고 맞는 것을 연결하세요. Track 32 請聽完並連結正確答案。

(1) (2) (3)

(가) (나) (다)

2 듣고 질문에 답하세요. Track 33 請聽完並回答問題。

(1) 이 사람의 가족사진으로 알맞은 것을 고르세요. 請選出這個人正確的家人照片。

❶ 

❷ 

❸ 

❹ 

(2) 다음 중 맞는 것을 고르세요. 選出下列中正確的答案。

① 이 사람은 회사원이고 24살이에요. 這個人是上班族，24歲。

② 남동생은 대학생이에요. 弟弟是大學生。

③ 아버지는 대학교 교수님이세요. 爸爸是大學教授。

④ 어머니는 요리 선생님이세요. 媽媽是料理老師。

말하기 口語

친구와 이야기하세요. 和朋友說看看。

질문 問題 chil.mun	나 我 na	친구 朋友 chin.gu
(1) 가족이 몇 명이에요? ka.jo.gi- myeon- myeong.i.e.yo 家人有幾位？		
(2) 부모님께서 어디에 사세요? pu.mo.nim.gge.seo- eo.di.e- sa.se.yo 父母住在哪裡？		
(3) 아버지/어머니의 연세가 a.beo.ji/eo.meo.ni.e- yeon.se.ga 어떻게 되세요? eo.ddeo.kke- toe.se.yo 爸爸／媽媽的年紀多大？		
(4) 아버지/어머니께서 a.beo.ji/eo.meo.ni.gge.seo 무슨 일을 하세요? mu.seun- i.leul- ha.se.yo 爸爸／媽媽從事什麼工作？		
(5) 아버지/어머니께서 a.beo.ji/eo.meo.ni.gge.seo 무엇을 좋아하세요? mu.eo.seul- cho.a.ha.se.yo 爸爸／媽媽喜歡什麼？		
(6)		

읽고 쓰기 閱讀寫作

1 읽고 질문에 답하세요. 請閱讀並回答問題。

지난주[週] 일요일[日曜日]에 할아버지의 생신[生辰] 잔치를 했어요. 할아버지께서 올해 여든이셔서 가족[家族]들이 함께 식사[食事]했어요. 할아버지께서는 매일[每日] 운동[運動]을 하셔서 건강[健康]하시고 친구[親舊]분들도 자주 만나세요. 저와 누나는 할아버지께 꽃과 점퍼를 선물[膳物]로 드렸는데 아주 좋아하셨어요.

上週日舉行了爺爺的慶生宴。爺爺今年 80 歲了，所以家人們一起吃飯。爺爺因為每天運動，很健康，也經常和朋友們見面。我和姊姊送爺爺花和夾克當禮物，他非常喜歡。

(1) 올해 할아버지의 연세가 어떻게 되세요? 今年爺爺幾歲了？

(2) 이 사람과 누나는 할아버지께 무슨 선물을 드렸어요? 這個人和姊姊送了爺爺什麼禮物？

2 아래의 편지를 읽고, 선생님께 편지를 써 보세요. 請將下列文字改寫成敬語。

유카 씨에게

잘 있었어요?
지난주에 유카 씨가
과자를 선물로 줘서
정말 고마웠어요.
시간이 있으면 유카 씨에게
저녁을 사고 싶어요.
잘 지내요.

샤오진 씀

給由夏小姐

最近好嗎？
上週由夏小姐
送我餅乾當禮物，
真的很謝謝妳。
有時間的話，我想
請由夏小姐吃晚餐。
祝順心。

小真 筆

선생님
給老師 ______

______

______

______

______

______

______

______

______

샤오진 드림
小真 敬上

날개 달기 展翅高飛

사진을 보고 이야기를 만들어서 옆 사람과 질문하고 답하세요 .
請看著照片，製造話題，和身邊的人進行問答。

이분은 누구세요?
這一位是誰？

성함이 어떻게 되세요?
貴姓大名？

무슨 일을 하세요?
從事什麼工作？

어디에 사세요?
住在哪裡？

한국어를 할 줄 아세요?
會説韓語嗎？

결혼하셨어요?
結婚了嗎？

아이가 있으세요?
有小孩嗎？

무엇을 좋아하세요?
喜歡什麼？

무슨 운동을 좋아하세요?
喜歡什麼運動？

주말에 보통 무엇을 하세요?
週末通常做些什麼？

표현 넓히기 拓展表達

1 친척 親戚
chin.cheok

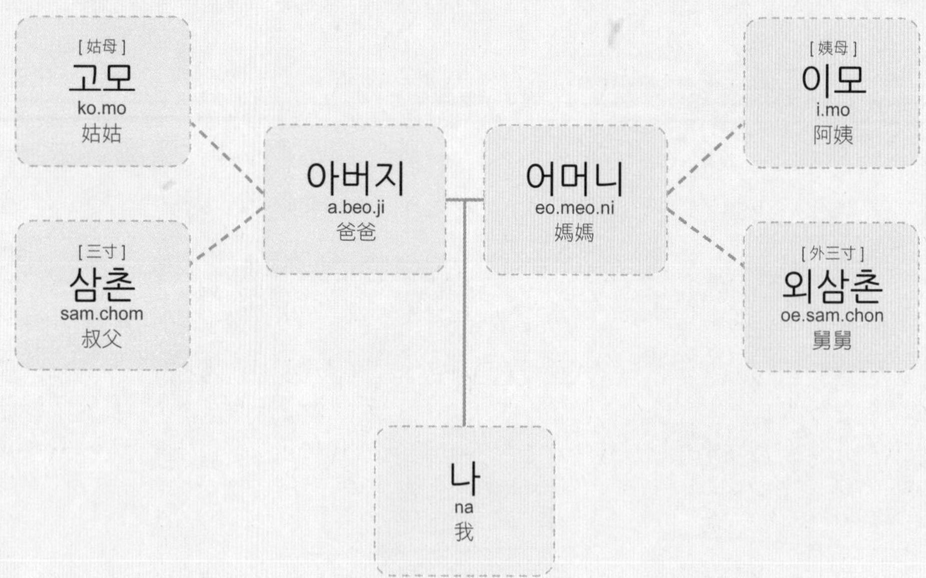

2 나이 年紀
na.i

20
스물
seu.mul
30
서른
seo.leun
40
마흔
ma.heun
50
쉰
swin
60
예순
ye.sun
70
일흔
i.leun
80
여든
yeo.deun
90
아흔
a.heun
100
백
paek
가: 몇 살이에요? 幾歲呢？
나: 스무 살이에요. 二十歲。
가: 저는 올해 스물아홉 살이에요. 我今年二十九歲。

* 韓語中年紀的數字使用純韓語數字（固有數字），但超過 99 歲以上，即使用漢字數字。

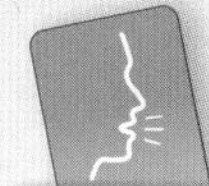

발음 15 發音 15

*1

(1) 의자[의자] 椅子 의사[의사] 醫生
ui.ja ui.sa

(2) 회의[회이] 會議 주의[주이] 注意
hoe.i chu.i

(3) 어머니의 생신[어머니에 생신] 媽媽的生日
eo.meo.ni.e- saeng.sin

(4) 희망[히망] 希望 무늬[무니] 紋路
hi.mang mu.ni

*2

ㄹㅁ
[ㅁ]
m

젊어요 年輕
[절머요]
cheol.meo.yo

젊다 年輕
[점따]
cheom.dda

註＊1
母音ㅢ的發音，會根據不同位置、意義和子音而有不同發音。若母音ㅢ出現在單字第一字時，如（1），則ㅢ會發原本［ㅢ］的音。因此의자發［의자］，의사發［의사］的音。若母音ㅢ不是排在單字裡的第一字時，如（2），則ㅢ只發［ㅣ］的音，因此회의發［회이］，주의發［주이］的音，以及（4）的무늬發［무니］的音。若母音ㅢ配上子音ㅇ，同時意思是「～的」時，則發［에］的音，如（3）어머니의 생신，意思是「媽媽的生日」，其中의表示「的」的意思，因此發［에］的音，發音成為［어머니에 생신］。若母音ㅢ配上子音ㅎ，也就是희，則無論出現在單字的第一 字與否，ㅢ都只發［ㅣ］的音，因此희發［히］的音，如（4），희망發［히망］的音。

註＊2
尾音ㄻ 的組合，發［ㅁ］的音。由於젊어요會產生連音化，原本要發音的尾音ㅁ連到後面發音，因此젊中原本不發音的尾音ㄹ必須唸出來，成為［절머요］。젊다的ㄷ會因為尾音ㅁ產生重音化，發音成為［점따］。

1 듣고 따라 읽으세요. Track 34 請聽並且跟著唸。

(1) 의자 椅子
ui.ja

(2) 회의 會議
hoe.i

(3) 주의 注意
chu.i

(4) 선생님의 가방 老師的包包
seon.saeng.ni.me- ka.bang

(5) 동생의 책 弟弟的書
tong.saeng.e- chaek

(6) 희망 希望
hi.mang

(7) 젊어요 年輕
cheol.meo.yo

(8) 굶다 餓肚子
kum.dda

(9) 삶다 煮
sam.dda

2 듣고 따라 읽으세요. Track 35 請聽並且跟著唸。

(1) 병원에 가서 의사 선생님을 만났어요. 去醫院看了醫生。
pyeong.wo.ne- ka.seo- ui.sa- seon.saeng.ni.meul- man.na.sseo.yo

(2) 3시부터 회의가 있어요. 3點開始有會議。
se.si.bu.tteo- hoe.i.ga- i.sseo.yo

(3) 편의점에서 주스를 샀어요. 在超商買了果汁。
ppyeo.ni.jeo.me.seo- chu.seu.leul- sa.sseo.yo

(4) 친구의 책을 잃어버렸어요. 弄丟了朋友的書。
chin.gu.e- chae.geul- i.leo.beo.lyeo.sseo.yo

(5) 힘들지만 희망이 있어요. 雖然辛苦，但很有希望。
him.deul.ji.man- hi.mang.i- i.sseo.yo

(6) 아침을 굶어서 배가 고파요. 沒吃早餐，肚子餓。
a.chi.meul- kul.meo.seo- pae.ga- ko.ppa.yo

(7) 젊고 건강할 때 열심히 일하세요. 年輕又健康時，請認真工作。
cheom.ggo- keon.gang.hal- ddae- yeol.si.mi- i.la.se.yo

8과 전화
電話

學習目標 學會透過電話拜託和訂購

文法重點

-지요? ～對吧？	-어 주다 幫忙～	-을게요 我會～
-어 주시겠어요? 能不能請你～？	-어 드릴게요 我會幫忙～	접속부사 接續副詞

學習準備

전화를 걸 때 어떻게 말해요?
打電話的時候，該怎麼說呢？

전화로 주문하거나 부탁해 봤어요?
曾經透過電話訂購或拜託別人嗎？

에린 씨 좀 바꿔 주시겠어요? 能不能請您轉接愛琳小姐聽電話？

Track 36

제임스 여보세요, 거기 열린출판사지요?
yeo.bo.se.yo- keo.gi- yeol.lin.chul.ppan.sa.ji.yo

동 료 네, 그런데요.
ne- keu.leon.de.yo

동 료 잠깐만 기다리세요.
cham.ggan.man- ki.da.li.se.yo

제임스 에린 씨 좀 바꿔 주시겠어요?
e.lin- ssi- chom- pa.ggwo- chu.si.ge.sseo.yo

에 린 네, 전화 바꿨습니다.
ne- cheo.nwa- pa.ggwot.sseum.ni.da

제임스 안녕하세요, 제임스예요.
an.nyeong.ha.se.yo- che.im.seu.ye.yo

에 린 아! 제임스 씨, 안녕하세요. 무슨 일이세요?
a- che.im.seu- ssi- an.nyeong.ha.se.yo- mu.seun- i.li.se.yo

제임스 한국어 숙제가 너무 어려워서요. 죄송하지만 좀 도와줄 수 있어요?
han.gu.geo- suk.jje.ga- neo.mu- eo.lyeo.wo.seo.yo. choe.song.ha.ji.man- chom- to.wa- jul- su- i.sseo.yo

에 린 네, 도와 드릴게요.
ne- to.wa- teu.lil.ge.yo

그러면 내일 7시쯤 우리 회사 앞 카페에서 만날까요?
keu.leo.myeon- nae.il- il.gop.ssi.jjeu.me- u.li- hoe.sa- ap- gga.ppe.e.seo- man.nal.gga.yo

제임스 정말 고마워요! 제가 7시까지 회사 앞으로 갈게요.
cheong.mal- ko.ma.wo.yo- che.ga- il.ggop.ssi.gga.ji- hoe.sa- a.ppeu.lo- kal.ge.yo

詹姆士 喂，那裡是基礎出版社對吧？
同事 是，沒錯。
詹姆士 能不能請您轉接愛琳小姐聽電話？
同事 請稍等一下。
愛琳 是，我就是。
詹姆士 你好。我是詹姆士。
愛琳 啊！詹姆士先生，你好。有什麼事呢？
詹姆士 因為韓語作業很難的關係。不好意思打擾了，請問可以幫我一下嗎？
愛琳 好，我會幫你的。那麼明天 7 點左右，在我們公司前面的咖啡館見面好嗎？
詹姆士 真的太謝謝妳了！我 7 點會到公司前面的。

본문 확인하기 確認課文

제임스 씨는 에린 씨에게 왜 전화를 걸었어요? 詹姆士先生為什麼打電話給愛琳小姐？

에린 씨와 제임스 씨는 언제, 어디에서 만나기로 했어요?
愛琳小姐和詹姆士先生決定何時，在哪裡見面呢？

어휘와 표현 詞彙和表達

[出版社] 출판사 出版社 chul.ppan.sa

[同僚] 동료 同事 tong.nyo

바꾸다 換 pa.ggu.da

잠깐만 一會兒 cham.ggan.man

도와주다 給予幫忙 to.wa.ju.da

[café] 카페 咖啡館 gga.ppe

좀 바꿔 주시겠어요？ 可以幫我換人聽電話嗎？
chom- pa.ggwo- chu.si.ge.sseo.yo

[電話] 전화 바꿨습니다 我就是（電話已換人接了）
cheo.nwa- pa.ggwot.sseum.ni.da

[罪悚] 죄송하지만 不好意思打擾了
choe.song.ha.ji.man

어휘 알기 - 전화(1) 認識詞彙－電話（1）

(1)

(2)

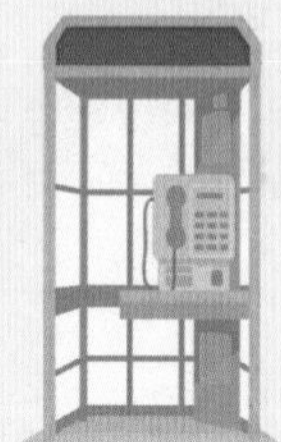

(3)

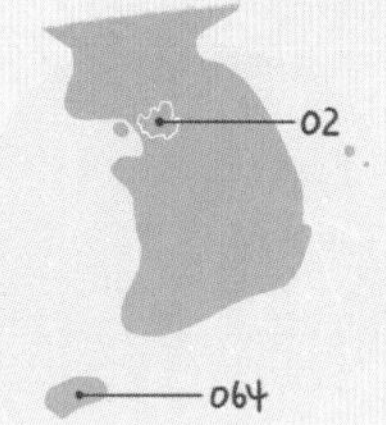

(4)

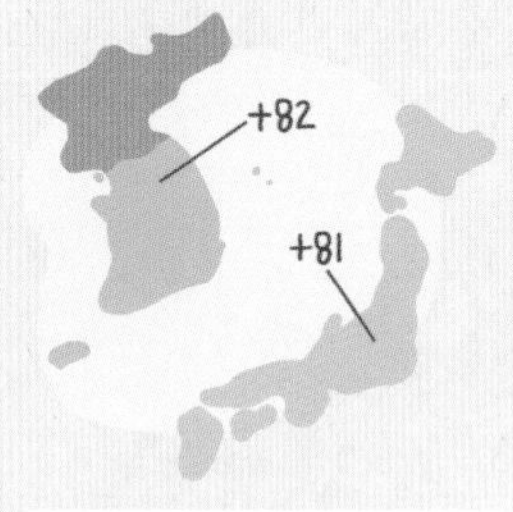

(5)

(6)

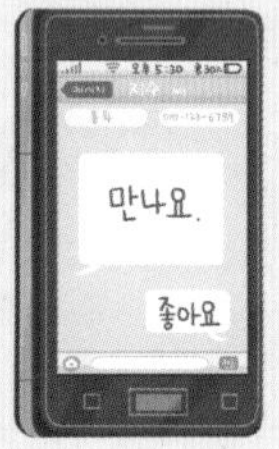

(7)

(8)

(9)

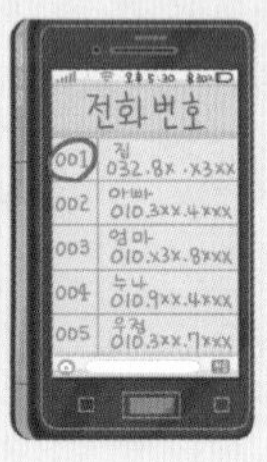

(10)

(11)

(12)

그림에 맞는 단어를 골라 쓰세요. 請選擇並寫下適合的單字。

[公眾電話]	[國家番號]	[國際電話]	[短縮番號]	[文字 message]
공중전화	국가 번호	국제전화	단축 번호	문자메시지
kong.jung.cheo.nwa	kuk.gga- beo.no	kuk.jje.jeo.nwa	tan.chuk- bbeo.no	mun.ja.me.si.ji
公共電話	國碼	國際電話	快速撥號	簡訊

[一標]	[影像通話]	[正字]	[地域番號]	[電話]	[通話料金]	[攜帶 phone]
별표	영상통화	우물정자	지역 번호	집 전화	통화 요금	휴대폰
pyeol.ppyo	yeong.sang.ttong.hwa	u.mul.jeong.ja	chi.yeok- bbeo.no	chip- jjeo.nwa	ttong.hwa- yo.geum	hyu.dae.ppon
＊字鍵	視訊通話	#字鍵	區碼	家用電話	通話費	手機

어휘 알기 - 전화(2) 認識詞彙－電話（2）

[電話]
전화를 걸다
cheo.nwa.leul- geol.da
打電話

[電話]
전화를 끊다
cheo.nwa.leul- ggeun.tta
掛電話

[電話]
전화가 오다
cheo.nwa.ga- o.da
來電

[電話]
전화를 받다
cheo.nwa.leul- pat.dda
接電話

[文字 message]
문자메시지를 보내다
mun.ja.me.si.ji.leul- po.nae.da
傳送簡訊

[電話]
전화를 잘못 걸다
cheo.nwa.leul- chal.mot- ggeol.da
打錯電話

[通話]
통화하다
ttong.hwa.ha.da
講電話

[通話中]
통화 중이다
ttong.hwa- jung.i.da
通話中

문법 알기 認識文法

-지요? ～對吧？
ji.yo
→動詞／形容詞／名詞 ＋ - 지요？

詞性		句型
동사 動詞 형용사 形容詞		-지요?
명사 名詞	尾音	
	받침 (O)	이지요?
	받침 (X)	지요?

〈例句〉

[來日] [故鄉]
가 : 내일 고향에 가지요? 明天要回故鄉對吧？
nae.il- ko.hyang.e- ka.ji.yo

나 : 네 , 맞아요. 對，沒錯。
ne- ma.ja.yo

가 : 김치찌개가 조금 맵지요? 泡菜鍋有點辣對吧？
kim.chi.jji.gae.ga- cho.geum- maep.jji.yo

나 : 네 , 조금 매워요 . 對，有點辣。
ne- cho.geum- mae.wo.yo

[韓國病院]
가 : 여보세요 ? 거기 한국병원이지요? 喂？那裡是韓國醫院對吧？
yeo.bo.se.yo- keo.gi- han.guk.bbyeong.wo.ni.ji.yo

[銀行]
나 : 잘못 거셨어요 . 여기는 은행이에요. 您打錯了。這裡是銀行。
chal.mot- ggeo.syeo.sseo.yo- yeo.gi.neun- eu.naeng.i.e.yo

〈說明〉

- 지요？加在動詞、形容詞、名詞＋이다（是）後面，意思是「～對吧？」表示確認語氣，也就是說話者大概已經確定，只是進一步加以確認。將動詞或形容詞原型다去掉，無論有無尾音，皆直接加上 - 지요？。名詞則需看最後一個字，若有尾音，加上이지요？，若無尾音，則加上지요？。

문법 익히기 熟悉文法

1 〈보기〉와 같이 쓰세요 . 請仿照＜範例＞寫寫看。

〈範例〉

가: 이게 지수 씨 가방이지요? (가방 包包)
i.ge- chi.su- ssi- ka.bang.i.ji.yo
這是智秀小姐的包包對吧？

나: 네, 맞아요. 對，沒錯。
ne- ma.ja.yo

[韓國] [首都] [首爾]
(1) 가: 한국의 수도는 ________ (서울 首爾)
han.gu.ge- su.do.neun seo.ul
韓國的首都是首爾對吧？

나: 네, 맞아요. 對，沒錯。
ne- ma.ja.yo

[漢拏山] [濟州島]
(2) 가: 한라산은 제주도에 ________ (있다 在)
hal.la.sa.neun- che.ju.do.e it.dda
漢拏山在濟州島對吧？

[漢拏山] [濟州島]
나: 네, 한라산은 제주도에 있어요. 對，漢拏山在濟州島。
ne- hal.la.sa.neun- che.ju.do.e- i.sseo.yo

[韓服]
(3) 가: 지수 씨가 한복을 입었어요. ________ (예쁘다 漂亮)
chi.su- ssi.ga- han.bo.geul- i.beo.sseo.yo ye.bbeu.da
智秀小姐穿了韓服。很漂亮對吧？

[正]
나: 네, 정말 예쁘네요. 真的很漂亮呢。
ne- cheong.mal- ye.bbeu.ne.yo

2 〈보기〉와 같이 쓰세요. 請仿照〈範例〉寫寫看。

〈範例〉

[南山]
가: 여기가 남산이지요? 這裡是南山對吧？
yeo.gi.ga- nam.sa.ni.ji.yo

[南山]
나: 네, 여기가 남산이에요. 對，這裡是南山。
ne- yeo.gi.ga- nam.sa.ni.e.yo

(1) **가:** ______________ 這是年糕湯對吧？

나: 네, 이게 떡국이에요. 對，這是年糕湯？
ne- i.ge- ddeok.ggu.gi.e.yo

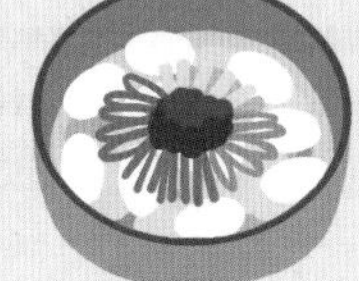

(2) **가:** ______________ 這裡是63大樓對吧？

[building]
나: 네, 여기가 63빌딩이에요. 對，這裡是63大樓。
ne- yo.gi.ga- yuk.ssam.bil.ding.i.e.yo

(3) **가:** ______________ 這裡是景福宮對吧？

[景福宮]
나: 네, 여기가 경복궁이에요. 對，這裡是景福宮。
ne- yeo.gi.ga- kyeong.bok.ggung.i.e.yo

(4) **가:** ______________ 這一站是首爾站對吧？

[驛] [首爾驛]
나: 네, 이번 역이 서울역이에요. 對，這一站是首爾站。
ne- i.beon- yeo.gi- seo.ul.lyeo.gi.e.yo

(5) **가:** ______________ 這是松餅對吧？

[松餅]
나: 네, 이게 송편이에요. 對，這是松餅。
ne- i.ge- song.ppyeo.ni.e.yo

(6) **가:** ______________ 那是四物樂器對吧？

[四物]
나: 네, 저게 사물놀이예요. 對，那是四物樂器。
ne- cheo.ge- sa.mul.lo.li.ye.yo

문법 알기 認識文法

-어 주다 幫忙、拜託～
eo- ju.da
→動詞＋ - 아 / 어 / 해 주다

動詞	母音	句型
동사	ㅏ,ㅗ (O)	-아 주다
	ㅏ,ㅗ (X)	-어 주다
	하다	해 주다

〈例句〉

[窗門]
날씨가 추우니까 창문을 좀 닫아 주세요. 天氣很冷，請幫忙關一下窗戶。
nal.ssi.ga- chu.u.ni.gga- chang.mu.neul- chom- ta.da- ju.se.yo

시청에 어떻게 가요? 길을 좀 가르쳐 주세요. 市政府怎麼去？拜託告訴我。
si.cheong.e- eo.ddeo.kke- ka.yo- ki.leul- chom- ka.leu.chyeo- ju.se.yo

[電話]
지금은 바쁘니까 나중에 전화해 주세요. 現在很忙，拜託下次再打給我。
chi.geu.meun- pa.bbeu.ni.gga- na.jung.e- cheo.nwa.hae- ju.se.yo

〈說明〉

- 아 / 어 / 해주다加在動詞後面，意思是「幫忙做某件事」或「拜託做某件事」，表示委婉的語氣。將動詞原型다去掉後，若最後一字的母音為ㅏ或ㅗ，加上 - 아 주다，只要母音非ㅏ或ㅗ，加上 - 어 주다，若屬於하다原型，則將하다改為해 주다。

문법 익히기 熟悉文法

1 〈보기〉와 같이 쓰세요. 請仿照＜範例＞寫寫看。

〈範例〉 [窗門]
더우니까 창문을 **열어 주세요.**
teo.u.ni.gga- chang.mu.neul- yeo.leo- ju.se.yo
很熱，請幫我開窗戶。

(1)

[冊]
엄마, 책을 ________ (읽다 讀)
eom.ma- chae.geul ik.dda
媽，請唸書給我聽。

(2)

[門]
밖이 시끄러우니까 ________ (문을 닫다 關門)
pa.ggi- si.ggeu.leo.u.ni.gga mu.neul- tat.dda
外面很吵，請幫忙關門。

(3)

가방이 무거운데 좀 ________ (들다 拿, 도와주다 幫忙)
ka.bang.i- mu.geo.un.de- chom teul.da to.wa.ju.da
包包很重，請幫我拿／請幫幫我。

(4)

[公演] [使作]
공연이 시작하니까 ________ (앉다 坐下)
kong.yeo.ni- si.ja.kka.ni.gga an.da
表演開始了，請坐下。

(5)

[電話番號]
전화번호를 모르니까 ________ (알려주다 告訴, 가르치다 教)
cheo.nwa.beo.no.leul- mo.leu.ni.gga al.lyeo.ju.da ka.leu.chi.da
我不知道電話號嗎，拜託告訴我。

(6)
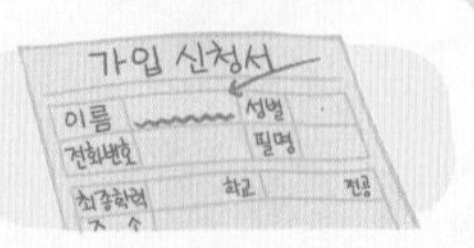

여기에 이름을 ________ (쓰다 寫)
yeo.gi.e- i.leu.meul sseu.da
請在這裡寫名字。

2 〈보기〉와 같이 쓰세요. 請仿照＜範例＞寫寫看。

〈範例〉

[寫真]
사진을 찍고 싶어요. 想照相。
sa.ji.neul- jjik.ggo- si.ppeo.yo

[寫真]
→ 사진을 좀 찍어 주세요. 請幫忙照個相。
sa.ji.neul- chom- jji.geo- ju.se.yo

[宿題]
(1) 숙제가 너무 어려워요. 作業太難了。
suk.jje.ga- neo.mu- eo.lyeo.wo.yo

→ ____________________ 請幫忙教我作業。

(2) 지우개가 없어요. 沒有橡皮擦。
chi.u.gae.ga- eop.sseo.yo

→ ____________________ 拜託請借我橡皮擦。

[生日 party] [招待]
(3) 생일 파티에 초대하고 싶어요. 想邀請參加生日派對。
saeng.il- ppa.tti.e- cho.dae.ha.go- si.ppeo.yo

→ ____________________ 請來參加生日派對。

[房]
(4) 방이 어두워요. 房間很暗。
pang.i- eo.du.wo.yo

→ ____________________ 請幫忙開燈。

[結婚]
(5) 사랑해요. 당신과 결혼하고 싶어요. 我愛妳。我想和妳結婚。
sa.lang.hae.yo- tang.sin.gwa- kyeo.lo.na.go- si.ppeo.yo

→ ____________________ 請和我結婚。

(6) 옷이 너무 작아요. 衣服太小了。
o.si- neo.mu- cha.ga.yo

→ ____________________ 請幫忙換件衣服。

[地下鐵驛]
(7) 지하철역에 가려고 하는데 길을 잘 몰라요. 我想去地鐵站，但不知道路。
chi.ha.cheol.lyeo.ge- ka.lyeo.go- ha.neun.de- ki.leul- chal- mol.la.yo

→ ____________________ 拜託請教我路怎麼走。

문법 알기 認識文法

-을게요 我會～
eul.ge.yo
→動詞+ ㄹ / 을게요

動詞	尾音	句型
동사	받침 (O)	-을게요
	받침 (X)	-ㄹ게요

〈例句〉

가 : 여러분 , 10 쪽을 보세요 . 누가 읽어 볼래요 ?
yeo.leo.bun- sip.jjo.geul- po.se.yo- nu.ga- il.geo- pol.lae.yo
各位，請看第 10 頁。誰要唸唸看呢？

나 : 제가 읽을게요 . 我來唸。
che.ga- il.geul.ge.yo

가 : 내일부터 늦지 마세요 . 明天開始請不要遲到。
nae.il.bu.tteo- neut.jji- ma.se.yo

나 : 네 , 내일부터 일찍 올게요 . 是，我明天開始會早點來。
ne- nae.il.bu.tteo- il.jjik- ol.ge.yo

〈說明〉

-ㄹ / 을게요加在動詞後，意思是「我會做某件事」，表示和聽者間的某種承諾和約定語氣，用於肯定句型。動詞原型다去掉後，若末字有尾音，加上 -을게요，若無尾音，則加上 -ㄹ게요。主詞只能使用第一人稱（我저 / 나、我們우리），不能使用第二人稱（你너 / 당신）或第三人稱（他그）。

문법 익히기 熟悉文法

1 〈보기〉와 같이 쓰세요 . 請仿照<範例>寫寫看。

〈範例〉 **가:** 같이 제 차[車]를 타고 갈래요?
ka.chi- cha.leul- tta.go- kal.lae.yo
要不要一起搭我的車去？

나: 괜찮아요. 저는 지하철[地下鐵]을 탈게요.
kwaen.cha.na.yo- cheo.neun- chi.ha.cheo.leul- ttal.ge.yo
沒關係。我搭地鐵就好。

(1) 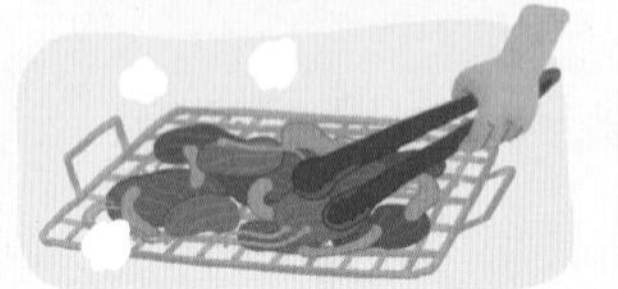

가: 저녁에 뭘 먹을까요? 晚上要吃什麼好呢？
cheo.nyeo.ge- mwo- meo.geul.gga.yo

나: 제가 불고기를 ________ 我來做烤肉。
che.ga- pul.go.gi.leul

(2) 

가: 같이 노래방[房]에 갈까요? 要不要去KTV？
ka.chi-no.lae.bang.e-kal.gga.yo

나: 미안[未安]하지만 저는 피곤[疲困]해서 對不起，我太累了，要先回家。
mi.a.na.ji.man- cheo.neun- ppi.go.nae.seo

먼저 집에 ________
meon.jeo- chi.be

(3)

가: 밥을 먹고 영화[映畫]를 볼까요? 吃飽飯，要不要看電影？
pa.beul- meok.ggo- yeong.hwa.leul- pol.gga.yo

나: 그래요. 제가 밥을 ________ 好。我來請吃飯。
keu.lae.yo- che.ga- pa.beul

(4) 

가: 교실[教室]이 좀 춥네요. 教室有點冷。
kyo.si.li- chom- chum.ne.yo

나: 제가 ________ 我來關窗戶。
che.ga

2 〈보기〉와 같이 쓰세요. 請仿照〈範例〉寫寫看。

〈範例〉

[週] [土曜日] [生日 party]

가: 다음 주 토요일에 제 생일 파티를 하니까 꼭 오세요.
ta.eum- ju- tto.yo.i.le- che- saeng.il- ppa.tti.leul- ha.ni.gga- ggok- o.se.yo
下週六會舉行我的慶生會，請一定要來。

나: 네, 꼭 갈게요. 好，我一定會去。
ne- ggok- kal.ge.yo

[電話]
(1) 가: 집에 가면 전화하세요. 回家的話，請打電話。
chi.be- ka.myeon- cheo.nwa.ha.se.yo

나: 네, ________ 好，我會打電話。
ne

[週] [試驗] [熱心] [工夫]
(2) 가: 다음 주가 시험이니까 열심히 공부하세요. 下週有考試，請認真唸書。
ta.eum- ju.ga- si.heo.mi.ni.gga- yeol.si.mi- kong.bu.ha.se.yo

나: 네, ________ 好，我會認真唸書。
ne

(3) 가: 여기에서 잠깐만 기다리세요. 請在這裡稍等。
yeo.gi.e.seo- cham.ggan.man- ki.da.li.se.yo

나: 네, ________ 好，我會在這裡等。
ne

(4) 가: 담배는 몸에 좋지 않으니까 담배를 끊으세요. 香菸對身體不好，請戒菸。
tam.bae.neun- mo.me- cho.chi- a.neu.ni.gga- ggeu.neu.se.yo

나: 네, ________ 好，我會戒菸。
ne

[操心]
(5) 가: 눈이 많이 왔어요. 길이 미끄러우니까 조심하세요. 下了很多雪。路上很滑，請小心。
nu.ni- ma.ni- wa.sseo.yo- ki.li- mi.ggeu.leo.u.ni.gga- cho.si.ma.se.yo

나: 네, ________ 好，我會小心。
ne

(6) 가: 또 늦었네요. 又遲到了耶。
ddo- neu.jeon.ne.yo

[正] [未安]
나: 정말 미안해요. 다음부터 ________ 真的很抱歉，下次開始我不會遲到。
cheong.mal- mi.a.nae.yo/ta.eum.bu.tteo

[宿題]
(7) 가: 숙제를 안 했어요? 沒寫作業嗎？
suk.jje.leul- a- nae.sseo.yo

[罪悚]
나: 죄송해요. 집에 가서 꼭 ________ 對不起，我回家之後一定會寫作業。
choe.song.hae.yo- chi.be- ka.seo- ggok

[未安] [淸掃]
(8) 가: 미안하지만 청소를 좀 도와줄래요? 不好意思，可以幫我打掃嗎？
mi.a.na.ji.man- cheong.so.leul- chom- to.wa.jul.lae.yo

나: 네, ________ 好，我會幫忙。
ne

문법 알기 認識文法

-어 주시겠어요? 能不能請您～？

eo- ju.si.ge.sseo.yo

-어 드릴게요 我會幫忙～

eo- deu.lil.ge.yo

→動詞＋ -아 / 어 / 해 주시겠어요？

→動詞＋ -아 / 어 / 해 드릴게요

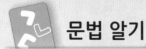

動詞	母音	句型	句型
동사	ㅏ,ㅗ (O)	-아 주시겠어요?	-아 드릴게요
	ㅏ,ㅗ (X)	-어 주시겠어요?	-어 드릴게요
	하다	해 주시겠어요?	해 드릴게요

〈例句〉

[罪悚] [來日]
죄송하지만 내일 우리 집에 와 주시겠어요？ 不好意思，可以請您明天來我家嗎？
choe.song.ha.ji.man- nae.il- u.li- chi.be- wa- ju.si.ge.sseo.yo

실례지만 선생님 좀 바꿔 주시겠어요？ 不好意思，能不能請您幫我找老師聽電話？
sil.le.ji.man- seon.saeng.nim- chom- pa.ggwo- ju.si.ge.sseo.yo

[電話]
에린 씨가 지금 없으니까 다시 전화해 주시겠어요？ 愛琳小姐現在不在，能不能請您再打來呢？
e.lin- ssi.ga- chi.geum- eop.sseu.ni.gga- ta.si- cheo.nwa.hae- ju.si.ge.sseo.yo

[罪悚] [寫真]
가 : 죄송하지만 사진 좀 찍어 주시겠어요？ 不好意思，可以請您幫忙照相嗎？
choe.song.ha.ji.man- sa.jin- chom- jji.geo- ju.si.ge.sseo.yo

나 : 네，찍어 드릴게요． 好，我幫你照。
ne- jji.geo- teu.lil.ge.yo

〈說明〉

❶ －아／어／해 주시겠어요？加在動詞後，將動詞原型去掉다，若末字母音為ㅏ或ㅗ，加上－아 주시겠어요？，只要母音非ㅏ或ㅗ，加上－어 주시겠어요？，若為하다原型，則將하다改為해 주시겠어요？。

❷ －아／어／해드릴게요加在動詞後，將動詞原型去掉다，若末字母音為ㅏ或ㅗ，加上－아 드릴게요，只要母音非ㅏ或ㅗ，加上－어 드릴게요，若為하다原型，則將하다改為해 드릴게요。

문법 익히기 熟悉文法

1 〈보기〉와 같이 쓰세요． 請仿照〈範例〉寫寫看。

〈範例〉

[電話] [攜帶 phone]
전화하려고 해요. 그런데 휴대폰을 잃어버렸어요.
cheo.nwa.ha.lyeo.go- hae.yo- keu.leon.de- hyu.dae.ppo.neul- i.leo.beo.lyeo.sseo.yo
想打電話，可是手機遺失了。

[罪悚] [攜帶 phone]
→ 죄송하지만 휴대폰 좀 빌려 주시겠어요? (빌리다 借)
choe.song.ha.ji.man- hyu.dae.pon- chom- pil.lyeo- ju.si.ge.sseo.yo
不好意思，請問可以借我手機嗎？

[書店] [冊]
(1) 서점에 왔어요. 그런데 책을 찾을 수 없어요. 來到書店，但找不到書。
seo.jeo.me- wa.sseo.yo- keu.leon.de- chae.geul- cha.jeul- su- eop.sseo.yo

[失禮] [冊]
→ 실례합니다. 책을 좀 ＿＿＿＿＿＿ (찾다 找)

(2) 가방이 너무 무거워요. 包包太重了。
ka.bang.i- neo.mu- mu.geo.wo.yo

[未安]
→ 미안하지만 가방을 좀 ＿＿＿＿＿＿ (들다 拿)

[教授] [電話]
(3) 교수님께서는 지금 전화를 받으실 수 없어요. 教授現在無法接電話。
kyo.su.nim.gge.seo.neun- chi.geum- cheo.nwa.leul- pa.deu.sil- su- eop.sseo.yo

[罪悚] [電話]
→ 죄송하지만 ＿＿＿＿＿＿ (나중에 다시 전화하다 下次再打電話)

[先生] [說明]
(4) 선생님 설명을 잘 모르겠어요. 不太了解老師的說明。
seon.saeng.nim- seol.myeong.eul- chal- mo.leu.ge.sseo.yo

[罪悚] [說明]
→ 죄송하지만 ＿＿＿＿＿＿ (다시 한 번 설명하다 再說明一次)

2 〈보기〉와 같이 쓰세요. 請仿照〈範例〉寫寫看。

〈範例〉

[韓國語宿題]
가: 한국어 숙제가 너무 어려워요. 좀 도와주시겠어요?
han.gu.geo- suk.jje.ga- neo.mu- eo.lyeo.wo.yo- chom- to.wa.ju.si.ge.sseo.yo
韓文作業太難了。可以幫幫我嗎？

[宿題]
나: 네, 제가 숙제를 도와 드릴게요. 好，我來幫你做作業。
ne- che.ga- suk.jje.leul- do.wa- deu.lil.ge.yo

[ball pen]
(1) 가: 볼펜이 없어요. 좀 빌려 주시겠어요? 我沒有原子筆。可以借我嗎？
pol.ppe.ni- eop.sseo.yo- chom- pil.lyeo- ju.si.ge.sseo.yo

[ball pen]
나: 네, 제가 볼펜을 ______________ 好，我借你原子筆。
ne- che.ga- pol.ppe.neul

[首爾]
(2) 가: 서울이 처음이에요. 길을 좀 가르쳐 주시겠어요?
seo.u.li- cheo.eu.mi.e.yo- ki.leul- chom- ka.leul.chyeo- ju.si.ge.sseo.yo
首爾是第一次來。可以教我路怎麼走嗎？

나: 네, 제가 ______________ 我來教你路怎麼走。
ne- che.ga

[房] [窗門]
(3) 가: 방이 너무 더워요. 창문을 좀 열어 주시겠어요?
pang.i- neo.mu- teo.wo.yo- chang.mu.neul- chom- yeo.leo- ju.si.ge.sseo.yo
房間太熱了。可以幫我開窗戶嗎？

나: 네, 제가 ______________ 好，我來幫忙開窗戶。
ne- che.ga

[教室]
(4) 가: 교실이 어두워요. 불을 좀 켜 주시겠어요?
kyo.si.li- eo.du.wo.yo- pu.leul- chom- kkyeo- ju.si.ge.sseo.yo
教室很暗。可以幫忙開燈嗎？

나: 네, 제가 ______________ 好，我來幫忙開燈。
ne- che.ga

[coffee] [coffee] [盞]
(5) 가: 커피를 마시고 싶어요. 커피를 한 잔 사 주시겠어요?
kkeo.ppi.leul- ma.si.go- si.ppeo.yo- kkeo.ppi.leul- han- jan- sa- ju.si.ge.sseo.yo
我想喝咖啡。可以幫我買一杯咖啡嗎？

나: 네, 제가 커피를 ______________ 好，我來幫你買咖啡。
ne- che.ga- kkeo.ppi.leul

[冊] [冊]
(6) 가: 책을 찾을 수 없어요. 이 책을 좀 찾아 주시겠어요?
chae.geul- cha.jeul- su- eop.sseo.yo- i- chae.geul- chom- cha.ja- ju.si.ge.sseo.yo
找不到書。可以幫我找這本書嗎？

나: 네, 제가 ______________ 好，我來幫你找書。
ne- che.ga

(7) 가: 머리가 너무 길어요. 좀 잘라 주시겠어요? 頭髮太長了。可以幫我剪嗎？
meo.li.ga- neo.mu- ki.leo.yo- chom- chal.la- ju.si.ge.sseo.yo

나: 네, ______________ 好，我來幫你剪頭髮。
ne

문법 알기 認識文法

접속부사 cheop.sseo.bu.sa 接續副詞	그런데 keu.leon.de 可是、那	그렇지만 keu.leo.chi.man 可是	그러니까 keu.leo.ni.gga 所以	그래서 keu.lae.seo 所以	그리고 keu.li.go 而且、還有	그러면 keu.leo.myeon 那麼	그래도 keu.lae.do 仍然、還是

[料理]
제가 요리를 했어요. 그런데/그렇지만 맛이 없어요. 我做了菜。可是不好吃。
che.ga- yo.li.leul- hae.sseo.yo ma.si- eop.sseo.yo

[萬元] [割引 card]
모두 3만 원이에요. 그런데 할인 카드 있으세요? 一共3萬元。那請問您有折扣卡嗎？
mo.du- sam.ma- nwo.ni.e.yo ha.lin- kka.deu- i.sseu.se.yo

[授業] [使作] [椅子]
수업을 시작할 거예요. 그러니까 의자에 앉으세요. 課要開始了。所以請在椅子上坐下。
su.eo.beul- si.ja.kkal- geo.ye.yo ui.ja.e- an.jeu.se.yo

집이 아주 크고 좋아요. 그래서 비싸요. 房子非常大又好。所以很貴。
chi.bi- a.ju- kkeu.go- cho.a.yo pi.ssa.yo

[麗水] [飲食]
여수는 바다가 아름다워요. 그리고 음식도 맛있어요. 麗水海邊很美。而且食物也好吃。
yeo.su.neun- pa.da.ga- a.leum.da.wo.yo eum.sik.ddo- ma.si.sseo.yo

[學生證] [冊]
학생증을 보여 주세요. 그러면 책을 빌릴 수 있어요. 請給我看學生證。那麼就可以借書。
hak.ssaeng.jeung.eul- po.yeo- ju.se.yo chae.geul- pil.lil- su- i.sseo.yo

[熱心] [工夫] [成績]
열심히 공부를 했어요. 그래도 성적이 오르지 않아요. 很認真唸了書。成績還是沒有起色。
yeol.si.mi- kong.bu.leul- hae.sseo.yo seong.jeo.gi- o.leu.ji- a.na.yo

〈說明〉
接續副詞放在句子開頭，表示接續語氣。그런데若用來表達「可是」，可和렇지만（可是）互換，代表轉折語氣。그러니까（所以）語氣較強烈，用來強調結論，大多用於命令、勸誘句。그래서（所以）語氣較柔和，表示基於某種原因，自然產生某種結果，通常用於敘述句，不使用於命令、勸誘句。

문법 익히기 熟悉文法

1 〈보기〉와 같이 알맞은 것에 ◯ 하세요. 請仿照〈範例〉，在正確的部分打◯。

〈範例〉
[市場] [菜蔬]
시장에서 과일을 샀어요. (그리고, 그래서, 그러면) 채소도 샀어요.
si.jang.e.seo- kwa.i.leul- sa.sseo.yo chae.so.do- sa.sseo.yo
在市場買了水果。（還有、所以、那麼）也買了蔬菜。

[日曜日] [會社]
(1) 오늘은 일요일이에요. (그리고, 그래도, 그래서) 회사에 안 가요.
o.neu.leun- i.lyo.i.li.e.yo hoe.sa.e- an- ga.yo
今天是星期天。（還有、還是、所以）不去公司。

[週末] [交通] [複雜] [地下鐵]
(2) 주말에는 교통이 복잡해요. (그런데, 그러니까, 그리고) 지하철을 타세요.
chu.ma.le.neun- kyo.ttong.i- pok.jja.ppae.yo chi.ha.cheo.leul tta.se.yo
週末交通擁擠。（那、所以、還有）請搭地鐵。

[料理]
(3) 저는 요리를 좋아해요. (그러면, 그래서, 그렇지만) 설거지는 싫어해요.
cheo.neun- yo.li.leul- cho.a.hae.yo seol.geo.ji.neun si.leo.hae.yo
我喜歡做菜（那麼、所以、可是）討厭洗碗。

[圖書館] [名]
(4) 오늘 도서관에 갔어요. (그리고, 그런데, 그러니까) 사람이 한 명도 없었어요.
o.neul- to.seo.gwa.ne- ka.sseo.yo sa.la.mi-han- myeong.do eop.sseo.sseo.yo
今天去了圖書館。（還有、可是、所以）一個人都沒有。

[身份證] [旅券]
(5) 신분증을 보여 주세요. (그런데, 그러면, 그래서) 여권을 찾을 수 있어요.
sin.bun.jeung.eul- po.yeo- ju.se.yo yeo.gwo.neul- cha.jeul- su i.sseo.yo
請出示身份證。（可是、那麼、所以）可以領護照。

[散策]
(6) 비가 많이 와요. (그러니까, 그리고, 그래도) 산책을 하고 싶어요.
pi.ga- ma.ni- wa.yo san.chae.geul- ha.go-si.ppeo.yo
下很大的雨。（所以、還有、還是）想散步。

2 다음에서 알맞은 것을 골라 〈보기〉와 같이 쓰세요.
請從下列中選出適合的字，仿照＜範例＞寫寫看。

그런데	그렇지만	그러니까	그래서	그리고	그러면	그래도
keu.leon.de	keu.leo.chi.man	keu.leo.ni.gga	keu.lae.seo	keu.li.go	keu.leo.myeon	keu.lae.do
可是、那	可是	所以	所以	而且、還有	那麼	仍然、還是

〈例句〉

[來日] [親舊] [韓國]
내일 친구가 한국에 와요. 明天朋友來韓國。
nae.il- chin.gu.ga- han.gu.ge- wa.yo

[空港]
그래서 공항에 가요. 所以去機場。
keu.lae.seo- kong.hang.e- ka.yo

(1) 집에 가고 싶어요. 想回家。
chi.be- ka.go- si.ppeo.yo
________ 일이 너무 많아요. 工作很多。
i.li- neo.mu.ma.na.yo

[公園]
(2) 놀이공원에 사람이 많을 거예요. 遊樂園人很多。
no.li.gong.wo.ne- sa.la.mi- ma.neul- geo.ye.yo
________ 다음에 가세요. 請下次去。
ta.eu.me- ka.se.yo

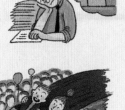

[放學]
(3) 방학이에요. 是假期。
pang.ha.gi.e.yo
[學校圖書館]
________ 학교 도서관에 사람이 많아요. 學校圖書館裡人很多。
hak.ggyo- to.seo.gwa.ne- sa.la.mi- ma.na.yo

[試驗工夫] [熱心]
(4) 시험공부를 열심히 하세요. 請認真準備考試。
si.heom.gong.bu.leul- yeol.si.mi- ha.se.yo
[合格]
________ 합격할 수 있어요. 就會及格。
hap.ggyeo.kkal- su- i.sseo.yo

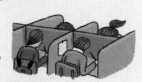

[公園] [jogging]
(5) 공원에서 조깅을 했어요. 在公園慢跑。
kong.wo.ne.seo- cho.ging.eul- hae.sseo.yo
[自轉駒]
________ 자전거도 탔어요. 也騎了腳踏車。
cha.jeon.geo.do- tta.sseo.yo

(6) 머리가 아파요. 頭很痛。
meo.li.ga- a.ppa.yo
[工夫]
________ 공부를 해요. 唸書。
kong.bu.leul- hae.yo

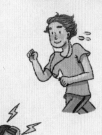

[結婚] [祝賀]
(7) 결혼을 축하해요. 恭喜你結婚。
kyeo.lo.neul- chu.kka.hae.yo
________ 왜 이야기하지 않았어요? 怎麼沒通知我？
wae-i.ya.gi.ha.ji- a.na.sseo.yo

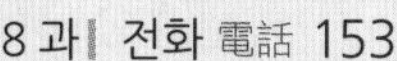

듣기 聽力

1 듣고 질문에 답하세요. Track 37 請聽完並回答問題。

(1) 여자는 주말에 무엇을 할 거예요?
女生週末要做什麼呢？

(2) 여자는 친구의 생일 선물로 무엇을 사려고 해요?
女生想買什麼當朋友的生日禮物？

(3) 여자는 왜 선물을 친구들과 같이 사기로 했어요?
女生為什麼決定和朋友們一起買禮物？

2 대화를 듣고 맞으면 ◯, 틀리면 ╳ 하세요.
請聽對話，對的打 ◯，錯的打 ╳。 Track 38

(1) 여자의 집 주소는 행복아파트 1동 1101호예요. (　　)
女生家裡住址是幸福公寓1棟1101號。

(2) 중국집이 바빠서 지금은 주문을 할 수 없어요. (　　)
中式餐廳太忙，現在訂不到。

(3) 여자는 중국집에 가서 음식을 주문했어요. (　　)
女生去了中式餐廳點菜。

(4) 여자는 자장면 두 그릇하고 탕수육 하나를 주문했어요. (　　)
女生點了兩碗炸醬麵和一份糖醋肉。

3 열린대학교의 전화번호가 몇 번이에요? 듣고 쓰세요. Track 39
基礎大學的電話號碼是幾號？ 請聽完之後寫下來。

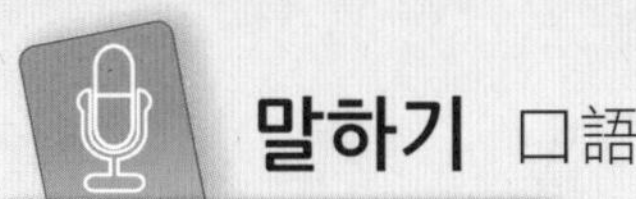

말하기 口語

〈보기〉와 같이 친구와 이야기하세요. 和朋友一起說看看。

〈例句〉가: 여보세요? 거기 꽃집이지요?
yeo.bo.se.yo- keo.gi- ggot.jji.bi.ji.yo
나: 네, 그렇습니다.
ne- keu.leo.sseum.nl.da
가: 꽃바구니를 주문하고 싶은데요.
ggot.bba.gu.ni.leul- chu.mu.na.go- si.ppeun.de.yo
장미꽃 스무 송이 에 얼마예요?
chang.mi.ggot- seu.mu- song.i.e- eol.ma.ye.yo
나: 3만 5천 원 이에요.
sam.man- o.cheo- nwo.ni.e.yo
가: 그러면 그걸 보내 주세요.
keu.leo.myeon- keu.geol- po.nae- ju.se.yo
나: 네, 성함하고 주소를 말씀해 주시겠어요?
ne- seong.ha.ma.go- chu.so.leul- mal.sseu.mae- chu.si.ge.sseo.yo
가: 이민석이고 수하동 하나아파트 2동 507호 예요.
i.min.seo.gi.go- su.ha.dong- ha.na.a.ppa.tteu- i.dong- o.baek.chi.lo.ye.yo
나: 알겠습니다. 그런데 카드로 하실 거예요? 현금으로 하실 거예요?
al.get.sseum.ni.da- keu.leon.de- kka.deu.lo- ha.sil- geo.ye.yo- hyeon.geu.meu.lo- ha.sil- geo.ye.yo
가: 카드로 할게요.
kka.deu.lo- hal.ge.yo

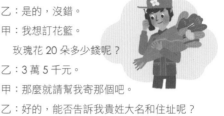

甲：喂？那裡是花店對吧？
乙：是的，沒錯。
甲：我想訂花籃。
玫瑰花 20 朵多少錢呢？
乙：3 萬 5 千元。
甲：那麼就請幫我寄那個吧。
乙：好的，能否告訴我貴姓大名和住址呢？
甲：李泯碩，水下洞第一公寓 2 棟 507 號。
乙：了解。那麼要刷卡呢？還是要付現金呢？
甲：我要刷卡。

(1)
- 주문: 기쁨마트 / 음료수
- 가격: 3만 6천 원
- 이름: 에린
- 주소: 중구 충무로 750 열린건물 3층 한국무역
- 계산: 현금
- 수량: 오렌지주스 30병

- 訂購：快樂超市／飲料
- 價格：3 萬 6 千元
- 名字：愛琳
- 地址：中區 忠武路 750 基礎大樓 3 樓 韓國貿易
- 結帳：現金
- 數量：柳橙汁 30 瓶

(2)
- 주문: 사랑떡집 / 떡
- 가격: 10만 원
- 이름: 이지수
- 주소: 성내동 강동대로 80길 우리빌라 201호
- 계산: 현금
- 수량: 떡 2상자

- 訂購：愛年糕店／年糕
- 價格：10 萬元
- 名字：李智秀
- 地址：城內洞 江東大路 80 街 我們別墅 201 號
- 結帳：現金
- 數量：年糕 2 箱

(3)
- 주문: 행복문구 / 문구
- 가격: 5만 4천 원
- 이름: 제임스
- 주소: 서초구 양재동 120 열린학원
- 계산: 카드
- 수량: 공책 50권

- 訂購：幸福文具／文具
- 價格：5 萬 4 千元
- 名字：詹姆士
- 地址：瑞草區良才洞 120 基礎補習班
- 結帳：信用卡
- 數量：筆記本 50 本

읽고 쓰기 閱讀寫作

1 읽고 질문에 답하세요. 請閱讀並回答問題。

[韓國會社] [韓國語教室]
제 이름은 마틴입니다. 저는 한국 회사에서 일하면서 열린한국어교실에서
[韓國語] [工夫] [韓國語授業] [月曜日] [時] [時]
한국어를 공부해요. 한국어 수업은 월요일 7시부터 9시까지예요. 저는 4
[個月前]
개월 전에
[韓國語工夫] [始作] [初級] [班]
한국어 공부를 시작해서 지금은 초급 3반에서 배워요. 우리 반의 박
[朴先生] [親切] [授業] [滋味] [熱心]
선생님께서는 친절하고 잘 가르쳐 주세요. 수업이 재미있어서 열심히
[工夫] [週末] [故鄉] [週] [工夫]
공부하지만 이번 주말에 고향에 가서 다음 주에는 공부할 수 없어요. 그래서
[事務室] [電話] [先生] [通話] [職員]
사무실에 전화를 걸었는데 선생님과 통화할 수 없었어요. 그래서 직원에게
[memo] [付託]
메모를 부탁했어요.

我的名字是馬丁。我在韓國公司上班，同時在基礎韓語教室學韓語。韓語課是星期一的 7 點到 9 點。我 4 個月前開始學韓語，現在在初級 3 班學習。我們班的朴老師很親切，教得很好。上課很有趣，所以我很認真唸書，但是這個週末要回家鄉，我下週不能上課。所以我打了電話去辦公室，但沒辦法和朴老師通話。因此我拜託職員替我留言。

(1) 마틴 씨는 한국에서 무엇을 해요? 馬丁先生在韓國做什麼呢？

(2) 마틴 씨는 언제 한국어를 공부해요? 馬丁先生何時學韓語呢？

(3) 마틴 씨는 사무실에 왜 전화했어요? 馬丁先生為什麼打電話去辦公室？

2 위의 내용을 전화 대화로 바꿔 보세요. 請將上文的內容換成對話。

마틴 馬丁　실례합니다. 거기 ____________? 不好意思。那裡

직원 職員　네, ____________ 是，

마틴 馬丁　박 선생님 ____________ 朴老師

직원 職員　지금 안 계신데 ____________? 現在不在，

마틴 馬丁　그러면 죄송하지만 ____________? 那麼，不好意思，

직원 職員　네, 말씀하세요. 是的，請說。

마틴 馬丁　제 이름은 ________ 고 ________ 학생이에요. 我的名字 是 學生。

____

직원 職員　알겠습니다. 전해 드릴게요. 我知道了，我會替你轉達。

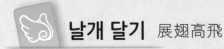

날개 달기 展翅高飛

1 친구에게 고민이 있어요. 무엇을 해 줄 거예요?
朋友有煩惱。可以幫忙些什麼呢？

(1) 호민 浩民

한국어 공부가 어려워요.
韓語很難。

(2) 유카 由夏

한국 요리를 배우고 싶어요.
想學做韓國菜。

(3) 마틴 馬丁

한국 여행을 하고 싶어요.
想在韓國旅行。

호민 浩民

· 숙제를 도와줄게요.
我來幫忙作業。
·
·

유카 由夏

· 요리를 가르쳐 줄게요.
我來教她做菜。
·
·

마틴 馬丁

· 여행지를 추천해 줄게요.
我來推薦旅遊景點。
·
·

2 친구와 이야기하세요. 請和朋友說說看。

휴대전화를 쓰면 무엇이 좋아요? 그리고 무엇이 안 좋아요?
使用手機有什麼好處？還有，有哪些缺點？

가: 휴대전화를 쓰면 편리하지요?
使用手機很方便吧？

나: 네, 그런데 통화 요금이 비싸요.
對，可是通話費很貴。

장점 優點	단점 缺點
· 편리하다 方便 · · ·	· 통화 요금이 비싸다 電話費很貴 · · ·

표현 넓히기 拓展表達

전화 관련 표현 電話相關表達

가: 여보세요. 제임스 씨 좀 바꿔 주시겠어요?
yeo.bo.se.yo- che.im.seu- ssi- chom- pa.ggwo- ju.si.ge.sseo.yo
나: 잠깐만 기다려 주세요.
cham.ggan- ki.da.lyeo- ju.se.yo

甲：喂？可以幫我找詹姆士先生嗎？
乙：請稍等一下。

가: 이영수 씨 좀 바꿔 주세요.
i.yeong.su- ssi- chom- pa.ggwo- ju.se.yo
나: 네, 전화 바꿨습니다.
ne- cheo.nwa- pa.ggwot.sseum.ni.da

甲：麻煩找李英修先生。
乙：是的，我就是。

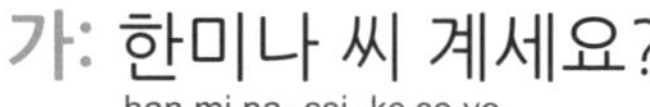

가: 한미나 씨 계세요?
han.mi.na- ssi- ke.se.yo
나: 지금 회의 중인데요.
chi.geum- hoe.i- jung.in.de.yo
가: 그러면 이따가 다시 전화할게요.
keu.leo.myeon- i.dda.ga- ta.si- cheo.nwa.hal.ge.yo

甲：請問韓美娜小姐在嗎？
乙：現在在開會中。
甲：那麼我待會再打過來。

가: 거기 한정수 씨 댁이지요?
keo.gi- han.jeong.su- ssi- tae.gi.ji.yo
나: 네? 실례지만 몇 번에 거셨어요?
ne- sil.le.ji.man- myeot- bbeo.ne- keo.syeo.sseo.yo
가: 1234-5678 아니에요?
i.li.sam.sa.e- o.yuk.chil.ppal- a.ni.e.yo

甲：那裡是韓晶秀小姐的家對吧？
乙：啊？不好意思，請問您打幾號？
甲：不是 1234-5678 嗎？

가: 거기 열린한국어교실이지요?
keo.gi- yeol.lin.han.gu.geo.gyo.si.li.ji.yo
나: 아닌데요. 전화 잘못 거셨어요.
a.nin.de.yo- cheo.nwa- chal.mot- ggeo.syeo.sseo.yo
가: 죄송합니다.
choe.song.ham.ni.da

甲：那裡是基礎韓語教室對吧？
乙：不是喔。您打錯電話了。
甲：對不起。

발음 16 發音16

*1

ㅎ + ㅅ → [ㅆ]
ss

그렇습니다 是的
[그러씀니다]
keu.leo.sseum.ni.da

*2

ㅂ + ㅎ → [ㅍ]
pp

복잡하다 擁擠
[복짜파다]
pok.jja.ppa.da

註＊1
尾音ㅎ後面加上子音ㅅ時，會產生重音化，也就是ㅅ會發成雙子音［ㅆ］，且原本尾音ㅎ的發音［ㄷ］省略不唸。因此그렇습니다的發音為［그러씀니다］。

註＊2
尾音ㅂ後面加上子音ㅎ時，會產生連音化和氣音化，也就是ㅂ會連到後面ㅎ的位置發音，且因為ㅎ而產生氣音化，最後發成氣音［ㅍ］。因此복잡하다的發音為［복짜파다］。

1 듣고 따라 읽으세요.  Track 40 請聽並且跟著唸。

(1) 좋습니다 好
cho.sseum.ni.da

(2) 그렇습니다 是的
keu.leo.sseum.ni.da

(3) 많습니다 多
man.sseum.ni.da

(4) 않습니다 不
an.sseum.ni.da

(5) 복잡해요 擁擠
pok.jja.ppae.yo

(6) 입학 入學
i.ppak

2 듣고 따라 읽으세요.  Track 41 請聽並且跟著唸。

(1) 가: 오늘 저녁에 회식할까요? 今天晚上要不要聚餐？
o.neul- cheo.nyeo.ge- hoe.si.kkal.gga.yo
나: 좋습니다. 好的。
cho.sseum.ni.da

(2) 가: 여보세요, 거기 열린출판사지요? 喂，那裡是基礎出版社對吧？
yeo.bo.se.yo- keo.gi- yeol.lin.chul.ppan.sa.ji.yo
나: 네, 그렇습니다. 是，沒錯。
ne- keu.leo.sseum.ni.da

(3) 주말에는 놀이공원에 사람이 많습니다. 週末遊樂園裡人很多。
chu.ma.le.neun- no.li.gong.wo.ne- sa.la.mi- man.sseum.ni.da

(4) 불고기는 맵지 않습니다. 烤肉不辣。
pul.go.gi.neun- maep.jji- an.sseum.ni.da

(5) 출근 시간에는 길이 복잡해요. 上班時間馬路很擁擠。
chul.geun- si.ga.ne.neun- ki.li- pok.jja.ppae.yo

(6) 저는 작년에 대학교에 입학했어요. 我去年進大學唸書了。
cheo.neun- chang.nyeo.ne- tae.hak.ggyo.e- i.ppa.kkae.sseo.yo

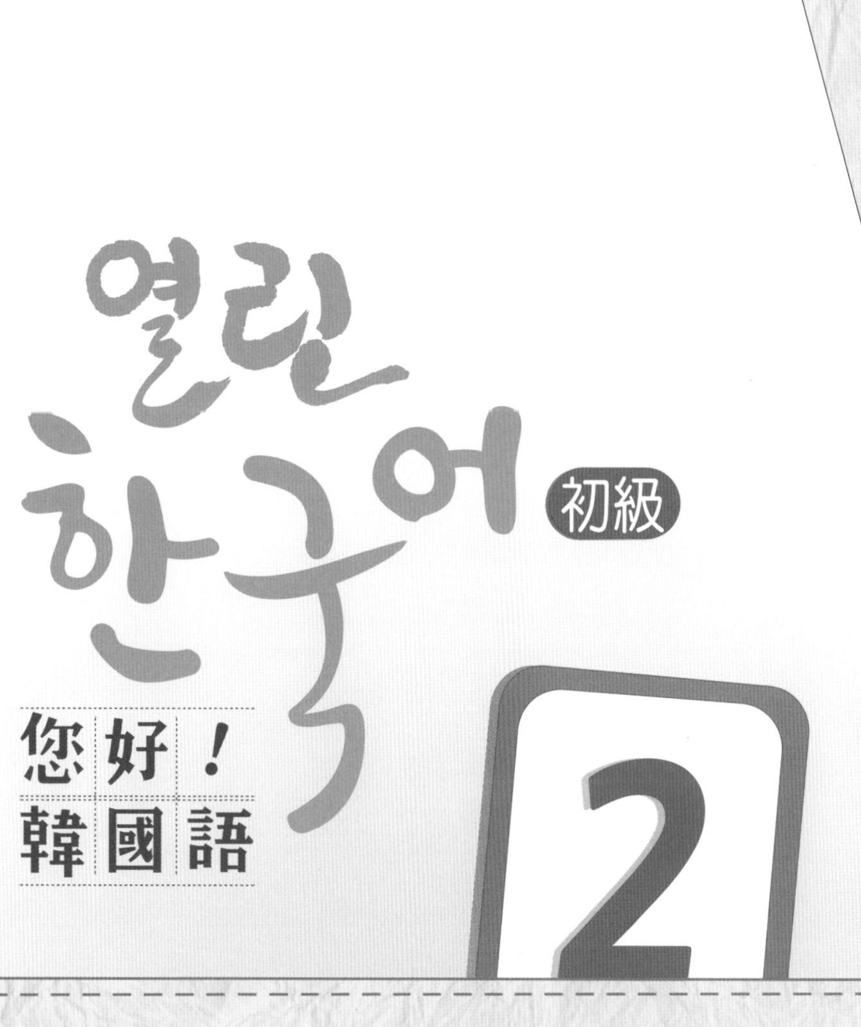

연습문제 정답

練習問題解答

듣기대본

聽力內容

어휘 색인

生字索引

연습문제 정답 練習問題解答

제 1 과 약속 第 1 課 約定

문법 익히기 熟悉文法

-을까요? 要不要~?

p.14 1. (1) 공부할까요? (2) 마실까요? (3) 먹을까요?

p.15 2. (1) 들을까요? / 같이 들어요.
(2) 먹을까요? / 같이 밥을 먹어요.
(3) 갈까요? / 같이 산에 가요.

3. (1) 닫을까요? (2) 나갈까요? (3) 끌까요?

-으러 가다/오다 去做~/來做~

p.16 1. (1) 자전거를 타러 가요. (2) 친구를 만나러 갔어요.
(3) 일하러 왔어요. (4) 한국어를 배우러 와요.

p.17 2. (1) 공원에 자전거를 타러 가요. (2) 테니스장에 테니스를 치러 가요.
(3) 바다에 낚시하러 가요. (4) 음악회에 음악을 들으러 가요.
(5) 식당에 저녁을 먹으러 가요. (6) 도서관에 책을 읽으러 가요.

-을 수 있다/없다 會、可以~/不會、不可以~

p.18 1. (1) 네, 기타를 칠 수 있어요. (2) 아니요, 태권도를 할 수 없어요.
(3) 네, 한국 음식을 만들 수 있어요. (4) 아니요, 아기가 걸을 수 없어요.

p.19 2. (1) 아니요, 만날 수 없어요. 친구하고 약속이 있어요.
(2) 네, 영화를 보러 갈 수 있어요.
(3) 아니요, 같이 운동할 수 없어요. 한국어 수업이 있어요.
(4) 네, 점심을 먹을 수 있어요.
(5) 네, 쇼핑하러 명동에 갈 수 있어요.
(6) 아니요, 저녁을 먹으러 갈 수 없어요. 부모님과 저녁을 먹어요.

못 沒辦法、不會、不敢～

p.20 1. (1) 자전거를 못 타요. (2) 김치를 못 먹어요.
(3) 중국어를 못 해요. (4) 운전을 못 해요.

p.21 2. (1) 아니요, 시간이 없어서 쇼핑을 못 해요.
(2) 아니요, 일이 많아서 못 쉬어요.
(3) 아니요, 다른 약속이 있어서 여자 친구를 못 만나요.
(4) 아니요, 비가 와서 놀이공원에 못 갔어요.
(5) 아니요, 표가 없어서 연극을 못 봤어요.
(6) 아니요, 피곤해서 운동을 못 했어요.

듣기 聽力

p.22 1. (1) ② (2) ③

2. (1) O (2) X (3) X (4) X

읽고 쓰기 閱讀寫作

p.24 1. (1) 물놀이를 하러 계곡에 가고 싶었어요.
(2) 아니요, 친구와 약속을 못 지켰어요.
(3) 머리가 많이 아파서 친구를 만날 수 없었어요.

제 2 과 장소와 방향 第 2 課 場所和方向

어휘 알기 - 길 認識詞彙— 路

p.30 (1) 계단 (2) 지하도 (3) 삼거리 (4) 지하철역 (5) 출구
(6) 골목 (7) 버스 정류장 (8) 사거리 (9) 신호등 (10) 횡단보도

문법 익히기 熟悉文法

–으세요 請~

p.32 1. (1) 5쪽을 읽으세요. (2) CD를 들으세요.
(3) 병원에 가세요. (4) 여기에 앉으세요.

으로 朝、往

p.33 1. (1) 앞으로 쭉 가세요. (2) 오른쪽으로 가세요.
(3) 4층으로 올라가세요. (4) 1번 출구로 나오세요.
(5) 지하 1층으로 내려가세요.

–으면 ~的話

p.34 1. (1) 음악을 들으면 기분이 좋아요. (2) 밥을 안 먹으면 배가 고파요.
(3) 머리가 아프면 병원에 가요. (4) 세일을 하면 백화점에 사람이 많아요.
(5) 오른쪽으로 가면 화장실이 있어요.

p.35 2. (1) 졸업하면 취직할 거예요. (2) 수업이 끝나면 집에 갈 거예요.
(3) 눈이 오면 눈사람을 만들고 싶어요. (4) 시간이 있으면 여행가고 싶어요.
(5) 돈이 많으면 차를 사고 싶어요.

3. (1) 왼쪽으로 가면 우체국이 있어요. (2) 오른쪽으로 가면 지하철역이 있어요.
(3) 뒤로 가면 서점이 있어요. (4) 오른쪽으로 가면 극장이 있어요.

–으니까 因為

p.36 1. (1) 저는 커피를 안 마시니까 (2) 모두 집에 갔으니까
(3) 에린 씨는 지금 바쁘니까 (4) 음식이 많으니까
(5) 날씨가 추우니까 (6) 주말이니까

p.37 2. (1) 좋으니까 (2) 없으니까
(3) 좋으니까/예쁘니까/멋있으니까 (4) 눈이 오니까
(5) 더러우니까 (6) 자니까
(7) 음식이 있으니까/많으니까 (8) 방학이니까/휴가니까/연휴니까
(9) 봤으니까

ㄹ 탈락 ㄹ脱落

p.38 1.

	-아요/어요 尊敬語尾	-(으)니까 因為	-(으)세요 請	-(으)ㄹ까요? 要不要？	-(으)면 的話
만들다 製作	만들어요	만드니까	만드세요	만들까요?	만들면
알다 居住	알아요	아니까	아세요	알까요?	알면
살다 居住	살아요	사니까	사세요	살까요?	살면
팔다 賣	팔아요	파니까	파세요	팔까요?	팔면
열다 打開	열어요	여니까	여세요	열까요?	열면
멀다 遠	멀어요	머니까		멀까요?	멀면
힘들다 辛苦	힘들어요	힘드니까		힘들까요?	힘들면

p.39 2. (1) 열까요? (2) 머니까 (3) 힘드니까 (4) 파세요. (5) 알면

듣기 聽力

p.40 1. (1) **1** 은행 **2** 극장 (2) ②

2. (1) X (2) O (3) O

읽고 쓰기 閱讀寫作

p.42 1. (1) 파티를 할 거예요.
(2) 학교, 사거리
(3) 은행 앞에서 전화할 거예요.

제 3 과 여행 第 3 課 旅行

문법 익히기 熟悉文法

-으려고 하다 打算、想要~

p.50 1. (1) 산에 가려고 해요. (2) 기념품을 사려고 해요.
(3) 사진을 찍으려고 해요. (4) 길을 물으려고 해요.

p.51 2. (1) 제주도에 가려고 해요.
(2) 비행기를 타려고 해요.
(3) 친구들하고 가려고 해요.
(4) 생선구이하고 전복죽을 먹으려고 해요.
(5) 바다낚시를 하려고 해요. / 잠수함을 타려고 해요.
식물원에 가려고 해요. / 한라산 등산을 하려고 해요.
(6) 콘도에서 자려고 해요.

–어 보다 試過~

p.52 1. (1) 한복을 입어 봤어요. (2) 김치를 먹어 봤어요.
(3) 배낭여행을 해 봤어요. (4) 유람선을 타 봤어요.

p.53 2. (1) 부산에 가 봤어요.
(2) 친구와 여행해 봤어요.
(3) 타 봤어요? / KTX를 못 타 봤어요.
(4) 들어 봤어요? / 한국 음악을 못 들어 봤어요.

–는데 情況是~

p.54 1. (1) 짐을 쌌는데 너무 무거웠어요. (2) 산에 도착했는데 비가 왔어요.
(3) 음식을 먹었는데 맛있었어요. (4) 비행기를 탔는데 정말 편했어요.

p.55 2. (1) 날씨가 좋은데 (2) 배가 고픈데 (3) 추운데
(4) 피곤한데 (5) 버스가 안 오는데 (6) 학교인데

–으면서 一邊~

p.56 1. (1) 웃으면서 사진을 찍어요. (2) 텔레비전을 보면서 식사를 해요.
(3) 노래를 부르면서 춤을 춰요. (4) 음악을 들으면서 공부해요.

–을 때 ~的時候

p.57 1. (1) 영화를 볼 때 전화가 왔어요. (2) 책을 읽고 싶을 때 도서관에 가요.
(3) 사람이 적을 때 쇼핑하러 갔어요. (4) 아플 때 부모님이 보고 싶어요.

듣기 聽力

p.58 1. (1) ① (2) ②

2. (1) X (2) O (3) O (4) X

읽고 쓰기 閱讀寫作

p.60 1. (1) 친구들과 제주도에 갔어요.
(2) 날씨가 따뜻했어요.
(3) 제주 민속촌과 유채꽃밭을 구경했어요.

제 4 과 교통 第 4 課 交通

어휘 알기 - 이동 認識詞彙—移動

p.66 (1) 타다 (2) 내리다 (3) 갈아타다
(4) 타고 가다 (5) 걸어서 가다 (6) 앉아서 가다
(7) 서서 가다

어휘 알기 - 교통수단 認識詞彙—交通工具

p.67 (1) 지하철 (2) 모범택시 (3) 시내버스
(4) 고속버스 (5) 공항버스 (6) 비행기 (국내선)
(7) 비행기 (국제선) (8) 기차 (9) 배

문법 익히기 熟悉文法

으로 用、以~

p.68 1. (1) 도서관에 자전거로 가요.
(2) 회사에 지하철로 왔어요.
(3) 공항에 택시로 갈 거예요.
(4) 반찬을 젓가락으로 먹어요.
(5) 부모님하고 인터넷으로 연락해요.

에서 까지 從~到~

p.69 1. (1) 회사에서 집까지 지하철을 타고 가요. 지하철로 1시간 10분 걸려요.
(2) 학교에서 극장까지 택시를 타고 가요. 택시로 15분 걸려요.
(3) 서울에서 부산까지 KTX를 타고 가요. KTX로 3시간쯤 걸려요.
(4) 집에서 공원까지 걸어서 가요. 걸어서 10분쯤 걸려요.

-으려면 想~的話

p.70 1. (1) 비자를 받으려면 대사관에 가세요.
(2) 과일을 사려면 시장으로 가세요.
(3) 그 영화를 보려면 일주일 전에 예매하세요.
(4) 삼계탕을 만들려면 닭하고 인삼을 사세요.
(5) 한국어 수업을 들으려면 한국어교실에 가세요.

p.71 2. (1) 회사에서 극장까지 가려면 택시를 타세요.
(2) 도서관에서 백화점까지 가려면 지하철을 타세요.
(3) 서울에서 경주까지 가려면 기차를 타세요.
(4) 시청에서 광화문까지 가려면 걸으세요.

이나 或者

p.72 1. (1) 운동이나 쇼핑을 해요.
(2) 산이나 바다에 가고 싶어요.
(3) 커피나 우유를 마셔요.
(4) 가방이나 시계를 받고 싶어요.
(5) 딸기나 바나나를 살 거예요.

p.73 2. (1) 인사동에 가려면 종로3가역이나 안국역에서 걸어서 가세요.
(2) 명동에 가려면 명동역이나 을지로입구역에서 내리세요.
(3) 서울대공원에 가려면 사당역이나 이수역에서 갈아타세요.
(4) 부산에 가려면 버스나 기차를 타세요.
(5) 중국에 가려면 배나 비행기를 타고 가세요.

-겠- 應該、一定~

p.74 1. (1) 춥겠어요. (2) 맛있겠어요. (3) 아프겠어요. (4) 좋겠어요.

p.75 2. (1) 좋았겠어요. (2) 배가 고팠겠어요.
(3) 피곤했겠어요. (4) 힘들었겠어요.
(5) 더웠겠어요. (6) 시험을 잘 봤겠어요.
(7) 일요일에 늦게 일어났겠어요. (8) 고향 음식을 많이 먹었겠어요.

듣기 聽力

p.76 1.

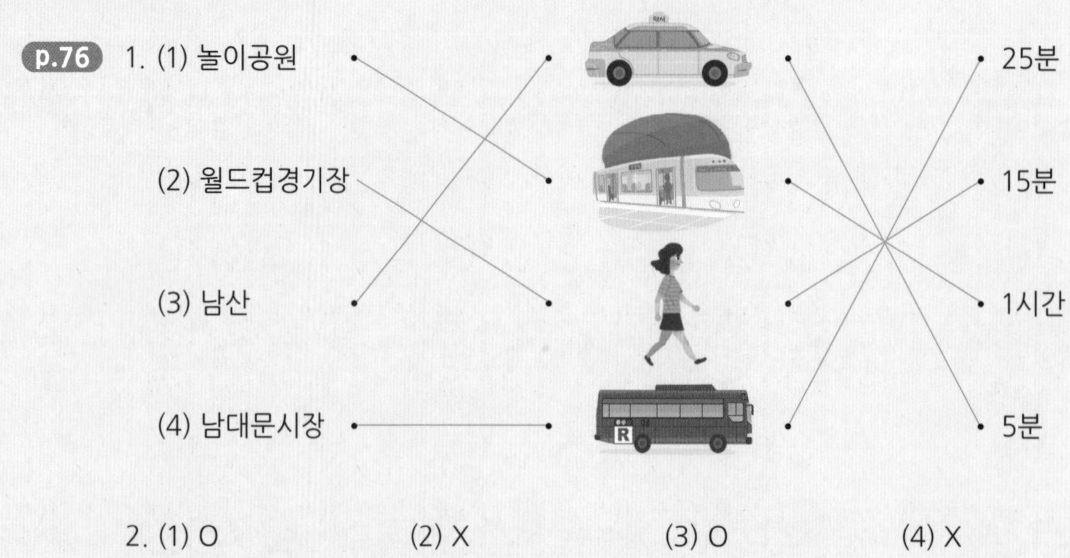

2. (1) O (2) X (3) O (4) X

읽고 쓰기 熟悉文法

p.78 1. (1) 집에서 회사까지 지하철이나 버스로 가요.
(2) 아침에는 길이 막히니까 지하철을 타요.
(3) 집에서 회사까지 지하철로 한 시간 십 분 정도 걸려요.

제5과 식당 第5課 餐廳

문법 익히기 熟悉文法

-을래요 要做~呢？／要做~

p.86 1. (1) 뭘 먹을래요? / 저는 냉면을 먹을래요.
(2) 뭘 마실래요? / 저는 녹차를 마실래요.
(3) 뭘 배울래요? / 저는 태권도를 배울래요.
(4) 뭘 읽을래요? / 저는 신문을 읽을래요.

p.87 2. (1) 저는 집에서 잘래요. (2) 저는 쉴래요.
(3) 저는 테니스를 배울래요. (4) 고기를 먹을래요.
(5) 저는 음악을 들을래요.

-거나 或者~

p.88 1. (1) 친구를 만나거나 운동을 해요. (2) 편지를 쓰거나 전화를 해요.
(3) 공부하거나 커피를 마셔요. (4) 음악을 듣거나 책을 읽어요.
(5) 늦잠을 자거나 청소를 해요.

–어 보다 試看看~

p.90 1. (1) 읽어 보세요. (2) 먹어 보세요. (3) 들어 보세요.
(4) 마셔 보세요. (5) 만나 보세요.

만 只要、只有~

p.92 1. (1) 아니요, 샤오진 씨만 중국 사람이에요 (2) 아니요, 에린 씨만 회사원이에요.
(3) 아니요, 제임스 씨만 남자예요. (4) 제임스 씨만 안경을 썼어요.

–지 않다 不~、沒~

p.93 1. (1) 아니요, 책을 읽지 않아요. (2) 아니요, 음악을 듣지 않아요.
(3) 아니요, 옷이 비싸지 않아요. (4) 아니요, 갈비탕이 짜지 않아요.

듣기 聽力

p.94 1. (1) ② (2) ①

2. (1) O (2) X (3) O (4) O

읽고 쓰기 閱讀寫作

p.96 1. (1) 불고기와 비빔밥을 좋아해요.
(2) 시간이 없어서 식사를 못 하거나 우유만 마셔요.
(3) 학교 식당에서 점심을 먹어요.

제6과 취미 第6課 興趣

어휘 알기 - 취미 認識詞彙－興趣

p.102 (1) 낚시 (2) 독서 (3) 등산 (4) 바둑
(5) 사진 촬영 (6) 서예 (7) 패러글라이딩 (8) 여행
(9) 꽃꽂이 (10) 스쿠버다이빙 (11) 합창 (12) 요가

문법 익히기 熟悉文法

－네요 ~呢！

p.104 1. (1) 하네요. / 부르네요. (2) 먹네요. (3) 머네요.
(4) 봤네요. (5) 왔네요. / 내렸네요.

p.105 2. (1) 어울리네요. (2) 예쁘네요. (3) 잘생겼네요.
(4) 깨끗하네요. (5) 비싸네요. (6) 맵네요.

－을 줄 알다/모르다 會~／不會~

p.106 1. (1) 바둑을 둘 줄 알아요. / 바둑을 둘 줄 몰라요.
(2) 빵을 만들 줄 알아요. / 빵을 만들 줄 몰라요.
(3) 음식을 젓가락으로 먹을 줄 알아요. / 음식을 젓가락으로 먹을 줄 몰라요.

p.107 2. (1) 스키를 탈 줄 알아요. (2) 중국어를 할 줄 알아요. (3) 한자를 읽을 줄 몰라요.
(4) 기타를 칠 줄 몰라요. (5) 김치찌개를 만들 줄 알아요.

－고 나서 做完~之後

p.108 1. (1) 밥을 먹고 나서 커피를 마실 거예요.
(2) 운동을 하고 나서 물을 마실 거예요.
(3) 대학교를 졸업하고 나서 결혼을 할 거예요.

p.109 2. (3) 청소를 하고 나서 마트에 가서 장을 봐요.
(4) 마트에 가서 장을 보고 나서 음식을 만들어요.
(5) 음식을 만들고 나서 상을 차려요.
(6) 상을 차리고 나서 같이 음식을 먹어요.
(7) 같이 음식을 먹고 나서 설거지를 해요.

-기로 하다 決定~

p.110 1. (1) 좋아요, 비빔밥을 먹기로 해요. (2) 좋아요, 부산에 가기로 해요.
(3) 좋아요, 과자를 만들기로 해요.

p.111 2. (1) 설날에 한복을 입기로 했어요.
(2) 이번 주말에 북한산에 가기로 했어요.
(3) 냉면을 먹기로 했어요.
(4) 내일부터 운동하기로 했어요.
(5) 기념품을 사러 남대문시장에 가기로 했어요.

르 불규칙 르 不規則

p.112 1.

	-고 而且	-(으)니까 因為	-아서/어서 因為	-았어요/었어요 過去式語尾
고르다 選擇	고르고	고르니까	골라서	골랐어요
자르다 剪	자르고	자르니까	잘라서	잘랐어요
모르다 不知道	모르고	모르니까	몰라서	몰랐어요
다르다 不同	다르고	다르니까	달라서	달랐어요
부르다 唱	부르고	부르니까	불러서	불렀어요
기르다 養	기르고	기르니까	길러서	길렀어요
빠르다 快速	빠르고	빠르니까	빨라서	빨랐어요

p.113 2. (1) 불렀어요. (2) 빨라요./빠르네요. (3) 길러요.
(4) 골라 (5) 다르 (6) 자르세요./잘라요.

듣기 聽力

p.114 1. (1) ④

2. (1) ③ (2) ②

읽고 쓰기 閱讀寫作

p.116 1. (1) 바트 씨는 농구를 좋아해요.
(2) 지수 씨는 인라인스케이트를 타러 한강에 자주 가요.
(3) 배트민턴을 치기로 했어요.

2. 7월 21일 / 두 시간 / 서울문화회관

제 7 과 가족 第 7 課 家人

문법 익히기 熟悉文法

의 的

p.124 1. (1) 어머니의 구두예요. (2) 동생의 바지예요.
(3) 언니의 우산이에요. (4) 형의 넥타이예요.

높임말 敬語

p.125 1. (1) 선생님께서 교실에 계세요. (2) 할아버지께서 방에서 주무세요.
(3) 사장님께서 차를 드세요. (4) 어머니께서 많이 편찮으세요.

p.126 2. (1) 할아버지께서는 커피를 드세요. (2) 아버지께서는 (지금) 주무세요.
(3) 동생은 도서관에 있어요. (4) 할머니께서는 편찮으세요.
(5) 어머니께서는 (지금) 집에 안 계세요. (6) 못 먹어요.

–으시– 動詞／形容詞敬語

p.127 1.

規則 敬語	-(으)시다 (이)시다 原型	-(으)세요 (이)세요 請～	-(으)셨어요 (이)셨어요 過去式語尾	-(으)실 거예요 (이)실 거예요 要～
가다 去	가시다	가세요	가셨어요	가실 거예요
보다 看	보시다	보세요	보셨어요	보실 거예요
쓰다 看	쓰시다	쓰세요	쓰셨어요	쓰실 거예요
읽다 讀	읽으시다	읽으세요	읽으셨어요	읽으실 거예요
닫다 關	닫으시다	닫으세요	닫으셨어요	닫으실 거예요
듣다 聽	들으시다	들으세요	들으셨어요	들으실 거예요
살다 居住	사시다	사세요	사셨어요	사실 거예요
만들다 製作	만드시다	만드세요	만드셨어요	만드실 거예요

아프다 不舒服	아프시다	아프세요	아프셨어요	
있다 有	있으시다	있으세요	있으셨어요	
선생님 老師	선생님이시다	선생님이세요	선생님이셨어요	
의사 醫生	의사시다	의사세요	의사셨어요	

p.128 2. (1) 어머니께서 과일을 씻으세요. (2) 아버지께서 회사에서 일하세요.
(3) 할머니께서 안경을 쓰세요. (4) 부모님께서 시골에 사세요.
(5) 교수님께서 라디오를 들으세요. (6) 아버지께서 군인이세요.
(7) 할아버지께서 여든 하나세요.

p.130 4. (1) 께서는 한국어 선생님이세요. (2) 께서는 어머니세요. (3) 은 기자예요.
(4) 는 회사원이에요. (5) 께서는 간호사세요. (6) 은 축구 선수예요.
(7) 께서는 쉰 둘이세요. (8) 은 5월 25일이에요.

에게/한테 給、對 (人)

p.131 1. (1) 저는 선생님께 전화했어요.
(2) 친구는 저에게/한테 책을 줬어요.
(3) 언니는 동생에게/한테 옷을 선물했어요.
(4) 형은 어머니께 선물을 보냈어요.
(5) 누나는 저에게/한테 음식을 만들어서 줬어요.

에게서/한테서 從、向 (人)

p.132 1. (1) 저는 형에게서/한테서 공을 받았어요.
(2) 친구는 선생님께 전화를 받았어요.
(3) 저는 할머니께 돈을 받았어요.
(4) 동생은 언니에게서/한테서 옷을 받았어요.

p.133 2. (1) 이, 에게/한테 밥을 줬어요. (2) 가, 께 꽃을 드렸어요.
(3) 가, 께 돈을 받았어요. (4) 가, 에게서/한테서 책을 빌렸어요
(5) 께서, 에게/한테 옷을 선물하셨어요. (6) 이, 께 선물을 보냈어요.
(7) 가, 께 들었어요. (8) 께서, 에게/한테 편지를 쓰셨어요.

듣기 聽力

p.134 1. (1) (2) (3)

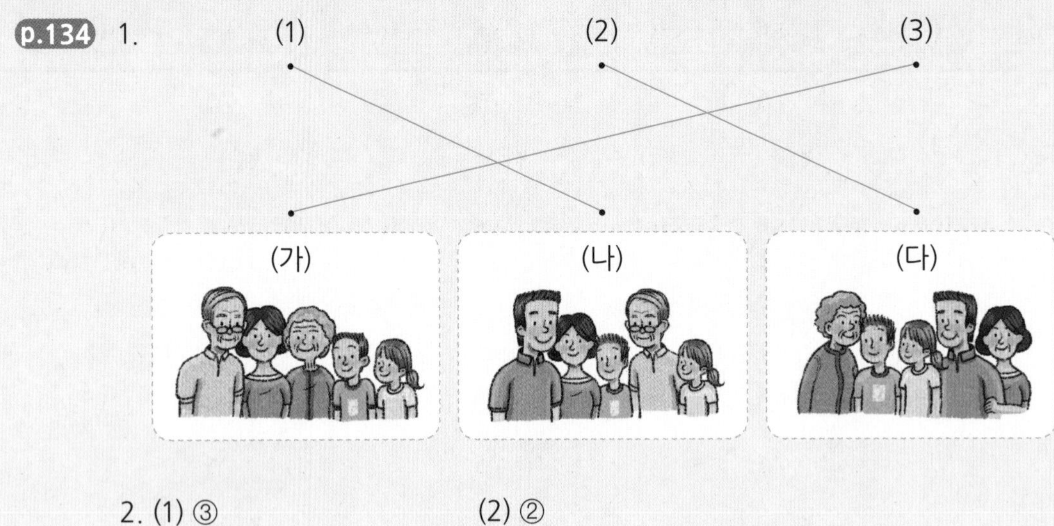

2. (1) ③ (2) ②

읽고 쓰기 閱讀寫作

p.136 1. (1) 할아버지의 연세는 올해 여든이세요.
(2) 할아버지께 꽃과 점퍼를 드렸어요.

제 8 과 전화 第 8 課 電話

어휘 알기 - 전화 (1) 認識詞彙—電話 (1)

p.142 (1) 휴대폰 (2) 집 전화 (3) 공중전화 (4) 지역 번호
(5) 국가 번호 (6) 국제전화 (7) 문자메시지 (8) 영상통화
(9) 통화 요금 (10) 단축 번호 (11) 별표 (12) 우물정자

문법 익히기 熟悉文法

–지요? ～對吧？

p.144 1. (1) 서울이지요? (2) 있지요? (3) 예쁘지요?

p.145 2. (1) 이게 떡국이지요? (2) 여기가 63빌딩이지요?
(3) 여기가 경복궁이지요? (4) 이번 역이 서울역이지요?
(5) 이게 송편이지요? (6) 저게 사물놀이지요?

–어 주다 幫忙、拜託～

p.146 1. (1) 읽어 주세요. (2) 문을 닫아 주세요.
(3) 들어 주세요. / 도와주세요. (4) (의자에) 앉아 주세요.
(5) 가르쳐 주세요. / 알려 주세요. (6) 써 주세요.

p.147 2. (1) 숙제를 좀 가르쳐 주세요. (2) 지우개를 좀 빌려 주세요.
(3) 생일 파티에 와 주세요. (4) 불을 좀 켜 주세요.
(5) 저와 결혼해 주세요. (6) 옷을 좀 바꿔 주세요.
(7) 길을 좀 가르쳐 주세요.

–을게요 我會～

p.148 1. (1) 할게요. / 만들게요. (2) 갈게요.
(3) 살게요. (4) 창문을 닫을게요.

p.149 2. (1) 전화할게요. (2) 열심히 공부할게요.
(3) 여기에서 기다릴게요. (4) 담배를 끊을게요.
(5) 조심할게요. (6) 늦지 않을게요. / 안 늦을게요.
(7) 숙제를 할게요. (8) 도와줄게요.

-어 주시겠어요? 能不能請您～？ -어 드릴게요 我會幫忙～

p.150 1. (1) 찾아 주시겠어요? (2) 들어 주시겠어요?
(3) 나중에 다시 전화해 주시겠어요? (4) 다시 한 번 설명해 주시겠어요?

p.151 2. (1) 빌려 드릴게요. (2) 길을 가르쳐 드릴게요.
(3) 창문을 열어 드릴게요. (4) 불을 켜 드릴게요.
(5) 사 드릴게요. (6) 책을 찾아 드릴게요.
(7) 머리를 잘라 드릴게요.

접속사 接續詞

p.152 1. (1) 그래서 (2) 그러니까 (3) 그렇지만
(4) 그런데 (5) 그러면 (6) 그래도

p.153 2. (1) 그렇지만/그런데 (2) 그러니까 (3) 그렇지만/그런데/그래도
(4) 그러면 (5) 그리고 (6) 그렇지만/그런데/그래도
(7) 그런데

듣기 聽力

p.154 1. (1) 친구 집에서 생일 파티를 할 거예요.
(2) 운동화를 사려고 해요.
(3) 운동화가 비싸서 친구들과 같이 사기로 했어요.

2. (1) X　(2) X　(3) X　(4) O

3. 039-3567-4536

읽고 쓰기 閱讀寫作

p.156 1. (1) 한국 회사에서 일하면서 열린한국어교실에서 한국어를 공부해요.
(2) 월요일에 7시부터 9시까지 공부해요.
(3) 다음 주에 공부할 수 없어서 전화했어요.

듣기대본 聽力內容

1 과 第 1 課

1. 듣고 질문에 맞는 것을 고르세요. Track 02

聽完之後，請根據問題，選出正確答案。

남자: 여보세요? 에린 씨, 지금 어디예요?
男生：喂？愛琳小姐，現在在哪裡？
여자: 지금 커피숍 앞에 있어요. 왜 안 와요?
女生：現在在咖啡廳。怎麼還不來？
남자: 차가 고장 났어요. 정말 미안해요.
男生：車子故障了。真的很抱歉。
여자: 그럼 몇 시쯤에 도착해요?
女生：那麼幾點左右會到呢？
남자: 20분쯤 후에 도착할 수 있어요.
男生：大約 20 分之後可以到。
여자: 그래요? 그럼 커피숍 안에서 기다릴까요?
女生：是嗎？那麼我在咖啡廳裡面等你好嗎？
남자: 네, 커피숍 안에서 기다리세요. 미안해요.
男生：好，請在咖啡廳裡面等。對不起。

2. 대화를 듣고 맞으면 ○, 틀리면 X 하세요. 

請聽對話，對的打○，錯的打X 。

여자: 바트 씨, 내일 시간이 있어요?
女生：巴特先生，明天有時間嗎？
남자: 아니요, 내일은 친구를 만나러 공항에 가요. 그런데 무슨 일이에요?
男生：沒有，明天要去機場見朋友。對了，有什麼事呢？
여자: 내일 샤오진 씨 생일이어서 파티를 할 거예요. 올 수 있어요?
女生：明天是小真小姐生日，要舉行派對。你可以來嗎？
남자: 파티가 몇 시에 시작해요?
男生：派對幾點開始？
여자: 6시에 시작해서 7시에 저녁을 먹을 거예요.
女生：6 點開始，7 點吃晚餐。
남자: 그럼 친구를 만나고 7시까지 갈 수 있어요.
男生：那麼我見朋友之後，7 點前可以過去。
여자 : 그래요 . 그럼 내일 만나요 .
女生：好的，那麼明天見。

1. 듣고 질문에 답하세요. Track 07

請聽完並回答問題。

지하철역 2번 출구로 나가서 앞으로 쭉 가세요. 횡단보도를 건너면 은행이 있어요. 은행에서 왼쪽으로 가면 삼거리가 있어요. 삼거리에서 오른쪽으로 가면 극장하고 약국이 있어요. 커피숍은 극장 건너편에 있어요. 백화점 옆에 있어요.

從地鐵站 2 號出口出去之後，請往前直走。越過斑馬線的話，有家銀行。從銀行往左邊走的話，會有三叉路口。從三叉路口往右邊走的話，有電影院和藥局。咖啡廳在電影院對面。在百貨公司旁邊。

2. 대화를 듣고 맞으면 ◯, 틀리면 ╳ 하세요. 

請聽對話，對的打◯，錯的打╳ 。

여자: 몇 시 비행기예요?
女生：幾點的飛機？
남자: 2시 30분 비행기예요.
男生：2 點 30 分的飛機。
여자: 지금 1시 30분이니까 빨리 가세요. 오른쪽으로 가면 문이 있어요.
女生：現在是1點30分，請趕快走吧。往右邊走的話，是大門。
도착하면 전화하세요.
到了的話，請打電話。
남자: 정말 고마워요. 다시 한국에 오고 싶어요.
男生：真的很謝謝妳。我還想再來韓國。
여자: 시간이 있으면 또 오세요.
女生：有時間的話請再來。
남자: 네, 다음에 오면 경주에 같이 가요.
男生：好的，下次一起去慶州吧。

1. 듣고 질문에 맞는 것을 고르세요. Track 12

聽完之後，請根據問題，選出正確答案。

여자: 이번 여행이 어땠어요?
女生：這次旅行怎麼樣？
남자: 저는 배를 타고 섬에 갔는데 정말 아름다웠어요.
男生：我搭了船，去了島上，真的很美。
여자: 와, 그래요?
女生：哇，是嗎？
남자: 네, 배를 타면서 낚시도 했어요.
男生：是的，一邊搭船，還釣魚。
여자: 수영도 했어요?
女生：也有游泳嗎？
남자: 아니요, 거기에서는 수영을 할 수 없었어요.
男生：沒有，那邊不能游泳。
여자: 다음에 사진을 보여 주세요.
女生：下次請給我看照片。
남자: 네, 좋아요.
男生：好，沒問題。

2. 대화를 듣고 맞으면 ◯, 틀리면 ╳ 하세요. Track 13

請聽對話，對的打◯，錯的打╳ 。

여자1: 이번 방학 때 경주에 가려고 하는데 시간이 있으면 같이 갈까요?
女生 1：這次放假的時候，我想去慶州，有時間的話，要不要一起去？
여자2: 저는 경주에 가 봤어요. 부산은 어때요?
女生 2：我去過慶州了。釜山怎麼樣？
여자1: 부산도 좋아요. 무엇을 타고 가요?
女生 1：釜山也不錯。要搭什麼去呢？
여자2: 작년에 갈 때 기차를 탔는데 정말 좋았어요.
女生 2：我去年去的時候，搭了火車，真的很不錯。
여자1: 그럼 예매해서 기차를 타고 가요.
女生 1：那麼先購票，就搭火車去吧。
여자2: 어디에서 잠을 잘까요?
女生 2：在哪裡過夜呢？
여자1: 호텔은 너무 비싸니까 민박에서 자요.
女生 1：飯店太貴了，在民宿過夜吧。
여자2: 좋아요.
女生 2：好啊。

1. 듣고 알맞은 것을 연결하세요. Track 17

聽完之後，請連結適合的部分。

(1) 남자: 놀이공원에 가려면 어떻게 가요? 男生：想去遊樂園的話，該怎麼去呢？
여자: 지하철 8호선을 타고 가세요. 女生：請搭地鐵8號線去。
남자: 여기에서 놀이공원까지 얼마나 걸려요? 男生：從這裡到遊樂園要花多久呢？
여자: 한 시간쯤 걸려요. 女生：大概花1小時左右。

(2) 여자: 월드컵경기장에 가려면 어떻게 가요? 女生：想去世界盃競技場的話，該怎麼去呢？
남자: 걸어서 가면 15분쯤 걸려요. 男生：用走的話，約花15分鐘左右。

(3) 남자: 남산에 가려면 무엇을 타고 가요? 男生：想去南山的話，要搭什麼去呢？
여자: 가까우니까 택시를 타세요. 5분쯤 걸려요. 女生：因為很近，請搭計程車吧。約花5分鐘左右。

(4) 여자: 여기에서 남대문시장까지 어떻게 가요? 女生：從這裡到南大門市場，要怎麼去？
남자: 버스나 지하철을 타세요. 男生：請搭公車或地鐵。
여자: 버스를 타면 얼마나 걸려요? 女生：搭公車的話，要花多久？
남자: 25분쯤 걸려요. 男生：約花25分鐘左右。

2. 대화를 듣고 맞으면 ◯, 틀리면 ╳ 하세요. Track 18

請聽對話，對的打◯，錯的打╳ 。

여자: 서울에서 부산에 가려면 어떻게 가요?
女生：從首爾到釜山的話，該怎麼去呢？
남자: 기차나 고속버스로 갈 수 있어요.
男生：火車或高速巴士可以到。
여자: 고속버스가 좋겠어요. 어떻게 가요?
女生：高速巴士好像不錯。要怎麼去呢？
남자: 교대역에서 3호선으로 갈아타고 고속터미널역에서 내리세요.
男生：請從教大站轉搭 3 號線，在高速巴士轉運站下車。
여자: 여기에서 고속터미널역까지 얼마나 걸려요?
女生：從這裡到高速巴士轉運站要多久呢？
남자: 45분쯤 걸려요.
男生：約 45 分鐘左右。

1. 듣고 질문에 맞는 것을 고르세요. Track 22

聽完之後，請根據問題選擇正確的答案。

여자: 바트 씨, 여기 음식이 맛있어요?
女生：巴特先生，這裡的食物好吃嗎？
남자: 네. 저는 음식이 맛있어서 여기에 자주 와요.
男生：是的，因為食物好吃，所以我經常來。
여자: 바트 씨는 뭐 먹을래요?
女生：巴特先生要吃什麼呢？
남자: 이 집은 비빔밥하고 갈비탕이 싸고 맛있어요. 비빔밥을 먹어 보세요.
男生：這家店的拌飯和排骨湯便宜又好吃。請吃看看拌飯吧。
여자: 네. 같이 비빔밥을 먹어요.
女生：好的，那就一起吃拌飯吧。

2. 대화를 듣고 맞으면 ◯, 틀리면 ✕ 하세요. 

請聽對話，對的打◯，錯的打✕ 。

여자: 저는 바빠서 저녁을 못 먹었어요. 호민 씨는 저녁을 먹었어요?
女生：我太忙了，還沒能吃晚餐。浩民先生吃過晚餐了嗎？
남자: 아니요, 저도 못 먹었어요. 같이 식당에 갈래요?
男生：沒有，我也還沒吃。要不要一起去餐廳？
여자: 좋아요. 같이 가요.
女生：好啊，一起去吧。
남자: 무슨 식당에 갈까요?
男生：要去什麼餐廳呢？
여자: 저는 음식이 맵거나 짜면 못 먹어요.
女生：我不敢吃辣或鹹的食物。
남자: 그럼 피자를 먹을까요?
男生：那麼要不要吃披薩？
여자: 네. 스파게티도 같이 먹어요.
女生：好啊，也一起吃義大利麵吧。

1. 듣고 맞는 것을 고르세요. Track 27

聽完之後，選出正確答案。

여자: 어머, 이 고양이 정말 예쁘네요. 어디에서 사진을 찍었어요?
女生：天啊，這貓咪真漂亮耶。在哪裡照的照片？
남자: 제 고양이예요. 집에서 찍었어요.
男生：是我的貓。在家裡照的。

2. 대화를 듣고 맞는 것을 고르세요. Track 28

請聽對話之後，選出正確答案。

(1) 남자: 지영 씨, 주말에 같이 영화를 보러 갈래요?
男生：智英小姐，週末要不要一起去看電影？
여자: 미안해요. 친구들과 등산을 가기로 했어요.
女生：對不起，我和朋友們約好去爬山了。
남자: 그래요? 그럼 내일 수업하고 나서 저녁을 먹을까요?
男生：是嗎？那麼明天下課之後，一起吃晚餐好嗎？
여자: 네. 좋아요.
女生：好，可以

(2) 저는 시간이 있을 때 산악자전거를 자주 타요. 3년 전부터 배웠어요. 처음에는 너무 싫어했지만 지금은 재미있어요. 자전거를 타고 산에 갈 수 있어서 기분이 정말 좋아요. 이번 여름에는 산악자전거를 타러 제주도에 가기로 했어요.

我有時間的時候，常常騎山地自行車。我是 3 年前開始學的。一開始非常討厭，但現在覺得很有趣。可以騎自行車去山裡，心情真的很好。這個夏天我決定去濟州島騎山地自行車。

7 과
第 7 課

1. 듣고 맞는 그림을 연결하세요. Track 32

聽完之後，請連結正確的圖片。

(1) 여자: 가족이 몇 명이세요?
女生：家人有幾名呢？
남자: 5명이에요. 할아버지, 부모님, 누나, 그리고 저예요.
男生：有5名。爺爺、父母、姊姊，還有我。

(2) 남자: 가족이 어떻게 되세요?
男生：家人有幾位呢？
여자: 할머니, 어머니, 아버지, 저, 그리고 동생이에요.
女生：有奶奶、媽媽、爸爸、我，還有弟弟。

(3) (여자) 이것은 우리 가족 사진이에요. 이분은 제 할아버지하고 할머니세요. 아버지는 안 계세요. 동생은 지금 중국에 있어요.
（女生）這是我的全家福照片。這位是我的爺爺和奶奶。爸爸不在。弟弟現在在中國。

2. 듣고 질문에 답하세요. Track 33

請聽完並回答問題。

저는 회사원이고 올해 서른네 살이에요. 언니는 3년 전에 결혼해서 같이 살지 않아요. 남동생은 미국에서 대학교에 다녀요. 아버지의 직업은 회사원이었지만 지금은 대학교에서 공부하세요. 어머니께서는 요리를 잘하셔서 저는 어머니에게서 많이 배워요.

我是上班族，今年 34 歲。姊姊 3 年前結婚了，所以沒有一起住。弟弟在美國唸大學。爸爸的職業本來是上班族，但現在在大學進修。媽媽很會做菜，所以我向媽媽學習很多。

8 과
第 8 課

1. 듣고 질문에 답하세요. Track 37
請聽完並回答問題。

남자: 이번 주말에 뭐 해요?
男生：這個週末做什麼呢？
여자: 토요일이 친구 생일이라서 친구 집에서 생일 파티를 할 거예요.
女生：星期六是朋友生日，所以要在朋友家開慶生派對。
남자: 그래요? 재미있겠네요. 선물도 준비했어요?
男生：是嗎？一定很有趣。禮物也準備好了嗎？
여자: 그 친구는 운동을 좋아해서 운동화를 사 주려고 해요.
女生：那位朋友喜歡運動，所以我想買球鞋送他。
오늘 점심을 먹고 나서 선물을 사러 갈 거예요.
今天吃完午餐，我要去買禮物。
남자: 운동화가 비싸지 않아요?
男生：運動鞋不貴嗎？
여자: 그래서 친구들하고 같이 사기로 했어요.
女生：所以我決定和朋友們合買。

2. 대화를 듣고 맞으면 ○, 틀리면 X 하세요. Track 38
請聽對話，對的打○，錯的打X 。

여자: 여보세요? 거기 중국집이지요?
女生：喂？那裡是中國餐廳對吧？
남자: 네. 그렇습니다.
男生：是的，沒錯。
여자: 짜장면 두 개하고 탕수육 하나 배달해 주세요.
女生：請幫我外送兩份炸醬麵和一份糖醋肉。
남자: 알겠습니다. 주소를 말씀해 주시겠어요?
男生：好的。可以告訴我地址嗎？
여자: 행복아파트 1동 101호예요.
女生：幸福公寓 1 棟 101 號。
남자: 감사합니다. 그런데 지금 주문이 많으니까 15분 정도 기다려 주세요.
男生：謝謝。不過現在訂單很多，請稍等 15 分鐘左右。

3. 열린대학교의 전화번호가 몇 번이에요? 듣고 쓰세요. Track 39
基礎大學的電話號碼是幾號？ 請聽完之後寫下來。

남자: 여보세요, 열린대학교 전화번호가 몇 번이지요?
男生：喂？請問基礎大學的電話號碼幾號呢？
여자: 열린대학교는 지역번호 039의 3567국의 4536번입니다.
女生：基礎大學區域號碼是 039-3567-4536。

어휘 색인 單字索引

1과 第1課

2과 第2課

3과 第3課

4과 第4課

5과 第5課

6과 第6課

7과 第7課

8과 第8課

열린 한국어
초급

열린
한국어
초급

열린
한국어
초급

열린
한국어
초급

千成玉

梨花女子大學國際研究院韓語學系韓國教育碩士
韓文學會外國人韓語教育研究課程的韓國文化聘邀講師
國立韓京大學國際語學院韓語講師
現任仁德大學國際語學院韓語講師
現任韓國國際交流財團文化中心韓語教室組長

金尹珍

漢陽大學教育研究院外國人韓語教育碩士
GIOS外語補習班韓語講師
現任漢陽大學國際語學院韓語講師
前任韓國國際交流財團文化中心韓語教室教師

丁美珍

天主教大學韓語教育學系博士課程
現任法務部社會統合計畫基本素養評鑑口語考試官
現任天主教大學韓語教育中心結婚新移民者韓語教室講師
前任韓國國際交流財團文化中心韓語教室教師

李淳晶

慶熙大學教育學院韓國教育學系碩士
首爾國際中心韓語講師
現任建國大學語言教育院韓語講師
前任韓國國際交流財團文化中心韓語教室教師

呂胤姬

首爾大學國語教育院韓語教育碩士
現任國民大學國際教育院韓語講師
現任韓國國際交流財團文化中心韓語教室教師

崔真玉

韓國外國語大學國際地區研究所韓國學系博士
智利中央大學韓語講師
前任韓國國際交流財團文化中心韓語教室教師

朴聖惠

韓國廣播通訊大學英文學系畢業
韓國廣播通訊大學韓語教師養成課程進修（韓語教師3級）
前任韓國國際交流財團文化中心韓語教室教師

申雅朗

漢城大學韓語文學系韓語教育博士課程
現任漢城大學語言中心韓語講師
前任韓國國際交流財團文化中心韓語教室教師

黃后永

梨花女子大學國際學院韓語學系韓語教育碩士
現任三星電機、三星電子的外國人韓語教育講師
現任翰林大學國際教育院韓語講師
前任韓國國際交流財團文化中心韓語教室教師